《读者》超实力签约美文作家丛书

疼是爱的N次方

Pain is the Love to the Power of N

宁子 著

H.P.H 哈尔滨出版社
HARBIN PUBLISHING HOUSE

图书在版编目(CIP)数据

疼是爱的N次方/宁子著.—哈尔滨:哈尔滨出版社,2012.8

(《读者》超实力签约美文作家丛书)

ISBN 978-7-5484-1207-6

Ⅰ.①疼… Ⅱ.①宁… Ⅲ.①散文集-中国-当代 Ⅳ.①I267

中国版本图书馆CIP数据核字(2012)第107674号

书 名:疼是爱的N次方

作 者:宁 子 著

责任编辑:陈春林 王洪启

责任审校:李 战

装帧设计:琥珀视觉-解玲

出版发行:哈尔滨出版社(Harbin Publishing House)

社 址:哈尔滨市香坊区泰山路82-9号 **邮编:**150090

经 销:全国新华书店

印 刷:黑龙江省文化印刷厂

网 址:www.hrbcbs.com www.mifengniao.com

E-mail:hrbcbs@yeah.net

编辑版权热线:(0451)87900272 87900273

邮购热线:4006900345 (0451)87900345 87900299 或登录**蜜蜂鸟**网站购买

销售热线:(0451)87900201 87900202 87900203

开 本:787mm×1092mm 1/16 **印张:**15 **字数:**220千字

版 次:2012年8月第1版

印 次:2012年8月第1次印刷

书 号:ISBN 978-7-5484-1207-6

定 价:23.80元

凡购本社图书发现印装错误,请与本社印制部联系调换。 **服务热线:**(0451)87900278

本社法律顾问:黑龙江佳鹏律师事务所

目录

第一辑　我们的爱情救赎

第二辑　左手伤痕，右手泪痕

第三辑　从此不再委屈你

第四辑　曾经路过你的怀抱

第一辑

我们的爱情救赎

愿你在彼岸盛开

他竟然怨她了

童洲找王泽打了一架，童洲对秋喜说："我两拳就把他打趴下了，小白脸，中看不中用……"

"混蛋！"没等童洲说完，秋喜便摔了电话。

秋喜知道童洲从来不是省事的，小时候在院里，打架出名，但秋喜万万想不到，这次童洲会在这件事上犯混……越想越气，还担心。童洲下手不知轻重，她怕王泽受伤。

好在只把手机电池摔了出来，装上电池，开机，秋喜拨了王泽的电话。

电话响了好半天一直没有人接，再打，依旧没有人接，自己断掉。

秋喜有点儿慌了，稳稳神，拨了银行总机，接通，请对方转王泽办公室。对方没有转，说了声，王泽出了点儿事，胳膊脱臼了，被送到附近的职工医院了。

秋喜挂了电话朝职工医院跑，问了护士，在外科病房里看到了王泽。

王泽看上去有些狼狈，价值不菲的西装撕裂了好几处，脸色苍白，额头有擦伤，涂了碘酒，胳膊无力地垂在那里。

秋喜有些心疼，但忽然不知道该说什么，她不知该怎样安慰王泽，也不知该怎么解释童洲这个人。童洲叫她一声姐，但他其实不是她的谁。

秋喜走近王泽，在他旁边坐下来，小声问："还疼吗？"

王泽看了秋喜一眼，那一眼，没有秋喜所熟悉的温和，更没有两个人单独相处的柔情，他的眉头皱起来，说："秋喜，开始我们说好的是不是，我没有骗你，何必如此？"

口气分明是怨怼的，王泽竟然怨她了，这让秋喜觉得万分委屈。在一起那么长时间，这样的处境，她又何尝怨过他？

只有爱了才会不顾一切

和王泽相识在一年前的秋天，秋喜过了试用期，正式成为公司财务部的一名职员，负责和银行间的业务往来。王泽是有业务关系的那家银行的信贷主任，三十四五岁，一个男人最好的年纪。秋喜第一次见到王泽，没来由地有亲近感。

男女之间，心一动，一切皆动，理智、是非观，道德感全都无济于事。冲动过后自然也会有所醒悟，现实如此坚硬，这段感情朝前走，希望如此渺茫，但，动了心，即使醒悟也来不及，也只能对自己说，好吧，我愿意，走多远算多远。

秋喜是爱王泽的，她这样一个女子，也只有爱了才会不顾一切。

王泽算是个好情人，经济和感情都舍得付出，心思也细腻，尽量避免那些敏感话题和细节，让秋喜在委屈的身份里不至于再尴尬。

彼此也掩饰得够好，是秋喜的意思，原本是见不得光的情感，再说，也只是她同王泽的事，于左于右，她都不愿意闹得满城风雨人尽皆知。所以一起一年多，几乎无人知晓。

童洲是唯一例外。

这样的感情，倒也笃定

童洲是半年前过来这个城市的，在秋喜读大学的时候，童洲就在家乡的城市混得有模有样了，童洲学习不好，爱惹事，但他是有赚钱天赋的，念中学时，倒腾明信片都能给自己赚够春节的零花钱。到了高中书读得七零八落，其他事倒做得有声有色，卖唱片、音乐播放器、电话卡……高二就离开了学校出去开音像店，那时候最得意的是秋喜，看了许多电影听了许多歌，没付过一分钱。童洲说，姐，想要啥拿啥，不用客气。

秋喜也就真的没有客气过。

感情是小时候建立的，那时候秋喜和童洲都还住在工厂的家属院里，院子很大，很多成排的老式楼房，很多每天疲惫不堪的大人和闹腾腾的小孩子。秋喜家境较好，爸爸是工厂的负责人之一，母亲做教师。童洲则不同，没有妈妈，爸爸看大门……小孩子其实很势利。所以童洲从小就被欺负，但从来不服输，随时反抗，为此成了有名的爱打架的孩子。有一次，几个小孩围攻童洲，刚好秋喜遇见，冲过去打抱不平。竟然打得很成功，不仅喝退了那帮小孩儿，还警告他们以后不能欺负童洲。秋喜说，他是我弟，谁欺负他我跟他没完。

小孩们倒不怕秋喜，但是，他们怕她爸，于是一哄而散。

童洲从地上爬起来抽抽鼻子，看着秋喜说，姐，没事，我不怕。

那以后童洲就叫秋喜姐，其实秋喜不过大了三个月，但小时候的童洲有点儿营养不良，看起来要小一两岁。

到读高中时，童洲的个头已经超过秋喜许多，是个健壮的少年，但是习惯了，一直叫秋喜姐，即使在那个大院拆迁后。

两个人一直有联系，秋喜读大学，童洲送她两套品牌运动装。以后假期回来，童洲都有很体面的礼物奉送，秋喜开玩笑，这个弟认得值，半年前童洲忽然来到秋喜读书并在毕业后停留的城市，秋喜多少有些意外，童洲解释说，想把小生意做到大城市来，赚钱嘛，多多益善。

此时的童洲早不卖碟片了，和别人合伙开了家快递公司，现在，人来了，把业务也拓展了过来，两个人经常会聚聚，大多是童洲喊秋喜吃饭，偶尔也带朋友，两个人的感情，这样自然舒适，反倒笃定。

路归路桥归桥

和王泽的事不是秋喜主动说的，而是童洲碰上的。或者对童洲，秋喜也没想刻意隐瞒，有时候，她给童洲发同城快递，会打童洲电话，让他们公司的业务员来取件。偶尔童洲闲着，就自己跑过来，顺便带点儿水果，和秋喜扯上几句。

没想到后来童洲敏感了，秋喜的同城快递发得有点儿勤，又是给同一个人。于是有一天，童洲又过来，将秋喜给王泽新买的衬衣封好后，忽然对秋喜说："姐，他可是结了婚的。"

秋喜一愣，意识到童洲说的人是王泽，脸微微红了。她本能地掩饰，瞪童洲一眼，说："你查户口啊。"

"别人的，我不查，和你有关，我真得查查。"童洲半真半假的口气，"跟我说实话，到底怎么回事？"

"跟你说不着。"秋喜干脆耍赖，"大人的事你少管。"

童洲笑起来，说："别以为叫你姐你就真是大人，我还真得管着你，你小时候倒挺成熟的，现在，越过越幼稚。"

秋喜干脆把童洲推出去，说："赶紧赚钱去吧，在我这里耗着也没钱。"于是童洲就嘻嘻哈哈地走了。秋喜万万没想到，童洲离开后，自己去给王泽送了衬衣，不仅如此，还把王泽从单位揪了出来。

秋喜和王泽的关系不言自明，童洲倒没有过多询问，但是，他要王泽给他一个承诺，什么时候可以离婚娶秋喜。童洲说："我姐好糊弄，我可不好糊弄。"

两个男人这样面对，谁都不可能冷静，一直养尊处优的王泽对虽然相貌英俊但举止粗鲁的童洲有本能地不屑，于是回了一句："你是对秋喜另有想法吧？"

结果话还没落下，童洲一拳就上去了。

两个人厮打起来，王泽自然赚不到便宜，三两下被打倒在地，保安隔着玻璃看见，跑出来将两个人拉开，要报警，被王泽制止了。童洲对气势汹汹找上门的秋喜说："要不是看你面子，我打他生活不能自理。"

秋喜发作了，童洲用这样的方式撕开了她的自尊，他不仅调查了详情，还将她一直掩饰的感情打倒在地，这让她受不了。于是，秋喜指着童洲大吼："告诉你童洲，我的事和你无关，我不是你姐你也不是我弟，我们从此桥归桥路归路，谁都不认识谁。"

吼完，秋喜摔门而去。

童洲没有追出来，秋喜跑出去好远，忽然觉得万分委屈，蹲在路边哭了起来。

不过是锦上的花

因为那一架，秋喜和王泽的关系发生了巨大变化，那天离开医院后，王泽一直没有主动联系她。秋喜犹豫了好几次，到底也有自尊心，忍住了没有主动打电话。

可到底是想念，那是秋喜第一次认真爱一个人，纵然知道没有结局，也不想用这样的方式无声无息结束，一年的情深意长，她盼着某一天电话响起，传来王泽的声音，说，宝贝，对不起，是我误解你了……

但一直没有，时间忽然变得格外漫长，一个月，秋喜明显憔悴下去，那天，同事半开玩笑地问秋喜如何成功减肥。秋喜也只有苦笑。笑过了，有快递送过来，一份同城快递。

秋喜有些意外，王泽是从来不用这种方式的，只有她一直乐此不疲。于是看发件人，竟是这一个月来销声匿迹的童洲。

秋喜打开，一个信封，里面是一些照片。照片的主人公，是王泽一家——虽然没有见过王泽的家人，但秋喜还是立刻辨别出那个陪在王泽身边的，应该是他的妻子，三十多岁的年纪，有点儿珠圆玉润的感觉，但依然不失漂亮。而那个如花似玉的小姑娘，自然，是他们的女儿，小丫头有着王泽那样好看的眉眼和母亲的白皙皮肤。一家三口，在公园，在车上，在餐馆，在街上……照片很明显是偷拍的，没有谁的目光对准镜头，于是一切看上去更加真实，那是额头依旧带着擦伤痕迹的王泽，是那个没有联系秋喜的王泽，他依然有着温和知足的笑容，没有憔悴，没有失落，没有想念，甚至，秋喜有错觉，这个男人微微胖了一些，是幸福得胖了一些，在没有了她的短暂光阴里。原来没有了她，他的世界依然完好，没有任何残缺——她忽然明白过来，彼此的感情，于自己，是雪中的炭，而于王泽，不过是锦上的花。

秋喜哭了，没有发出任何声音，背过身，眼泪簌簌落在脸上。

愿你在彼岸盛开

秋喜就这样和王泽断了。曾经也有过那样重的海誓山盟，却断得这样轻如云烟。秋喜忽然间看透，这一种感情，原本就是轻的吧。

童洲再出现，看着她，喊一声，姐。

秋喜先绷着脸，绷了一小会儿，忍不住翘唇一笑。随后一起去吃了顿饭，秋喜赖着童洲买了个新款手机，谁都没有再提起王泽，两个人似乎又回到情感笃定的从前。

又过了小半年，秋喜认识了新的男子安。安好看，单身，有稳妥职业，偶尔幽默。童洲说："嗯，不错，适合结婚。"

已经 26 岁的秋喜有同感，于是，安再次试探求婚，秋喜半推半就。

婚礼定在新年的情人节，从婚礼筹备开始，童洲一直跑前跑后。蜜月结束，再回来，童洲已经决定离开，说，要去更大的城市发展。

秋喜和安在机场送别了童洲，登机前，童洲第一次轻轻拥抱了秋喜，姐，要幸福。

在童洲的背影后，安说："你这个弟，对你真好。"

秋喜就笑，嗯，好。

"是喜欢你的吧？"安忽然说，"不是姐弟感情那么简单。"

"瞎说什么呢你?!"秋喜嗔怪一声，但心里却微微酸涩起来。安没有说错，童洲是喜欢她的，在婚期定下来的那天晚上，童洲最后一次带着秋喜去吃饭，一个人自顾自地喝多了。喝多的童洲对秋喜说："姐，下辈子，我要生在富贵人家，好好儿读书，长大做一个优雅的好男人，娶你为妻，不要给你当弟弟……"

是很小的时候就喜欢秋喜了，可是从小，童洲就知道他和秋喜不在同一个世界中，所以他能做的，就是将心爱的女子送到彼岸，看她幸福盛开。所以，他才会那样不顾一切地拦截她情感的过错，所以，他才会在她拥有幸福时转身离去。

我们的爱情救赎

一

沈凉？顾非看卡片上的名字，似自语般喃喃，我好像以前见过你。

是吗？以前，也许上辈子吧。沈凉笑意浅浅。

竟是这样聪慧的回答，顾非注视眼前的美丽女孩，纤细的眉目，干净的眼神，分明是有几分熟稔的。但想了又想，却当真寻找不到任何记忆的交集。顾非亦浅浅地笑，沈凉不过二十三四岁的年纪，如此年轻，之前，彼此自然是不相识的。错觉而已。

笑过，顾非低下头，认真填写沈凉递过来的表格。

沈凉推销某银行信用卡，顾非对这类事情并无兴趣，一度是礼貌拒绝，但这次，对方是沈凉，是一见之下，让顾非心底某处有些莫名悸动的女子。而那悸动，顾非知道，绝非一个寻常男人对一个美丽女子的俗浅爱慕。只是为了什么，顾非尚不清楚。

很快填完表，沈凉拿过来仔细核对后装好，开始在背包里翻找礼品。翻来翻去，有些不好意思，对不起啊顾先生，今天的礼品送完了，明天我再送来。

不用了。顾非摆手，他办这张信用卡，自然不是为了那礼品。

沈凉伸伸舌头，转身，离开。

二

第二天，沈凉却当真拿了礼品送过来，是卡通水杯，并执意多留下了一个。

顾非追到门口试图还回去，沈凉在走廊回过头，顾先生，如果你过意不去，可以介绍三两个朋友帮我完成这个月的信用卡推销任务啊。

沈凉的口气半真半假。分明,是撒娇的口吻。

如是往日,顾非才不会揽这等闲事,可对方是沈凉。于是一个廉价的杯子,竟真的让他觉得欠了她的小小情分。真的就给了她几个好友的电话,叮嘱,只需说是我介绍的。

沈凉调皮地笑。

过了几日,顾非接到沈凉电话。请他吃饭,谢谢他的相帮。

顾非只犹豫几秒钟,说了声,我请你,算是应允了。

一个 32 岁的男子,对年轻女子的小伎俩自是可以一眼看穿,何况,沈凉的伎俩,也是不遮不掩地在他跟前坦白。

但如何拒绝呢? 他分明对这女孩有特殊感觉。

三

就这样熟了。

以后,沈凉总有适当借口去见顾非,教他信用卡的合理使用,找他介绍新客户,找他陪她看电影,或者一起吃饭。

她已经不再叫他顾先生,而是顾非。

每一次,顾非都拒绝不掉。这对顾非来说,已经很例外,这些年,和女人的相处,他能记得的大多是拒绝。

不是因为沈凉的年轻美丽。顾非知道不是,但是为了什么,包括最初的似曾相识,顾非始终说不清楚。只是依然不主动,也不深究。不逃避和沈凉相见,只逃避相见的理由。

那次,沈凉选的是一家四川小吃的小馆子。熟了以后,沈凉常常拉着顾非吃小吃。顾非只觉年轻的好,她那样贪恋食物的麻辣,皮肤却依然那么好。

沈凉吃东西的样子也像小孩儿,吃到兴起,会当着顾非的面舔手指,好像他们真的相识多年。而这种感觉,顾非分明也有,于是看沈凉,眼神里就不自然地渐渐多了怜爱和怜惜。

沈凉终于吃好,仰头问:“顾非,你当真没有女朋友?”

沈凉低了顾非一头还多，纤小玲珑，即使坐着，看他时也需仰起头。

但这一句，问得却稍显突兀，顾非愣了好半天才下意识点头，说："是啊，没有。"声音并不高，32 岁的男人没有女朋友，不管原因如何，都不是一件光彩的事。

沈凉拍拍手拿纸巾擦拭被辣得越发红润的嘴唇："为什么，你条件那么好？我相信你有很多女人追。"

顾非不置可否。沈凉说得没错，顾非是条件极好的男子，无论相貌事业还是家境，这些年，环肥燕瘦，明恋暗恋，身边一直不乏追逐的女子。亦有许多，年轻貌美。但顾非始终没有真正为谁心动过，也有过交往，可是总保持在某个特定的距离之外，稍有靠近，顾非便躲。有一次，一个求而不得的年轻女孩愤怒地冲他喊："顾非，你是不是有病啊？你应该去看心理医生。"

顾非当然不会去看心理医生，可是 32 岁的他，形单影只倒是不争的事实。好在这个年头，这个年龄的单身男女越来越多，这种状况，顾非还能应付过去。

所以沈凉的询问，顾非无话可答，便笑。

好在沈凉并不坚持，且转头自己给自己答案："我知道了，是你条件太好，眼光太高对吧？"

"吃好走啦。"顾非不接沈凉的话，探身握住她的手臂，电影要开场了。

沈凉就跳起来，任由顾非牵着绕过吃饭的客人朝外走。

四

是的，已经是这般情形了，顾非同沈凉。但，彼此依然没有挑明，即使一起吃饭一起看电影过马路时还牵了手，也并未确定彼此的关系。

顾非不说，沈凉也不说，就那样模糊又略带暧昧地待在一起，比朋友近，又不是恋人。

顾非越发觉得沈凉的不同，换了别的女人，早就按捺不住要问个明白。

沈凉的不同，让顾非即使不朝着爱情想，对她，也是越来越依恋。开始主动地打电话、发信息，或者偶尔用电子邮件转发好玩的帖子。

周末，顾非约了沈凉看一场电影首映的夜场。结束时，已经是深夜 11

点半。

照例，顾非送沈凉回去。影院离沈凉住处不远，步行十几分钟的路程，中间，只路过一个树木繁茂的公园。很小的公园，早上有很多人在里面晨练，夜晚是寂静的，树丛间只有几处暗淡灯火。

初冬，风凉了。顾非记起沈凉说过怕冷，每到冬天就想冬眠，于是脱下外套裹住沈凉。

沈凉自然地将手放在顾非掌心。牵着手，两个人路过公园。

是在快要过去的时候，忽然，顾非和沈凉同时听到一个女子尖利的呼救声。只有那么一声。一切静止。

沈凉正分辨声音来处，顾非已松了她的手朝公园里面冲去，边跑边喊，沈凉，报警！

沈凉反应过来，迅速拿出手机拨了110然后朝着顾非追去。

只是短短几十秒的交错，沈凉循着顾非身影追到公园丛林的一棵树下时，看到顾非正捂着腹部蜷缩在地上，暗淡灯光下，依然可以看见有鲜血自顾非的指缝间涌出，旁边，一个衣衫凌乱的女子只顾在恐惧中哭泣，行凶歹徒已不见了踪影。

沈凉扑到顾非身边将他抱起来，发疯般地冲旁边的女子喊，叫救护车。眼泪汹涌而出。

五

好在，那一刀并未刺中要害，顾非只是失血过多，120及时赶到，有惊无险。

顾非醒来时，看到沈凉略显苍白的脸庞和略略忧伤的目光。

心微微疼了一下，那么美的眼睛，不该承载忧伤。顾非努力露出笑容，没事了小凉。

沈凉伸手轻轻掩住顾非的唇，别说话，好好儿睡觉。

那样轻柔的声音，顾非顺从地闭上眼睛。

那几日，顾非觉得生命从未有过如此平静和安宁，受伤的事，并未告知他人，除了警察录过一份笔录，早早晚晚，只沈凉陪在身边，像个世上最温柔的小妻子，为他擦手擦脸，喂他喝水吃饭，扶着他去洗手间，轻轻地唱歌哄他入睡……那个午夜，顾非醒来，看到沈凉竟然趴在床边睡着了，微微簇着眉头，睫毛在睡梦里依然不安眨动……

伸出手，轻轻抚过她光洁的额头，顾非听见自己说，小凉，我要和你在一起。

那一刻，顾非终于明白也认可了，这是爱情。这一次，是爱情。他可以面对的不想再躲避的爱情。

这样的感觉让顾非心底灿烂起来，伤口渐渐愈合。阳光晴好的午后，沈凉陪顾非散步，走到花园边，顾非握住沈凉的手，那三个字便到了唇边。

没想沈凉先开口："那天，为什么那样不顾一切？"

顾非顿住，是啊，为什么？那样不顾一切，那样勇敢和决绝！沈凉一问之下，往事忽然袭上心头。

也是同样的夜晚，和朋友聚会后走在回家路上的顾非，路过一个没有灯光的巷口，正遇见两个男人将一个年少的女孩朝巷子中拖去。女孩看到他，大声呼救，也只是喊了一声便被掩住。顾非本能要冲过去，却终究在一个男人手中明晃晃的刀子前停下了脚步。女孩悄无声息地被拖走，而她怨恨的眼神，却从此深深烙在了顾非的生命中。

那年，顾非 22 岁，刚刚大学毕业。之后漫长的 10 年，不管顾非如何努力，都无法在女孩怨恨的眼神中逃脱。他重新回到大学读研，他将全部精力投到事业中……可是却依然不行，她总是在他的梦境中出现。这些年，他被良知折磨，甚至为此失去爱的能力。在最青春的年纪里，他却爱不上任何女子。直到沈凉出现，直到那一天那件事的发生……顾非喃喃："小凉，你知道吗？那一刀，还有你，是我爱情和生命的救赎。现在，我终于能爱了。"

说完，顾非哭了。

缓缓地，沈凉将顾非拥入怀中。

六

那一晚，顾非睡得沉实安逸，醒来时，看到窗外透过的阳光。

沈凉不在病房，也许是去办出院手续了，医生说，他已经康复，可以出院了。

顾非兀自笑笑，拿起电话拨沈凉的号码。

却是关机的提示。

顾非疑心拨错号码，再拨，依然是关机。

等了片刻，不见沈凉回来。有护士进来送单据，告诉顾非，手续已经办完，可以出院了。

"她呢？"顾非问。

护士摇头，说："好像走了。不知道。"

顾非诧异，可是等了许久，依然不见沈凉回来，电话也始终不通。终于着急起来，顾非匆忙离开医院，顾不得回家，直接去了沈凉上班的那家银行。

找到沈凉的办公室，她并不在，同屋的女孩说："沈凉啊，辞职了，刚走。"

顾非听完就朝外冲，却听得女孩在身后喊："喂，你是姓顾吗？如果是，沈凉有东西给你。"

顾非折身冲回来，女孩递给他的，是一个带着陈旧痕迹的日记本。

于是，顾非看到了这样的故事：10年前，一个14岁的女孩在补课晚归的途中遇到两个流氓，在她恐惧绝望的一刻，终于看到有个年轻男人出现。她向他求救，可是那个男人却在坏人的刀子前选择了逃避——在被拖入生命的黑暗之前的瞬间，她牢牢记住了男人的脸。从此，她成了一个身体有伤心底有痕的女子，这10年，她一边带着伤痕成长一边寻找那个将她丢弃到黑暗中的男人。为此，她在大学毕业后放弃安稳的工作，主动选择了做信用卡推销的工作，几乎踏遍了这个城市所有的写字楼。她发誓要找到他——如果他已经结婚，她就拆散他的家庭。如果他没有结婚，她就让他爱上她，然后背叛和抛弃他。

在这段话后，日记本出现厚厚的空白。一直到最后一页，顾非再度看到沈凉的字迹：

顾非，我知道为什么你第一眼看见我会觉得眼熟。我知道为什么你这么优秀却没有爱情。就像我自己，始终是个长满恨的女子，找不到出口，得不到救赎。顾非，我一直以为找到你报复了你我就能够解脱，直到那天晚上，我看着你不顾一切地为救那个素不相识的女子，中了那一刀。而那一刀，不仅仅救了你也救了我，它拔去了我心底所有怨恨的荆棘。但是顾非，我却不能爱你，不能被你所爱。我们能做的，只是忘记我们生命中曾经共同路过的残忍真相。放过彼此，重新开始。如果一定要记得什么，那就请你记住，我的名字不叫沈凉，而是沈暖暖，在我 14 岁之前。

带走你的那粒沙

一

桑桑从上海回来的时候，素锦和穆宇刚刚度完蜜月，素锦还沉浸在新婚的甜蜜里。

和素锦的幸福洋溢相反，桑桑整个人却近乎是枯萎的状态，失恋加被骗，一下把桑桑打蔫了，对素锦说，你要不留我，我就回上海跳黄浦江。

没什么可说的，素锦对穆宇说，那就收留一段吧。

穆宇笑，这个女子，是自己新婚妻子素锦的好友，结婚时桑桑虽然没有来，但穆宇听素锦说了，那套价值不菲的铂金首饰，便是桑桑快递来的。当时桑桑在国外，据说和心爱的男人一起谈一笔大生意。

才几天的事啊？转眼物是人非，人没了，钱也没了。

穆宇不是小气男人，除了笑着应允，当然不会说什么。

于是当天晚上，桑桑住进了客房，并且“霸占”了素锦大半个晚上，穆宇差不多都睡了一觉了，桑桑才把素锦放回来。

“诉苦了吧？”穆宇含糊着半开玩笑，依旧闭着眼睛。

“诉呗，诉完了，修养一段就过去了，这么容易冲动的女人，不经历一点儿波折是成熟不起来的。”素锦抱住穆宇，说了声“困”，很快睡着了。

二

桑桑就这样住下来，白天素锦和穆宇都去上班，桑桑就在家睡觉，饿了叫外卖，晚上素锦回来带些好吃的，穆宇若没有应酬，三个人就一起吃饭。

当然会喝点儿小酒,衬托桑桑忧伤的气氛——起初穆宇作好了心理准备,听这个失恋的小女人的絮叨,但出乎他的意料,在他跟前,桑桑一句苦都没诉,吃饭,喝酒,发呆。

喝到三两杯,素锦也就把酒收了,并且也不劝桑桑,偷偷对穆宇说,这样的事,别人帮不了忙,得靠她自己。素锦说和桑桑四年朝夕相处,白天坐同一个位子,晚上睡同一个宿舍,头对头,素锦了解桑桑,哄是没用的,而且住在这里,也不能对她太客气,让她觉得生分,就保持两个人大学时的相处方式,顺其自然,比什么都好。

穆宇笑着答应。

三

这样过了一个月,素锦被派出差,也就两天的时间,穆宇有点儿恋恋不舍,素锦只叮嘱穆宇照顾好桑桑。穆宇自然答应着。

那两天,穆宇早早晚晚电话信息不断,素锦问桑桑,穆宇只说,很好。

两天后的早上,素锦醒来,忽然接到桑桑电话,说要走了。

素锦有些意外:"怎么那么突然? 我下午的航班回去……"

桑桑打断素锦:"我已经没事了,接到以前公司的电话,他们还是希望我回去,所以没来得及等你回来,素锦,谢谢这段时间你收留我。"这样的解释很合理。心情平静了,自然也在意到生活问题,何况,桑桑是个物质小女子,不赚钱是过不了日子的。而且,桑桑也一直没脑子,恋爱也好,做事情也好,容易心血来潮。但,不知怎么,这次,素锦就是觉得有什么不对劲,桑桑把电话挂了老半天,素锦还在那里愣怔,过了许久,忍不住给穆宇打了个电话,问:"桑桑怎么突然就走了?"

"哦,"穆宇支吾两声,"是,是她说单位让她回去。"

素锦说:"有那么急吗? 连我回去再走都等不及,这丫头儿。"

"她,她可能有什么急事吧,"穆宇说,"走就走了,宝贝,我去接你。"

"好啊。"素锦答应着,却分明觉得穆宇的态度有些不正常,不管怎样,桑桑住了一个月,现在说走就走了,穆宇应该有别的解释才对。

闪念间，素锦忽然想，发生了什么？

一颗心就那样提了起来，再没有放下。

四

机场外，穆宇早已经等在那里，看到素锦，远远迎过来，众目睽睽之下，拥抱素锦。

小夫妻的寻常举动，但这一刻，素锦分明觉得穆宇的亲昵举动里，有些刻意的成分，包括电话里那一声“宝贝”，穆宇不是那种情感很细腻的男子，即使热恋时，也很少同她在人前亲昵，更不爱说那些甜腻的话，穆宇今天怎么了？

素锦来不及细想，已被穆宇拉到车上，然后，穆宇从包里拿出一样东西，说：“宝贝，送你的。”

素锦有些瞠目结舌，苹果四代。素锦知道这场婚结得两个人都经济拮据，可是她一直对这种高科技产品心存贪念，所以，知道要求过分，还是一直念叨，之前穆宇一直都装糊涂不接她的话茬，但现在竟然主动奉上素锦贪恋之物。

惊喜是自然的，但惊喜之余，素锦敏感的小神经还是突突跳了几下，想起一句老话，无事献殷勤，非奸即盗！

素锦惊喜的表情在脸上有些凝固，审视地看着穆宇，“今天什么日子，为什么送我这么大的礼？”

“今，今天是……”穆宇结巴半天，“是我们结婚65天纪念。”

“65天还用纪念？这理由不可信，”素锦把握着“小苹果”，“赶紧坦白。”

“是，是我们发奖金了，本想，本想存私房钱，后来想，你不是一直想要个‘苹果’吗?就，就和同事去买了，老婆，你不生气吧?”穆宇结结巴巴，脸都红了。

素锦忽然有些不忍，这是她新婚丈夫，是她爱了近六年的男人，她不该难为他，尤其是，他不过是做了件讨好她的事情，虽然这讨好，有些明显地不自然。看着穆宇红红的脸，素锦飞快决定不再因那微妙的感觉追究下去，不管怎样，这个男人此时如此在意她，而她，更是同样在意对方。于是质疑转为微笑，揉揉穆宇的头发：“嗯，表现还不错，以后如果敢攒私房钱，家法伺候！”口气嗔怪加撒娇。

穆宇似松一口气，神情慢慢恢复正常，一路上，等红灯时，也会握一握素锦的手。回到家，更是殷勤地酿造了一场完美欢爱——从头到尾，没有提起桑桑，也没有给素锦提起的机会，好似这个人从来没有存在过。

五

那天晚上，当疲惫的穆宇沉沉睡去，素锦却睡意全无。素锦在穆宇洗澡的时候偷看了他的手机，上面，电话记录空白、信息空白，连天气预报都删去了。穆宇不是勤快的人，素锦曾经很多次帮他清过信息栏，桑桑在的那些天，两个人每天晚上的话题都是她——所有一切都表明，她不在的这两天，有什么事情发生了，在自己的丈夫穆宇和好朋友桑桑之间。也许，这才是桑桑不告而别的真正原因吧。

问，还是不问？素锦忽然不敢想下去，不敢去想真相和真相揭开后的后果。慌乱中，素锦打开了电脑，并不想做什么，只想抓住点儿什么。

凌晨一点，所有好友的头像都是灰着的，鼠标拉下来，陌生人一栏，“路过”却在。

素锦的心一顿——这么长时间，她已经把这个名字忘记了，是真的忘记了。但这亮闪闪的头像却骤然展现出一段仓促过往，六年前，素锦和穆宇恋爱不久，因为一件小事闹了矛盾。当时两个人都年轻气盛，互不妥协，穆宇甚至说了狠话。素锦伤心至极，赌气和这个叫“路过”的网友见了面。那是个非常帅气的男子，鬼使神差地，素锦和“路过”交往起来，并在一天晚上借着一点儿酒意和被酒精渲染的悲伤，素锦和“路过”发生了一夜情，后来，素锦清醒过来，惊恐万分，迅速逃离了“路过”。她知道她和“路过”，不过是和爱情赌气的一场错误。随后，她放下自尊主动找到穆宇，跟他道歉、妥协，两个人终于和好如初——素锦用最快的时间忘记了“路过”。忘记很容易，因为没有爱情。但因为那场被自己遮掩的“事故”，在很长一段时间里，素锦对穆宇都心存歉疚，下意识地加倍付出情感……

六

用鼠标将“路过”拉远，素锦的心慢慢平和下来，她相信自己的感觉，确定在穆宇和桑桑之间的确已经发生了什么——他们都不是会掩饰的人，所以才会在发生后，不约而同选择了迅速放弃：桑桑不告而别，穆宇提也不提。那么，他们之间，也只是一场鬼使神差的过错吧？也许因为桑桑的悲伤触动了穆宇，也许是在哪一个瞬间他们动了情，也许同样喝了一些酒。但终究不是爱情，所以不想继续只想快快放弃。穆宇也因为这过错的歉疚，那么迫不及待地要讨好素锦，欲盖弥彰地掩盖自己制造的那道情感的小裂痕。

那么，何必非挑明呢？曾经，她觉得“路过”是她情感里的一粒沙，被她丢弃了。而现在，桑桑也无非是她婚姻里的另一粒沙，那就让桑桑把那粒沙带走吧，她错过，所以知道人性真的很脆弱，有时抵挡不住一些来自自己和他人的诱惑，只要能适时收手，那就给爱一个回头的机会吧。

素锦关了电脑，回到穆宇身边，躺下来，轻轻环住了穆宇的身体。那走失了又回归的身体，依然很坚实，很温暖。

即使只为相互取暖

没想说好去办手续那天，下了雨。

初秋的雨，并不暴烈，但缠绵纠葛，似是没完没了的样子。彭浩有些犹豫要不要给紫娆打电话问一声。这雨对他倒是无所谓，可是天气这样了，如果再打电话催紫娆，多少会显得他有点儿过分——难道晚一天都等不及了？

彭浩当然等得及，他和紫娆离婚并非因为有了外遇，迫不及待地要等着和新人在一起。离婚，只是因为他觉得实在和紫娆过不下去了，性格的差异，让他们这个组建不久的家庭几乎还没有度过蜜月期就充满了硝烟的味道，之后坚持了两年，彭浩觉得累了，不想坚持了。试探着跟紫娆提了提，没想到紫娆竟答应了。

也是那天后，彭浩从家里搬了出来，在外面离单位不远的地方租了间小房子。离婚的决定都做出来了，继续住在一起，只能让彼此都尴尬。

搬出来的时候是周末，彭浩和紫娆定好了星期三去办手续。家里的财产也简单做了分配，彭浩觉得自己毕竟是男人，并且，离婚是他提出来的，所以主动放弃了房子的拥有权，只提出要他们结婚后买的那辆车，而家中不太多的存款，彭浩也提出来对半分。

彭浩说完后，紫娆愣了片刻，那套房子，其实是彭浩结婚前自己买的，并非夫妻共同财产，依照现在的房价，在那个地段，这套房子虽然面积不大，最少也能值 50 万。而那辆车原本就便宜，开了快两年了，折旧下来，根本不值钱。明显地，在财产上彭浩偏着她。于是愣怔后，紫娆摇头，说："房子是你的，还留给你，我不会开车，车也不要，存款我拿着……"

彭浩轻轻叹了口气，如他所想，紫娆不会顺从他的安排，这女子表面看上去纤细柔弱，骨子里却是极其要强的。

他们是别人介绍认识的，第一次见面，彭浩正是被紫娆那种纤细的眉目和柔弱的神情触动，并且紫娆极其内敛、不多话。彭浩心里生出暖暖的疼惜。于是认识不久后，两个人便去领了结婚证。但彭浩万万没想到，在紫娆柔弱的外表下的个性，却是那般强硬。

两个人第一次发生争执是在蜜月快结束的时候。

那天早上，彭浩刚开机，接到公司老总电话，他负责的一笔业务出了问题，让他赶回去。

彭浩一向对工作上心，也因为上心，年纪轻轻便做到了业务经理的位置上。所以彭浩并没有多想，当即在电话中应允买当天的机票回去。

放下电话，彭浩回身亲昵地拍拍看上去依旧没有睡醒的紫娆的脸："懒虫，起来收拾东西，咱们回家。"

紫娆翻个身，看都不看彭浩："不回，说好今天去大理的。"

"公司有事，乖啊。"彭浩边穿好衣服边哄紫娆，"以后机会多得是呢。"

"说不回就不回。"紫娆坐起来，"我知道以后机会多得是，但我们的蜜月只有一次，我不想让它不圆满。"

紫娆说得很慢，声音也很轻，彭浩却听出了一种他所陌生的倔犟味道。他看着紫娆，紫娆也看着他，眼神里，是不肯妥协的一种柔韧的坚决。彭浩这才发现事情有点儿棘手，看来，紫娆不是同他开玩笑。

到底是在蜜月期，彭浩并不想为此发生争执，于是坐下来拥住紫娆，动之以情晓之以理地说了好些。但不管他说什么，紫娆都一句话，我一定要去大理。

最后彭浩急了："你怎么那么拗？"

紫娆淡淡说一句："我就是这样的，你娶的，就是这样的我。"然后起床，不再多说一句话，径直去了浴室。片刻，彭浩听到里面传出了水流声。

站在外面，彭浩忽然觉得跟自己度了大半个蜜月的浴室里的女子，有些陌生。他并不真的了解她，或者，他了解的，只是他看到的表面。

而那天最后的结果却让彭浩更郁闷，紫娆洗过澡后，换了套衣服，去酒店前台取了前一天订好的去大理的车票。她对彭浩说:“即使只是一个人的蜜月,我也要把它好好儿度完。”

彭浩彻底蒙了,然后心里全是莫名的恼怒和挫败感,再没有多说一个字,收拾了行李直接奔机场,当天下午,坐了飞机回来。

那是他们蜜月最后的三天,如此荒诞尴尬。彭浩回来便埋头于处理那项业务中间的纰漏,而紫娆,一个电话都没有主动打过来。直到第三天晚上,彭浩回到家中时,发现紫娆已经回来了,并且做好了晚饭。

没有吵闹,没有再纠葛那天谁对谁错,紫娆只淡淡地说:“大理很美,真可惜,你没看到。”

彭浩的恼怒在紫娆的平静中松懈下来,他主动检讨,并解释了回来的重要性。

紫娆给彭浩盛了饭,声音依旧平静:“我觉得,没有什么比蜜月更重要。”

彭浩低头吃饭,没有继续分辩下去,他已经意识到,和紫娆的争辩是不会有任何结果的,他根本说服不了她,否则,他们的蜜月不会如此收场。

之后,两个人的婚姻中便开始有了一次次那次事端的重复,起因不一,但结果类似。事件小到买一件衣服,大到他公司的酒会她坚决不去参加……只要紫娆坚持的,不管彭浩好说歹说,她都不会改变,彭浩发火也无济于事,紫娆不会跟他吵,她只是坚持,这种倔犟的坚持,常常让彭浩觉得崩溃,甚至,他有时会羡慕那些动辄歇斯底里吵闹、之后又会很快和好的夫妻。

紫娆的态度是,不争吵,不妥协。

最近的一次,紫娆同彭浩说,这段时间他的应酬太多,酒喝得频繁,以后,每周至少三天不能喝酒,要回家吃饭。

彭浩答应了,虽然紫娆温和的口气里不乏命令的成分,但他听得出来,这是作为妻子的一种关爱。

可是答应了,彭浩却做不到,有些酒场是他这个业务经理推不掉的,所以当那一周一连四天他酒后归家时,发现卧室门被反锁了,另外的小卧室的门却开着。

彭浩很自觉地去小卧室睡了一晚,第二天早上,紫娆做好了饭将他喊起来，对他说，下次再违规，你就在外面过夜吧。

但下一次很快就出现了。而紫娆也一如她所说的那样，反锁了家门，在彭浩按了半天门铃后，始终没有开。最后彭浩发火了，朝着门踹了一脚。门内依然没有动静，邻居却探出头来。恼怒却又无计可施的彭浩只得去了一家快捷酒店，并在半夜时，还受到了不良女子的电话骚扰……

那一晚，也成了压倒彭浩对自己婚姻承受力的最后一根稻草。第二天下班回家，他站在厨房门口，对背对着自己正做饭的紫娆说，咱们离婚吧，咱们在一起，也许是个错误。

紫娆纤细的肩膀只是轻微颤动了一下，然后回过头来，注视彭浩良久，说，好。

可是没想到，说好去办理离婚手续的时候，下了这场缠绵悱恻的雨。彭浩犹豫了半天，还是决定不打那个电话了，天好了再约吧。

紫娆却把电话打过来了，说，半小时后在民政局见。

彭浩苦笑了一下，这就是紫娆，不会妥协的紫娆。

开着车，彭浩去了民政局，十几分钟后便到了。

紫娆也到了，也只是三天没见，彭浩觉得紫娆有些变化，也许是错觉，他觉得紫娆又瘦了一些，原本小小的下巴显得更尖了。但紫娆看上去是平静的，说，走吧。

两个人就上了楼。彭浩心里有些百感交集，两年前，同一个地方，他们欢天喜地来登记，两年后再来，却是为了离散。而据说，现在的离婚手续比结婚手续更为简单，没有孩子没有财产分割，也就是几分钟的事情。

不过让彭浩有些意外的是手续虽然简单，却要排队，那天，来办理离婚手续的竟然比来登记的还多。

站在那里等，目光不知放在何处，气氛很尴尬，兜里的电话却震个不停。彭浩拿出来，看到是哥哥的电话号码。

哥哥和父母住在二百公里外的小城，父亲心脏有点儿不太好，但一直也无大碍，平常也都是彭浩打电话回去，不知道哥哥为何忽然来电话。

接起来，哥哥的声音很焦虑，弟，爸出事了。

彭浩的心猛然一下提了起来，听到哥哥说，父亲忽然心脏病发作，送到医院，好歹抢救过来，但是，恐怕要做手术，要他赶快回去……

彭浩什么都顾不得了，转身就朝外跑，一口气跑下楼，跑到车前，开车门，才发现紫娆也追了下来。

彭浩仓促地跟紫娆说了一声："对不起啊，爸出了点儿事，等我回来吧。"

紫娆却已经拉开后面的车门："我跟你一起回去。"

彭浩犹豫了一下，没有拒绝，上了车将车开了出去。

一路上，两个人都不说话，彭浩一路没有停，三小时后，到了家乡小城的人民医院。

重症病房里，父亲已经醒了，身上插着管子，头发凌乱，面容憔悴，彭浩只看了一眼，就忍不住哭了。

紫娆在后面拉他的衣服，用力拉了两下，彭浩醒悟过来，赶紧擦了眼泪，坐到父亲病床边："爸，我回来了，你没事的……"还是慌乱担忧、语无伦次。

紫娆跟着坐下来，在彭浩身边，拉起老人的手："爸，您别担心，医生说了，等做了手术，搭了支架，您的心脏就会跟年轻人一样了。现在医学那么发达，这不是什么问题。"

老人说不出话，但唇角却明显扬了扬，似要微笑。彭浩感激地看了紫娆一眼，第一次，他觉得她的冷静充满智慧。

之后，父亲又睡了过去。

彭浩跟着哥哥去找医生，谈了手术时间和费用。彭浩才想起最现实的问题，一个好的心脏支架如此昂贵，而现在，他手里并没有什么钱，说了一人一半的钱还没有正式分，卡在紫娆手里……医生似看透彭浩的难处，说："你们做家属的自己看吧，毕竟老人年纪大了，这么高的费用也的确是……"

彭浩打断医生，一切都用最好的，钱不是问题。

走出医生办公室，彭浩让哥哥回去守着父亲，他自己走到走廊尽头略偏的地方拿出了电话，彭浩决定了，借钱也要让父亲成功做了这次手术，父亲才 60 岁，如果他不用尽全力，如果父亲为此……他会后悔一辈子。

正要拨电话的时候，一只手搭在了他的手臂上。

彭浩心里微微一颤，两年的夫妻，即使即将分手，他到底也熟悉这手指的感觉。

是紫娆。

她还是那样静静地看着他："彭浩，别着急，你在这边照顾着爸，我回去拿钱。"

"可是……"彭浩忽然不知该怎么说，老天竟然开了个如此大的玩笑，这是一个即将和他没有任何关系的女人，他已经把什么都说过了，如果哥哥的电话再迟半小时，他们已经拿到了那个绿色的离婚证了。

"紫娆，你别管了，我会想办法。"彭浩还是觉得不能让紫娆来替他承担，那样，他也太不像男人了。

"我们不是还没离婚吗？"紫娆依然言语简单，"不离，就是夫妻，就该一起承担。"说完，紫娆转身走了。

看着紫娆单薄的背影在楼梯转角处消失，彭浩忽然觉得有些歉疚和难过。但此时，也来不及细细分析对紫娆的感觉了，他现在需要做的，是借钱。他知道紫娆手里的钱，即使不分成两份，也是远远不够的。

没想到平常酒桌上言语中透着深重情意的朋友，在电话里听到彭浩的意图后，几乎众口一词拒绝了，虽然拒绝得都很婉转且理由不一，有说钱被股票套了，有说刚投资了房子还欠着银行，有说不巧刚被别人借去了……唯一一个相交多年的大学同学，在犹豫片刻后答应借给彭浩一万块钱，也只有一万块钱。

彭浩一刹那看穿了世态炎凉，心里悲哀万分。

那天晚上，趴在父亲病床边，看着病痛中的老人，彭浩心急如焚。现在他唯一能想的办法，也就只有预支自己的薪水了，且不知道能否成功。

彭浩整晚未眠。天亮时，哥哥过来送早点，彭浩起来去水房用凉水洗了把脸，出来，看到走廊上，紫娆正朝这边走过来。

彭浩心一暖，那么早，紫娆一定赶了最早的早班车，她看上去眼睛也是红红的，自然没有休息好。

彭浩迎过去，说："你来了。"

彭浩不知道还能说什么，虽然没有离婚，但到底，也不是曾经了。若非这场突发变故，彼此已经成为陌路人。

紫娆点点头："彭浩，我查了一下所有卡里的钱，不太够，我都取出来了，先垫付一下，我跟银行的同学说过了，把咱们的房子抵押了贷些钱，她说这两天就办理，应该赶得上。"

彭浩僵在了那里，紫娆又一次让他感觉到意外和震惊，他无论如何没想到，为了父亲，她竟然会用房子去抵押贷款。他不明白，不过是两年的夫妻，又是这样的境地，她可以不用这样做，她已经做得够多。

紫娆似看穿彭浩心思，淡淡一笑："彭浩，就算我们离了婚，到底，也做过夫妻是不是，老话说一日夫妻百日恩，没有恩也有情，这两年的情分，你觉得不值一套房子吗？何况，你不是也真心地想把房子送给我吗？你也原本可以不这样做的。"她牵过他的手，"走吧，去看爸。"

彭浩就那样任由紫娆牵着机械地朝前走，她的手指依旧那样纤细柔弱，却有种令他无法抗拒的力量。跟在她身后，想起过往，想起两年的夫妻生活，他一直为她倔犟的性格所困扰，一直计较着，再也没有了心思来好好儿体会她感受她倔犟性格里隐藏的担当和善良。如果父亲不出事，他们也再无相交的可能了吧？那么日后他会再遇见谁？也许顺从乖巧听话，但他如何就能保证大难来临时，对方会如紫娆这般坚定地陪着他一起披荆斩棘？

在这熟悉的纤细背影里，彭浩第一次审视了婚姻的含义，曾经完全陌生的两个人，在一起生活，总会因个性和生活态度的不同有着这样那样的摩擦和不快，可是，于婚姻而言，当不幸降临时可以共同承担，当寒冷来袭时可以相互取暖，难道还不够吗？

想着，彭浩伸过手，坚定地握住了牵着他手臂的纤细手指，牢牢握在自己掌心里。

紫娆没有拒绝。

终归有情人

一

米爱在博客上写了句话：情人做久了，天使也会变成怨妇。

后面跟帖留言的很多，说什么的都有，米爱便把那句话删了。

4 年了，外人说什么都已无济于事，她是当事人，什么道理不明白？这 4 年，她一点点经历了爱情从美好的最初到充满质疑的后来。是一个情人的亲身经历，亦是一个情人的心路历程。而现在问题的关键是，米爱常常会怀疑这些年的情感付出值不值得？因为她越来越迷惑，情人之间的那种纠葛和相处，到底是不是爱？

这才是她现在最在意的。若是爱，倒也值了，若自己获得的仅仅是爱情名义下的情欲和一个男人的贪婪，那对一个爱着的女子来说，太残酷。

有很长一段日子了，米爱被这个问题困扰，而不是她和彭博的结局。

结局，米爱从来没有幻想过，爱上一个人到中年有一对龙凤胎可爱儿女和一个有着体面职业的妻子的男人会有什么结局呢？虽然他说，他的妻不爱说话，性格略显冷僻，但是他也说，妻虽然事业繁忙，但是顾家，将他和孩子都照顾得很好。十几年的婚姻，若无大的是非，离散是很难的。米爱心里很清楚，所以她不奢望。她要的只是爱，并在决定了去爱之前，将如何处理这种关系的问题都想到了——不能朝朝暮暮、见不得光和可能承受的所有委屈。

她想到了，也做到了，这 4 年，她并没有为此刁难彭博，她没有责备他不能陪她逛街，不能在她那里过夜，不能跟她一起见朋友，不能在周末的时候给她打电话……只要她能感觉到他的爱，她就让自己满足。可是为什么，渐渐地，她觉得他所给予她的那些身体的热烈，短信息里的甜蜜，一件礼物的别出心裁……这些都不是爱呢？

那天，她这样喃喃地问彭博的时候，对方并没有察觉出她情绪的变化，像往常一样的口吻笑问她："那爱是怎样的？"

米爱抬起头来看彭博，看了一小会儿，摇了摇头。彭博就将她拉过来，一直拉到怀里面，然后吻下去。

二

曾经，米爱多么迷恋彭博这样的怀抱这样的吻。每次说起来，她都会说，是先认识了彭博的怀抱，然后才认识了他的人。

那时候，米爱刚工作不久，去出差，回来时没有买到火车票，只好坐大巴。高速公路行驶了两小时后的某个路段忽然起了轻雾，车速放缓，却还是出了小事故。连环追尾，米爱乘坐的大巴被挤在了中间。

连环撞击撞得一车人失声且失态，米爱先是额头撞到了前面座椅的靠背上，身体再晃动的时候，就跌在了一个人的怀里，然后，被他紧紧抱住，说，别怕。

两小时，米爱并没有留意一直坐在身边的彭博，直到被他箍在怀里。

然后车停住了，有惊无险，一车人都无碍。抱着米爱的手臂缓缓松开，她抬起头来看刚才将自己抱在怀里的人。

三十五六岁的男子，年轻的时候应该是很英俊的，现在额头上有了浅浅皱纹，面容也不再那样光洁紧致，多少有了光阴的味道，这味道，倒让眼神和笑容多了一份安全感。

坐在旁边，比米爱高出一头的样子，坚实的怀抱，像温暖墙壁。

就这样认识了，车祸处理得很麻烦，6小时后大巴才重新开动。等待的6小时，足以让一对这样相识的男女一点点靠近，喜欢的感觉在彼此眼神和唇齿间欲说还休。

因此，剩余的车程便显得格外短，分手时的一点点不舍，刚刚好，是下一次联系的开端。

米爱对彭博说，我从来没有想到会以情人的方式开始我的爱情，可是，我遇见了你。

彭博对米爱说，我从来没有想过会背叛自己的婚姻，可是，我遇见了你。

如此不能自已，是一种无奈，也分明是一种借口。两两认可，就爱了。

至少那时候，米爱以为是爱。每天像个孩子盼望糖果一样盼望彭博的电话、信息。为他的一句话笑或感伤。为每一次相见兴奋，将原本就很漂亮的小房子重新整理了又整理，就像将美丽的自己打扮了又打扮，只为让他感觉到那些变化中的美好。

直到后来，米爱发现，这所有的一切，不过都是一场欢爱的前奏，是在为此做着长长的铺垫。最后的结局无一例外。和彭博爱情的真正实质，似乎只是身体，是欢爱。心灵也许是最初的理由，后来便成了身体的借口。而米爱，她觉得自己一直在意的是爱情，所以这种发现，让她伤心，甚至害怕。

是从什么时候开始的呢？

三

那天晚上，像往常一样，米爱送彭博离开。夜的楼前，寂静安宁，她习惯地索取他离开前最后的拥抱。

那天，彭博抱完米爱，开车门的时候想起了什么，又走到后面打开了后备箱。

那是米爱第一次看彭博车子的后备箱，她没想到里面的内容是这样的：两箱红酒，精致包装的茶叶，还有几盒核桃……林林总总，将里面塞得满满的。

“怎么这么多东西？”她随口问。

“哦，朋友送的，”彭博说，“昨天回家忘记拿出来了。”然后他将后备箱盖好，走到米爱身边又轻轻一抱她，上了车。

车子闪着灯离开，米爱抱着胳膊在楼前站了好半天。她对自己说别想别想，可是心里想的，还是后备箱里那些东西。红酒，彭博来的时候，他们俩也会喝一点儿，都是她提前买好。茶叶，她不喝，但彭博来了会喝，她也需要准备。核桃，她不是很爱吃，可是她知道核桃营养价值高，偶尔也买来吃……以前她没有想过，作为某家公司的部门负责人，彭博的车子后备箱里也许经常是满着的，这些物品或者常年不断，但是他不会给她。他给她的，大多是首饰、衣服，甚至某个酒吧或美容中心的金卡，但从不给她这些。这些东西，彭博要带回家，他只会带回家。

不是这些东西的问题，而是，米爱觉得这些东西和生活有关，和爱有关，而另外那些，似乎只和性有关。

想到此，米爱心里冷不丁打了个寒战。

那以后，再看见他的车子，她的心总朝着后备箱那边想。想一想，就觉得失落。

而失落一旦开了头，就似乎没完没了起来。

四

那天彭博过来的时候，神情略有疲惫，喝着米爱褒好的汤，歇了好大会儿才呼一口气，说，现在的大学生，找份工作真是太难了。

米爱不知彭博为何感慨，顺口问了一声，才知道彭博是为妻子刚刚毕业的侄子找了份工作。是家不错的公司，为此，彭博费尽周折。

这边彭博在感慨，那边米爱心里却已经渐渐生了怨气，一个月前，她也让彭博帮她做件事，哥哥有一笔业务想拿下来，但是对方的态度很模糊，米爱无意知道那家公司的老总和彭博有来往，就让他帮个忙。

当时彭博也答应了，但最终并没有结果，彭博很为难地告诉她，不太好说，并且现在很多事做起来很麻烦，不似想象那么简单。

米爱就作罢了，不想为此让彭博为难。但是现在，她忽然明白事情不是这样的，他帮不了她，是因为他不愿意，并没有为此努力。那件事，比为一个应届生找份好工作容易许多。如此想来，是因为他对她，不想负担任何多余的责任。

不想负担责任，是因为没有爱。这个道理很简单。因为简单，米爱的心里有点儿疼。

那天晚上，彭博再索取欢爱时，米爱拒绝了。是第一次拒绝，很干脆："我不想，"她看着彭博，"我不想我们的关系到最后也只能停留在身体上。"

一句话，彭博的脸红了："爱爱，你，你怎么了……"

这样的神情，分明是真相被拆穿的尴尬。米爱心里的疼，就又加重几分。转回头来问彭博："你究竟爱不爱我？"

"怎么、怎么想起来这样问？"彭博依然尴尬着。

"也许，所有情人之间爱的实质，都只是身体吧。"米爱自问自答，心里悲哀万分。

彭博不知再说什么，两个人没有了习惯的欢爱，竟不知如何消磨那点儿时间。没有一起看过电视，讨论过别的生活话题，相识以来大多的时间，都在床上，包括交谈。

后来是米爱先开口："你回去吧，我想早点儿睡。"

彭博还想说什么，或者想哄哄她，但那样的情形，却又不知如何去做，最终讪讪地走了。

米爱赶他走，他真走了，她又觉得无比失落，倒宁肯他赖着不走，哄她，跟她闹，哪怕坚决地要她——这才像爱。而不是逃避。

可是彭博逃避了。米爱在窗口看着彭博的车子毫不犹豫地滑出视线，忍不住哭了一场。

五

质疑了，难过了，却依然觉得离不开。4年不是太短，米爱觉得自己的情感都被定住了，挣扎的力气都没有。

那天的事，她没有再说，彭博自然也不会去主动问，然后很快到了米爱的生日。26岁生日。惯例，生日那天，彭博会放下所有的事情陪米爱到附近的城镇去住上一天。在一个陌生的城镇，也只有在陌生的城里，他能够牵着她的手，陪她逛街……米爱觉得，一年的爱，也只有那一天。

这次，他们去了二百公里外的一个小县城，那个县城里有条古街，米爱格外喜欢。古街中的生活很现代，甚至有家西餐馆，格外雅致。

吃饭的时候，米爱幽幽地说："26了，转眼就老了。"

彭博跟一句："爱爱，如果，如果有适合的男子……"

米爱盯住了彭博。彭博赶紧解释："我是说，我觉得总这样下去对不起你，毕竟我不能每天在身边陪着你照顾你……"

这是她爱的男人，可是他真的不在乎她，他甚至要求她去和别的男人恋爱结婚。米爱突然就发作了，冲着彭博喊叫："我以为不管怎样，我们之间都是爱情，为此我可以不在乎名分不在乎形式，不在乎你能给我什么给多少，可是我错了，从来都不是爱，从来都不是！"

米爱站起来朝门外冲去，彭博在后面追，被服务生拦住，他掏出钱抽出几张塞到服务生手中追出门去时，米爱已经没有了踪影。打电话，不接，再打，关机了。

那天，彭博在小小的县城里到处寻找米爱，那么小的县城，他却怎么都找不到她。终于知道她是不想让他找到——其实他早就能够想到这一天。一定会来，早晚而已。没有谁能做谁一辈子的情人，米爱，她有理由愤怒。

天黑前，彭博坐了最后一班车离开。他发给米爱的信息是对不起，除了对不起，他不知道还该说什么，说什么似乎都毫无意义。

那天，米爱一个人在小县城不长却繁杂的街道中行走，一直走到天黑，走到双腿失去了力气。然后找了一家快捷酒店住下，一个晚上，眼睛盯着天花板，心里翻来覆去，难过，怨怼，伤感，莫名的恨。

六

回去后，米爱没有联系彭博，彭博也没有找米爱。一怒之下，米爱换了号码，两个人的联系突然就断了。后来米爱想，也许这一天，是彭博等待的吧，他不会为失去她难过，他还有一个完整的世界，她本来也不过就是他男人欲望领域里锦上的花，有了丰富一点儿，没有也一样。

这种感觉，让米爱一个人的时候几乎无地自容——不是被他的爱伤了，而是被他的不爱。

她料定了他不爱。

恨的成分就这样一点一点多起来，随着彭博一日一日的沉默，米爱的小屋里，彭博的睡衣、拖鞋、剃须刀、茶杯等物品一起进了垃圾桶。丢一件，心凉片刻。最后凉得米爱连眼泪都掉不出来了，只觉得闷，觉得窒息。

那是她最好的4年，她爱着的4年。

白天，米爱就努力去做事情，从这种溃败的感觉里逃脱一些。该做的不该做的工作，只要有人找过来，一律接下，甚至领导试探找她，让她去医院陪护病人，她也一口应允。

七

公司有个大姐自己带着孩子，本市也没有什么亲属，肾病，需要做手术，正在等待肾源。

米爱过去医院，跑前跑后很是勤奋，大姐觉得过意不去，并不知道她只是想努力脱离一场情感的失败。

那天中午，米爱照顾大姐吃了午饭，从病房走出来去洗手间的时候，在楼道里，忽然被人在后面一把拉住了胳膊。

米爱吓一跳，回头，如何都没想到，竟然是彭博。

他看起来瘦了一些，憔悴，眼神充满疲惫和焦灼。只是两个月而已，“彭博，你怎么了？怎么在医院？”米爱反过来一把拉住他，急切地追问。

这一刻，忽然忘记左右怨怼，满心只剩了牵挂和担心。

“爱爱，爱爱。”彭博将米爱拉进怀里，“别怕别怕，有我在，我把我的肾给你一个，别怕，没事的……”彭博紧紧箍着米爱，像他们第一次邂逅时那样，语无伦次地安慰着她。

好半天，米爱才在彭博怀里挣出一个缝隙：“你说什么呢？出什么事了？”

“别瞒我，爱爱你不用瞒我。”彭博重新抱住她，“我还是牵挂你，忍不住给你打电话，打不通，就打了你们公司电话，你的同事说你在医院……爱爱，为什么你不告诉我？为什么……”

彭博连声追问，手臂越来越紧，紧得米爱透不过气来。透不过气，但是米爱却已经明白了一切，也许是同事没说清楚，也许是彭博着急听错了，他以为躺在医院正在等待肾源的是她。

彭博还在说：“人家说很多夫妻的肾源合适，咱们一定也可以的，爱爱……”

米爱听到，彭博说着说着哭了起来。这哭泣声像世间最动听的爱的音乐落在米爱的心里，让她自责，更让她幸福得心疼，幸福得快要窒息。

原来他一直是爱的，只是他能给她的爱只能用那样的方式。他们不是夫妻，所以他给不了她琐碎的烟火的日子，比如他汽车后备箱里的物品，比如去处理她朋友的事情，情人的关系，也只能如此吧。而他想让她嫁，不是他舍得，是他觉得必须那样，他想有人能给她更多的爱和照顾，给她真正圆满的生活——这，是他的爱。对她的爱。

忽然之间，米爱什么都明白了。她没有着急解释，任由彭博抱着，感受着被爱的幸福。

人来人往的病房通道中，他们就这样紧紧相拥，像一对危难时分舍不得放手的爱人，最爱的人。

抱了许久。

八

春天最后的日子，米爱平静地和彭博分手了。做了 4 年的情人，因为他的爱，她知道自己心里没有伤痕，一点儿都没有。她甚至变得更加美好，像一个真正的爱情天使，微笑等待一场圆满的爱情。

而这才是彭博给她的最好的最珍贵的，他让她知道了，他们相识太晚，能爱的时间太少，但终归彼此是有情人。有情，什么都值得。

有谁知道琥珀的爱

离琥珀远点儿——这是何飞来公司第二天，刚刚认识的同事在电脑上半开玩笑般给他发出的警告，对方说：因为，琥珀是老总的人。

然后，同事发了张暧昧的图片。

何飞回个笑脸，却不由得转头，他的左边，红色隔板内便是琥珀的写字桌。前一天他来报道时，她不在，他只看到她的工作牌，觉得这个名字很特别。

没想到此刻琥珀忽然站了起来，且目光正朝向他。

何飞慌忙低头，那个叫琥珀的女子，二十四五岁，一个女子最好的年纪。脱离了小女生的青涩，也没有成熟女人的饱满，一切都刚刚好。年轻，漂亮，风情。

何飞没想到，琥珀那么美，转而苦笑，如同事所说，这样的身份，漂亮是本钱。何飞想起面试时见过的老总，五十岁左右的年纪，没有发福，像年轻人一样开张扬跑车……正乱想着，琥珀低而清晰的声音打断他："新来的，叫啥？"

何飞略有慌乱，把工作牌拿给琥珀看，目光游离着，不再同琥珀对视。

"没事，忙你的吧。"琥珀笑笑，很好听的笑声，清澈玲珑。然后，琥珀朝外走。

何飞坐下来，舒口气。

一个上午，琥珀没有回来，何飞有些断断续续地走神。

琥珀是午餐时出现的，且径直出现在何飞眼前，端着一份套餐，对正低头吃饭的何飞说："新来的，让个空儿。"

何飞差点儿被噎住，慌忙移动身体腾出旁边的空位。

琥珀坐下来，看着他，说："他们不爱跟我一起，"说着笑笑，"想必你也知道原因了。”

何飞一愣，没想到琥珀会如此直接。

何飞摇头，说：“没！”但到底是撒谎，脸已经红了。

“没什么，”琥珀低头吃饭，“你不介意就好。”

何飞又摇头，“不！”又说了一个字，脸还是红着。

“吃饭吧。”琥珀忽然夹起一块排骨放到何飞碗里，“男孩子要多吃点儿肉，有力气。”

何飞怔住，然后心就突然一酸，这是他小时候奶奶最爱对他说的一句话，只是家境一直贫困，也只偶尔能吃到肉，每次，奶奶总会把她的那一份夹给何飞。

现在，奶奶不在了，这句话，再没有人对何飞说过。没想到，琥珀会说，且说得那样温暖从容，好像他们已经认识了许多年。

何飞呆了稍许，低头，沉默地把排骨送到口中，想说什么，却找不到话题，只好低头用力吃饭。直到把每一粒米都吃干净，抬起头，琥珀正支着下巴注视他。

何飞的脸又红了。

何飞很快发现，琥珀的工作的确没有任何实质意义，如同事所说，不过是有个工作名分，琥珀经常不在公司，她的出现和离开同老总的行程经常保持一致。

而只要琥珀在公司吃午饭，一定会坐在何飞旁边，并习惯地将排骨或者肉块夹到何飞碗中。

慢慢熟了，也有许多随意的对话，琥珀会问他的家乡、家人……偶尔，何飞也会接过话来询问琥珀同样的问题。她却从不说，他一问，她就笑着把话题岔开或者干脆把食物塞进他嘴巴里，温柔地噎住他。

同事同何飞开玩笑：“你小子，不想混了吧？连她都惹……”

何飞脸上挂着敷衍的笑，心里却莫名难过，就如琥珀不在的时候，何飞的心也会莫名有些空。这种突如其来的空洞，会让何飞慌乱，他有些害怕，这种感觉，会不会是爱情。

彼时何飞24岁，大学毕业半年，在对很多人来说最浪漫的大学时光里，何飞所有的记忆都是努力打零工赚钱换取生活费用，没有时间恋爱，亦没有多余心力。这是他获得的第一份稳定工作，虽是试用期，但终归安逸，公司甚至提供住所，这样的时光，适合很多事情的发生，比如，爱情。

只是蓦然一想，何飞就被打回现实。他和她——多么荒唐？他们之间，隔着千沟万壑，压根儿不在同一个世界里。

可是，何飞却又如此贪恋一起吃午饭时那短暂的温暖。如此，贪恋。

没想到琥珀出差回来会带礼物给他，一块精美的手表。

何飞本能要拒绝，看到琥珀正静静看着他。“你是不是觉得我的东西来路不正？”

“不。”他慌乱摇头，“不是……”

“那就收下。”琥珀转身离开。

何飞还是觉得礼物太重，他觉得自己能承受的，也不过是琥珀一块排骨的温暖。

回到写字间，坐下来，电脑屏幕右下角，一个小小头像在跳动。是琥珀。

何飞点开，看到琥珀的留言：我知道，在这么多人中，只有你从没有歧视过我。只有你。

何飞忽然有点儿透不过气的感觉，良久，才慢慢打下几个字：你是个好姑娘。

手表，何飞没有戴，放在枕头下，静夜里，会听秒针移动的声音。那声音，既让他感动欢喜，也让他微微惆怅——琥珀那么近，又那么远，近得可以听到她的声音，远得，怎样用力都无法看见。

就在这样惆怅和欢喜中，何飞度过了试用期。并没有发生同事调侃中的事情，因为和琥珀的接近被赶走……事实上，何飞从来不曾真正见过琥珀和老总在一起，但是他知道，那是真的，而且他们之间的关系过于强大，强大到，根本无须计较他的存在。

何飞为此悲哀和无奈，却无法诉说，琥珀，不是他的谁。从来都不是。

那天大约上班半小时后，何飞听到有急速的脚步声从门边走进来，同时，传来一个女人尖利的咒骂声。在咒骂声之前，女人喊了陈琥珀的名字。

何飞和所有同事几乎同时站了起来，看到一个衣着华丽的中年女人已经走到了琥珀跟前，一个耳光抽了过去，琥珀的脸上瞬间留下清晰的指痕。

女人再次抬起手，何飞情急之中跳上桌子跨过了隔板，挡住了女人下落的手掌。

女人没有得逞，伸手扯过琥珀桌上的笔筒，劈头盖脸砸过去，笔筒里有把剪刀锋利地擦过了何飞的额头，血一下子流下来。

写字间一片凌乱，有人过来拉架，何飞不顾疼痛，依然护着琥珀，只怕她继续受到伤害。

琥珀在他身后绕过来，伸手掩住他血流不止的额头，没有任何慌乱，只轻轻叹口气。

女人还在咒骂撕扯，直到老总出现，事端才算平息。

女人被老总半拥着离开了，老总离开之前，只叮嘱一声，送他去医院。自始至终，没有看琥珀一眼，而自始至终，琥珀也没有反抗辩驳，没有说一句话，异常平静，沉默承受。

那种平静，让何飞心疼。

还是去医院把伤口做了处理，琥珀一直陪在旁边，什么都不说，只是陪着他消毒、打针、缝合、包扎……脸上的指痕许久未消。

那让何飞更加心疼，那心疼彻底掩盖了伤口的疼。

离开医院时，部门经理打电话过来，让何飞休几天假，算公休。

挂了电话，琥珀才开口："他会补偿你。"

"我不需要。"这句话忽然刺伤何飞，他赌气问了句，"他会补偿你什么？"

"看我想要什么，只要不是太出格，"琥珀很平静，"这是他的方式。"

"为什么不离开他？"何飞问了一句，很多天来，心底所有的悲哀和无奈瞬间找到出口流泻出来，"琥珀，你可以不过这样的生活，你不是个虚荣的女子。"

"有些事，你不明白。"琥珀仰头笑笑，"何飞，人生不能重来。"

"但是可以重新开始。"何飞冲动地握住琥珀的肩，"琥珀，离开他。"

琥珀注视何飞良久，轻轻推开他的手，伸手拦了辆出租车，然后说："回去休息吧，好了再去上班，有空，我会去看你。"

路上，何飞忍不住拨了琥珀的号码，琥珀一直不接。再打，依然不接，后来再打，琥珀关机了。

何飞这才感觉额头的伤口开始隐隐作痛，痛得越来越清晰。

琥珀并没有去看望何飞，手机也一直处于关机状态，何飞能够寻找到的，只是他曾经熟悉的那份温暖，不远的酒店，有服务生每天送来定制的一日三餐。何飞知道，是琥珀。只有她，在这些年的仓促光阴里，给过他真实温暖和爱护。不过，是因为他从不曾鄙薄过她的美。

可是，琥珀，她依然不是他的谁。

但现在的何飞，却如此盼望她能成为他的谁，终此一生，相互温暖。这种感觉，已随着伤口的愈合越来越强烈。

一周后，何飞去医院拆线、换药。医生说，也许会留一道小小的疤。

何飞不在乎，现在他在乎的，只有琥珀。何飞已经想好，重新找一份工作，和琥珀重新开始——这是一个爱情的愿望，被年轻的心脏点燃，再也难以忍耐。离开医院，何飞决定回公司辞职。

路上，电话响。何飞的心剧烈一跳，自兜中将电话拿出，却不是琥珀，是家里的号码。

父母平时很少打电话给他，都是何飞打回去，和父母相互报个平安。这一段时间，母亲身体不太好，何飞的电话频繁一些，这几日，满脑子都是琥珀，他忽略了。想来，是父母担心，才打了电话过来。

何飞一直等到电话断了，拨回去，才知道母亲住院了，原本以为和以前一样打两针会好，但这一次，检查出新的问题来，需要做手术……

何飞的脑子一下子蒙了，好半天，才强迫自己镇定下来，对父亲说："爸，别太担心，我很快就回去，我就回去……"

没有回公司，何飞回住处简单收拾了行李直接奔车站，要买票时，才猛然想起一个现实的问题，母亲的手术费……何飞摸出包里的工资卡，简单计算了一下，这几个月的收入大多攒起来，不到一万元。

何飞掉头回了公司，找到部门经理，简单说了家中的状况，请求预借工资。

经理犹豫地说："那是不小的一笔钱，公司没有这个先例。"

“我有合同，我可以一直不领工资。”何飞低低请求。他没有别的办法。

经理思忖片刻，只许了何飞预借数目的一半。

离开经理室，朝外跑的时候，何飞恍然看到琥珀自老总办公室门边闪过。何飞的心一顿，脚步停滞了一下，终究没有回头，迅速离开了。

何飞在第二天一大早才赶到家乡县城的医院，母亲不太好，虚弱而消瘦。医生说，要尽快手术。

病房外，父亲迟疑好久才说：“手术费，我没有凑够，还，还差很多……”何飞才想起来，二话没说，跑出去找了家银行去取钱。

卡递过去，何飞说：“全都取出来。”

“先生，”对方微笑着说，“超过十万块钱是要提前一天预约的，您先预约一下，明天取好吗？”

何飞一愣，如果他没有记错，卡里应该不到三万块钱。如何会有十万？

何飞请求核对，对方报出数目：“十一万两千元，没有错。明天要取吗？”

何飞愣怔着忘记回答，直到对方再次询问，他应了一声，本能点头：“对，取，全部。”

闪念之间，何飞想起琥珀，想起离开公司时她一闪而过的影子。

没错，只有她。

何飞拨琥珀的电话，依旧关机。这次，何飞没有任何犹豫拨了公司电话，问开他玩笑的同事，琥珀是否在。

那边取笑的口吻：“傻瓜，她不在这里了，受那么大委屈哪能白受？听说开了个品牌服装店，在西大街，当老板去了……”

同事还在调侃着，何飞挂了电话，忍了许久的泪忽然汹涌而出。

母亲的手术很顺利，何飞回去，下了火车，直奔同事说的西大街，可街道两端都走过，并没有找到琥珀的服装店。

再打，电话已经是空号。那晚，熟悉的手表秒针的嗒嗒声使何飞再次感觉到了内心的空荡，难以掩饰的空荡。

琥珀忽然在生活中消失，最后留给何飞的，是那道一闪而过的背影。终究也没有去询问老总，而曾经，他和她所有的对白中，她从不曾提过关于自己过去生活的点滴。

和琥珀之间间隔的隔板已经拆去，多出的空间映衬出何飞的空荡。打开电脑，右下角的小小头像重叠跳跃不止。

点开一个个对话框，最后一个跳出的，是琥珀，她说：五年前，他将我自一个凌乱场所带出，并帮我解除家中因变故沦入多年的困境，救了我的父亲。我许诺给他五年青春。虽是薄弱女子，也希望自己言而有信。且，还曾那样虚妄地不想只做笼中鸟，要了一份工作……你说得没错，人生不能重来，却可以重新开始。现在已经五年了，我可以重新开始了，而你，却和他一样，都是活在我的过去中，只有离开你们，我才能忘记过去。离开之前知道了你家里的事端，何飞，这是我唯一能够给你的。请无须计较钱的来路，心若干净，一切都是干净的。我只是希望你能比我幸运，在身陷困境时，无须付出我这般悲凉代价。

留言时间，是何飞最后一次见到琥珀的那个下午。

何飞没有去找琥珀，他忽然明白了他和琥珀之间所不能逾越的沟壑，并非来自别人，而是来自琥珀的内心，他必须给她抛弃过去的自由。

一年后，还完所欠债务，何飞跳槽到了新的公司。两年后，何飞升职并有了女友。一个单纯可爱的圆脸女孩。女孩爱撒娇，偶尔任性，只有一点，从来不敢碰触何飞钱包夹层里的一张小小的，明显在一张集体合影照中剪辑下的小照片。照片中小小的头像，五官有些模糊，却依然能看清女子的风情和美丽。

何飞从不曾讲过关于女子的任何故事，只是非常非常神圣地说，她是他曾经的女友和爱人。曾经，他们彼此相爱。

何飞说，现在，他把爱情凝固在光阴里，凝成了琥珀。

爱情已被覆盖

一

"告诉我，到底怎么样，你会离开陈辰？"她的声音在我耳边，很轻，有点儿蔑视和不屑。

那是2008年的冬天的一个黄昏，在陈辰家里，她的母亲和我的对话。

我看着她，一个衣着高贵的女人。而那天的我，穿了一件白色的棉衣和牛仔裤，素面朝天，和这个装修豪华的大客厅格格不入，像一个误入皇宫的平民女子。

这里是陈辰的家，我面前这个高傲的女人是陈辰的母亲，陈辰是我的恋人。

此时陈辰不在我的身边，他在楼上，我隐约听到几米之上，他和他的父亲发出的争执声。他在为我们的爱情，为我——一个单亲家庭中长大，母亲下岗，家庭贫寒的酒店前台服务生，和他的家庭谈判。

我压抑着内心的波动，把声音放得非常平稳："阿姨，我不需要任何条件，只要陈辰想放弃，我会离开他。"

在走进这个家门之前，我答应了陈辰，不管他的家人怎样对待我们，不可以拿我们的爱情赌气，他说："苏凝，生在一个富有的家庭不是我的错，你不可以因此放弃。"

他说的有道理。

陈辰的母亲轻轻皱了皱眉："陈辰从小就喜欢胡闹，我希望你可以离开他，这样也会避免以后你被他伤害。而且，你也不想失去这份工作对吗……"

我微笑，依旧平静地看着她。也是这个时候，听到了身后传来的脚步声，陈辰从楼上走了下来，背后是一个男人愤怒的声音："只要离开这个家，你就不要再回来。"

陈辰却已走到我身边，揽着我的肩膀说："苏凝，我们走。"

我们朝外走去，在门边我听到他的母亲低低地喊了他的名字。他没有回头。

一直走出那栋别墅的影子，陈辰站住，转头看着我："苏凝，我不会离开你。"

我的心有隐隐的酸涩，这是爱情的酸涩，是幸福的酸涩。

二

认识陈辰的时候，我不知道他的家庭和一切。

是在体育馆甲A足球比赛的看台上，我陪喜欢足球的女友看比赛。主场终于进球的刹那，没有任何防备的，我的太阳帽不知被谁一把扯了下来。

我回过头去，一个年轻男人正在挥动着我的帽子快乐地呼喊着，像一棵招展的白桦树。

心忽然有莫名的波动。我这样一直看着他，看着几秒钟后，他把我的帽子高高地抛了出去，那个纯白色的帽子在空中划了道弧线落入人群中。

我大叫了一声，他也忽然意识到了什么，看看自己的手，又看看帽子丢出去的方向，目瞪口呆。

那次比赛结束后，陈辰乖乖地领着我去买了同样的一顶帽子。

这是一个一见钟情的故事，陈辰说那天真正让他目瞪口呆的，不是他丢了我的帽子，而是我面对他的那双眼睛，他说那是一双透明而没有任何杂质的眼睛，有一点儿骄傲，有一点儿安宁，波澜不惊，那是在他的心里隐约荡漾了很久的目光。

我们相爱了，开始慢慢地了解彼此生活中真实的一切，也才知道了陈辰优越的家境。

陈辰毕业于名牌大学，毕业后回到家族企业负责人员管理。那天，我忽然为我的爱情惶惑。而我的不安，陈辰敏感地察觉出来，他说："我的一切都和爱情无关，你相信我。我一定会娶你为妻！"

这是他对爱情的承诺。陈辰真的很爱我，爱到小心地在任何时候都维护着我的自尊，他从来不要求我为他做什么，穿什么衣服，或者化妆。也从来不用物质宠爱我，和我一起，他彻底放弃生活中奢华的一面。他会开心地陪我在最简陋的小吃店吃面，骄傲地穿着我给他买的便宜的棉布衬衣……这是一个懂得爱的男人。为了他的爱，我终于决定和他一起面对他的家庭。结果却是如此，陈辰为此失去了他26年固有的生活，我也为此失去了我的工作。

可是我们不在乎，那个冬日的午后，我在阳光下看着他，看着我所爱的和爱我的男人，心里充满了骄傲。

三

那天晚上，我和陈辰找了一家干净便宜的旅馆。我们住在了一起。真实的拥有中，我们静静地感受彼此，感受着爱情的袭击。黑暗中我能看到他明亮的眼睛，在那双眼睛的凝视中，我一遍遍告诉自己：我一定要和他好好儿走下去，直到永远。但那一刻，我并不知道，我所要面对的困境并不是已经过去，而是刚刚开始。

用陈辰随身带的卡上剩余的钱，我们交了三个月的房租，租了个很小的房子。那是我们最最甜蜜最最恩爱的一段时光，我也把所有的积蓄拿出来，交给陈辰去炒股。我像个居家的小女人，收拾家务，洗衣服，甚至学会了做饭，每天下午，把简单的饭菜摆在桌上，等着他回来。

日子竟然渐渐安定，他一直很小心地在股市周旋，赚到一些钱，不多，但可以维持我们的生活。但半年后，股市持续低迷让我们原本不多的钱赔掉了一多半。陈辰第一次脸色黯淡地回到家中，告诉了我。

"没有关系的，我可以出去找工作，我已经有过两年的饭店工作经验。"我安慰他，"你说过，困难都是暂时的。"

陈辰抱着我："还是我去找工作，我的学历比你高，又是男人，会好找一些。"

最后我们商定一同去找，为了我们的生活和爱情共同努力。

很快，我在一家规模略小的饭店聘到了工作，只是需要从服务生做起，薪水也低。我不介意。几天后，陈辰也去了一家贸易公司做业务，为了庆贺，那天晚上我们很“浪费”地喝了一瓶廉价的红葡萄酒。

日子开始变得忙碌，我每天很晚回家，陈辰回来，只是凑合着煮面条吃，他瘦了一些，可最让我担心的是他的心情。我开始感觉出他心情的变化，那是让我不安的一种改变。

在此之前，陈辰从来没有替别人工作过。现在，和我一样，他也在从最低层做起，他要听从任何一个人的安排，看别人的脸色。他根本就受不了别人的颐指气使，所以第一个月的薪水没有拿到，陈辰就辞职了。

失去工作的那天晚上，在街上，经过一个电话亭时，我看到陈辰做了一些停顿。非常短暂，我敏感地察觉到了那一刻他对以前生活的留恋，也许他自己都没有意识到。

陈辰的心情变得坏起来。我们终于有了第一次争执。那天晚上，他指责我回家总是太晚，根本不过问他。站了整整一天又累又困的我觉得委屈，忍不住和他吵起来。最后我们抱在一起哭了，彼此心里都明白，我们的争执是生活的缘故，并不是感情。

但同样的事，有了第一次，就开始有第二次，像恶性循环。

四

陈辰一直没有找到合适的工作，他一次次地找，又一次次地放弃。慢慢地，他开始憎恨找工作过程中的面试，他的自尊越来越脆弱，我心疼他却没有办法。

秋天的时候，陈辰开始抽烟了，劣质的烟，每天要抽掉大半包。我手中的积蓄所剩无几，却又总是面临交房租……而这一切，也并没有动摇我和他一起生活的决心。我知道他也一样，否则他可以回家，他的母亲已经私下里找了他很多次，每一次，他只有同样的回答：“如果回去，我也必须和苏凝一起回去。”

陈辰的态度是我坚持的理由。

那天晚上，酒店的客人很多，我最忙碌的时候，陈辰忽然打了电话来："我在'巴蜀人家'和朋友吃饭，钱不够了，你来一趟……"

我愣了一下，然后放下电话去请假，不顾经理的指责，匆匆地换下工作服，跑出门去"奢侈"地拦了辆出租，朝着陈辰说的餐馆驶去，那是他第一次这样要求我，我能想象他的处境。

那天晚上的红绿灯一直和我作对，冲进"巴蜀人家"时，陈辰正在和前台的收银员争执不下，手表都放在了台面上，旁边，一个短头发的女孩，一脸的无辜。我没有来得及顾及那个女孩，冲过去把身上所有的钱放到前台上，把陈辰的表拿起来，那是他最后一件物品了，是他和家最后的一点儿关联。

收银的女孩子数了数钱："对不起，还差230元。"

我呆住，那顿饭，陈辰花去了我一个月的工资。我身上已经没有钱了。

陈辰的脸是灰灰的颜色，他不说话，我看到他的目光里有我陌生的溃败。

旁边的女孩走过来。"陈辰，还是让我来吧，"她把卡递过去，转向我，"我是陈辰的大学同学，很高兴认识你。"她把卡收回来，看了陈辰一眼，转回身对我说："我先回去了，再见。"然后走出门去。

那个晚上长长的一路，陈辰不同我说一句话，回到家的时候，我的眼泪无声地大颗大颗地落下来。我很饿，很累，心很疼。

陈辰转身抱住了我，于是一切委屈不再有，但是那一刻，我能感觉到彼此的内心，对那种伤害的恐惧。

五

天越来越冷，陈辰的自负也越来越僵硬，之间的伤害，再不是沉默可以解决。一天两天，到了一周两周。我飞快瘦下去。两个人，在伤害和道歉，哭泣和拥抱中纠纠缠缠。一次次地伤害，一次次地相拥痛哭，却都不是结束，我们的爱越来越无奈，有时在一起，已经没有太多的话可以说。终于有一天晚上，他为我的迟归大动肝火，他说："一个漂亮女孩在酒店，总避免不了男人的骚扰对不对，为了保住工作，你也一直忍气吞声对不对……"

我盯着他，我说："陈辰，你到底要我怎么做，你要我说什么，我可以用我的人格保证一切。请你不要猜疑和诋毁我。”

“人格还可以保证什么？生活这么现实，你以为自己是天使吗？”

我的心没有任何防备的，一下子被捅裂了，而那一刻，我忽然发现我已经流不出眼泪。没有眼泪可以流的时候我才知道，原来能够流泪的伤痛，终归还会过去。这一次，我再也找不到出口。

陈辰也怔住，他被他自己的话定在了那里。直到我慢慢穿好衣服走出门去，陈辰才在身后喊了一声：“别走，苏凝，你回来。我求你。”

我头也不回地走出小巷，一直走到了路中央的天桥上。站在栏杆处，忽然想，跳下去的样子，不知道会不会像电视画面中那么美丽。我攀上栏杆，衣服却被一双手拉住：“苏凝，都是我的错，你不可以。”

我的身体跌到他的身体上，陈辰的眼睛里充满了痛苦。我却悲哀地发现，再次面对同样的痛苦，这一次，我竟然已经无动于衷。

我看着他：“陈辰，回家去吧，让我们回到各自的生活中吧。你真的不该，放弃一切来爱我。”

“不，”他拉住我的手臂，“如果你离开我，我会跳下去。”

我推开他的手，什么都没有说，转身走下了天桥。身后，除了冬夜的风声，我什么都没有听到。也是那天晚上，2009年最后的一场大雪，悄无声息落下，一夜间，覆盖了树木、大地，整个城市，还有爱情。

各自天涯

一

虽然古桥的动作很迅速，那一刹那，许慈还是看清楚了那是一张照片。一张女孩的照片。照片就在他钱夹的夹层、他刚刚抽出的那张信用卡下面。

她还看清了那女子有一头浓密的黑发，在照片中占的比例很大。古桥塞照片的动作明显有些慌乱，以至于把同时抽出的信用卡也塞了回去。

许慈却装着没看见，扯着古桥的胳膊开玩笑说："快点儿哦，要不一会儿我改主意看上个钻戒，你可吃大亏了。"

古桥索性把信用卡又朝里塞了塞，顺着她的玩笑说："快改快改，我等着。"

许慈也笑起来："不敲诈你了，就这个吧，"然后将挑选好的那枚平安扣递给营业员，"帮我们包起来吧。"

是许慈26岁生日，古桥给了许慈充分选择的余地。说，可以是任何礼物，任何。

许慈当然不会过分，虽然口上很夸张，但最后还是只挑了这枚几百块钱的平安扣。虽然，她和古桥现在是恋人的名分，甚至在别人看来，是非常非常般配的、那种可以随时走进婚姻的恋人。可是许慈心里很清楚，这种般配只是一种表象，是她做给别人或者说做给生活看的，因为她26岁了，对于一个26岁的貌美女子，她应该有个男朋友。

古桥很合适，年龄相当，工作体面，相貌也俊朗。

但是，但是爱情真的不是看上去那么简单的。虽然许慈以恋爱的名义做了古桥的女朋友，可是她不爱他。从开始到现在，一直都不爱。她只是需要这样一个男人存在，来应付生活，来遮盖她内心真正的爱。

对李知非的爱。

二

很早就喜欢李知非了。那时候，她读高一，他读高三。李知非比她高了两届，她还是在学校举办的一次演讲活动中喜欢上了这位学兄。李知非有点儿瘦，也算不上英俊，可是19岁的他却有种超凡的气质。一种淡淡的忧郁和深沉。还有他的声音，那么清澈却又那么缓和，和所有那个年龄的年轻人粗糙的声音不同。

李知非，让16岁的许慈情窦顿开。

可是那时候，她不能追逐他。她还没有那种胆量。

半年后，李知非考上广州的一所大学，去了千里之外那个有凤凰花开的城市。他的照片和喜报贴在学校的报栏上。那天晚上，许慈终于耐不住偷偷打开报栏偷走了李知非那张穿着白衬衣的照片。

直到现在，那张照片还保存在许慈的钱夹里面。不过，同古桥一样，在某张卡片的后面，是不能轻易被人看见的。

三年后，许慈考上了同一所大学，一路欣喜万分地去了有凤凰花的城市后，才发现，李知非身边早已有了漂亮的女友。那天，李知非是以学兄和老乡的身份接待她的，和他一起出场的，就是他高出许慈足足半头的美丽女友。

温暖的夜晚，许慈的心凉到了极限。

从此就再也没有机会说出心里那个"爱"。同一所学院同一个系，虽然高了两级，她和李知非也可常常见面。对于许慈，李知非从最初到最后的态度始终是喜欢和疼爱，太像一个兄长疼爱一个妹妹。却始终和爱无关。而那样的态度，也从最初就拦截了许慈的爱情。许慈掩饰着爱情无法表白的悲哀，眼看着李知非身边的女子换了又换，始终轮不到她。

李知非爱的女子，是那种个子高高的特立独行又有些不羁骄傲的。是许慈的异类。甚至，后来李知非还开始帮着许慈找男朋友。从还在大学开始，他为她找来的男孩，就是那种看上去出色的。

起初是赌气，许慈会跟着那些男孩子做着谈恋爱的游戏。可是终归无法爱，谈着谈着也就散了，还落得李知非的责备，不认真！挑剔！

他可以做的事，他不让她做。他要他的小学妹，乖巧，简单，幸福。

然后，李知非先毕业在广州找了工作。他离开学校后的那两年，许慈再也没有恋爱。他不在，她不用应付给任何人看。然后到了她的毕业那年。李知非要求她回家去，别像他那样在外面飘。许慈却执意留下来——越无法得到的情感越是无力舍弃，后来索性悲哀地想，只要能守在他身边，无论怎样的名义，总胜过各自天涯。就留了下来。在许慈毕业这年，李知非刚好成立了一个小的工作室，做影视剧本的制作。许慈以工作不好找为借口，加入了那个工作室。他们都是文学系毕业，这种借口也是相当合理，何况，李知非原本就宠她。

就这样又纠葛在了一起。彼时，李知非身边的女子是一家酒吧的驻唱歌手，极瘦极高的女子，抽烟的姿势很美，那种美，让许慈有种可望不可即的伤悲。

这一次，李知非的爱情坚持了许久。并且，他们的爱情常常会不经意在许慈面前上演。于是那天当李知非把古桥带到许慈面前时，内心已经脆弱到快要无法坚持的许慈顺势借了古桥的手，又一次掩饰住了对李知非无望却无法摆脱的爱情。

三

古桥是李知非的同学。当初不在一个班级。许慈知道后有些诧异："那时，我如何没有见过你？"

古桥笑："那时你还小呗，只顾跟小男孩玩了，哪里看到我们这些叔叔级的……"

"那你那时候也没见过我吧？"

"对啊，我那时候只顾跟李知非抢女朋友了，结果每一次都没抢过他……"

两个人，常常会有这样的话题，只是每次说起李知非，她的心还始终是酸涩的。但还是会跟着古桥说笑。笑的时候，古桥会拍拍许慈的脑袋或者刮一下她的鼻尖，很像大人宠小孩的动作。

许慈并不拒绝，那天，当她撞见李知非和歌手激情拥吻的一幕时，是铁了心地用这种方式将自己对李知非的感情掩盖。所以，她什么都没有拒绝。古桥的示好、温柔、陪伴，甚至，和他住在一起。

那天晚上，当发觉许慈之前竟然没有真正和男人在一起过时，古桥明显有些过度激动。几乎将许慈紧得透不过气来，急剧的动作也迅速放缓，缓到不能再缓，好像怕碰疼了她碰伤了她。可是古桥不知道，许慈真正疼痛和受到伤害的不是第一次交付的身体，而是将身体交付时那种破釜沉舟般的绝望。

之后，古桥对许慈非常好。李知非说："古桥这家伙恐怕把你捧在手心里都怕化了。嗯，你也不小了，哥给你攒了点儿嫁妆，实在不行就嫁了他吧，别挑了。"

他说这样的话时，许慈一脸的笑，心里慢慢疼痛着，觉得那疼痛因为习惯都快要麻木。

古桥也说："是啊是啊，求求你嫁了我吧，哈哈哈……"

许慈，如何会感受不到古桥的好，可是心里就是不甘心，可以这样跟着他，可是一想到要真的做古桥的妻，她的心就开始空白和缥缈。没有爱的恋爱可以谈，没有爱的婚姻，能坚持多久？许慈害怕，于是左躲右闪。

有时候会觉得对不起古桥。直到那天，生日那天，无意窥破了古桥钱夹里的秘密，瞬间，许慈有些悲哀地释然了。

是了，出色如古桥，如何会在28岁的年龄里还是独自一人呢？如何会一见了她便不假思索地开始追逐呢？如何会不问过往不计一切地待她好呢？原是因为他心里装着另外的女子却不可得。他们原来是一样的。都是借了他人之手来掩盖自己的爱情。甚至用了如此一致的方式。连照片存放的位置都一样。只不过古桥比她投入更多，演得更好。或许这期中有个因素，是因为在他看来，他有过往而她是白纸一张，于是才这样补偿吧。

那天晚上，戴着古桥送的平安扣亲热的时候，第一次，许慈轻柔地回应了古桥的身体。那回应，令古桥因意外几乎停顿下来。短暂的停顿中，许慈深深拥抱了古桥——她忽然觉得有些心疼身边的这个男子。他们都在爱着不可能的爱，可是他还要分出很多真实的温暖来给她。他实在做得比她更艰难。许慈不爱古桥，所以不会嫉妒他对别人的爱，只是心疼他这样掩饰的辛苦。

同病相怜的心疼，让一个26岁的女子的身体温柔起来。

古桥似乎醒悟了这温柔，翻身抱住许慈，唤一声，乖。

许慈微微阖上眼睛，想他们，真正同是情感沦落人吧。在一起，不为爱情，只为可以借彼此的力量来抵抗。这样想着，许慈忽然流了泪。

四

古桥的钱夹，依然随手放置，好像并不怕许慈会翻看。

许慈却从未翻看过，她对他藏匿的那张照片并不好奇。她不想知道那是谁。是谁又如何呢？她心里有别的人，有什么资格不允许他那样呢？何况，他心里装着别人还对她那么好。至少那种好，她还没有做到。

没想到要结婚的竟然是李知非。秋天的时候，那个歌手已经不再去酒吧唱歌，因为怀孕了。而李知非在全球金融危机的袭击下，竟然出奇地以高价卖出了几个剧本。两件事同时发生，李知非立刻幸福地做了结婚的决定。他终于认定自己遇见天人。

那天晚上，念叨着李知非婚期的许慈在歌手经常唱歌的酒吧喝多了。在古桥眼皮底下喝多了。一直笑一直笑。古桥半拥半抱地劝她："别喝了小慈，咱们回去吧。"

许慈的双手胡乱推，转过身来笑嘻嘻地问："古桥，给我讲讲你喜欢的那个人好不好？"

"哪有什么人？小慈你喝多了。"

许慈知道自己喝多了，否则，她永远不会去探问古桥深藏的情感，她知道她没有权利过问。但是那一刻，她却管不住自己，好像就是想要对一件事刨根问底，揭出真相和自己相同的疼痛来。

一再央求一再央求。后来含糊说："古桥，我知道你爱的人不是我，那天，我看到那张照片了，你塞那么快，但是我看到了。可是没关系，我不生气古桥，我谢谢你古桥，谢谢你爱着别人还对我那么好，不像我……"

古桥忽然打断许慈："你真想知道？"

许慈胡乱点头:"真想知道真的想。"

她是真的想,想知道承受这种情感煎熬的人,不只是她自己。

古桥思忖良久:"好吧。"

于是古桥讲了钱夹里的她。几乎是她故事的翻版,他很早就喜欢她,她却一直在爱着别的人,她对别人爱情的强烈逼得他甚至不敢靠近却又无力自拔……"对不起小慈,我知道这样对你不公平。"古桥说。

"我不怪你。"许慈伸手掩住古桥的唇,"我真的不怪你,你对我已经够好,咱们扯平了……"终于耐不住酒力,许慈软软倒在古桥怀里。

五

醒的时候,已经第二天中午。张开眼睛,想起三天后是李知非的婚期,许慈的心,还是孤独地疼痛起来。

后来发觉古桥不在。

周末,他不上班的,不知道去了哪里。许慈爬起来拨古桥的电话,很意外,是关机。

走到客厅,古桥的外套不在,鞋子不在,那个黑色钱夹却遗留在门边的鞋柜上。敞开着,并不像正常地遗留在那里。

许慈走过去拿起钱夹,里面没有钱也没有曾经并排排列的那些卡,只有一张照片极其显眼地放在那层透明的夹层内。

照片中的女孩很年轻,长长的黑发,微微纤细的眉目,小巧的嘴巴,穿白衬衣。正是六年前许慈读大一时一篇文章获奖后拍了用来展览的照片,放在学校的宣传栏内。

手机里一条未读信息:小慈,一直知道你在爱着他。一直想用我的爱来带你走出爱他的孤独。可是这么久了,却没有做到。你的人在我身边,你的心却始终在别处。如果你不追问不说出来,我还有勇气坚持。可是你非说不可,你让我清楚地知道了,我们的爱情一样孤独,始终孤独。与其拥抱着孤独,不如各自天涯海角。

依稀想起前一晚对古桥的追问,想起他说起爱了一个人多年而不可得的痛苦眼神。许慈看着自己六年前的照片，再也忍不住痛哭失声。古桥，他始终比她勇敢，勇敢去爱不爱自己的人，又在知道得不到她的爱之后勇敢地离开，可是她，什么都没做到，除了将这个世上最爱自己的人，逼向天涯。

第二辑

左手伤痕，右手泪痕

早晚是我钩上的鱼

一

面对前来讨伐的春喜，枫桥觉得很无奈。

只能无奈，没法无辜，春喜如此义正词严，让枫桥无话可说，以至于枫桥也开始觉得错在自己——是他没有本事看护好爱情，才让前女友欢欢抢了春喜的男朋友。虽然事实上，他也是受伤的那一方。

可是一个大男人，怎么在一个比自己低一头的纤弱女孩跟前讲这道理？怎么去对着她委屈？枫桥做不出来，唯一能做的，只有认错，不停地说对不起。

春喜皱皱鼻头："我不要你说对不起，我只要你把何锦言还给我。"

何锦言这个名字让枫桥忍不住咳了两声，心里有点儿堵，如果可以，他巴不得从来没有叫何锦言的这样一个家伙出现，可是现在，听说那家伙和欢欢连证都领了，一切已成定局，他能奈何？怎么还她这个人？

枫桥干脆不说话了。

春喜却不依不饶，也不管是在黄昏时分人来人往的街头，嘟着嘴巴，絮絮叨叨地反复责备枫桥让她丢了男友。惹得好多人回头观望。

后来枫桥急了，扯开嗓子喊："那你有本事把何锦言抢回去把欢欢还给我好不好！"

春喜一下就顿住了，怔怔看着枫桥，皱皱鼻头，眼泪一下子落下来了。

枫桥才意识到自己的失态，赶紧认错，又急着去哄春喜。路人在旁边指指点点，当他们是一对闹别扭的小情侣，言语里指责他一个大男人欺负弱女子。枫桥脸都红了，小声说："对不起啊对不起，要不，我请你吃鲍鱼吧。"

“好，去西大街那家。”春喜立刻不哭了，指着枫桥，不许赖账。

枫桥傻眼了，刚才只是一时急了信口开河，他根本没打算请她吃饭，他的口袋里，也就只剩一张大钞和几张小零票了，更别说吃鲍鱼，什么鱼都吃不起。

枫桥这一犹豫，春喜不干了：“耍赖啊你？大男人说话不算，不吃也行，你还我何锦言……”

枫桥差点儿崩溃，疑心这丫头是不是被失恋破坏了神经，眼看围观的人越来越多，实在没毅力继续站在那里纠葛下去，想起包里的信用卡，枫桥一咬牙：“走，吃就吃！”

春喜立刻咧开嘴，笑，露出两排洁白整齐的小牙齿。

二

春喜竟然对吃鲍鱼很在行，各种程序熟悉老到。枫桥忍不住问：“你常吃啊？”

“是啊，以前何锦言经常带我吃的，”说了这句，春喜瞪枫桥，“都是你！”

枫桥心里有点儿酸，是打翻醋瓶子那种酸。何锦言是典型的富二代，枫桥供职的公司就是他家的。所以何锦言天天吃鲍鱼又算什么？虽然枫桥不想承认欢欢看中了何锦言的财富，但欢欢还是坦白告诉他，她就是愿意“坐在宝马车里哭也不愿坐在自行车上笑”的那种女子，所以，在偶然通过枫桥认识了何锦言并读懂了对方眼神里的欣赏之后，她当机立断便运用自己的风情万种抢了春喜的男朋友何锦言，背叛了枫桥。

酸是酸，但现在枫桥已经不太难过，欢欢的目的如此明确，让枫桥知道，即使没有何锦言，也会有别人。没想到不肯善罢甘休的，竟然是春喜。而之前枫桥也没有想到，春喜和何锦言是恋人关系，在公司也没有听人说起过。

春喜在公司的财务部，平常和枫桥也只有工作上的来往，偶尔同时聚餐会在一起，但之前枫桥因为有欢欢，对其他异性并不太关注。而春喜也不是人堆里扎眼的女子，五官纤细，声音纤柔，唯一的特点，是喜欢轻轻皱鼻头。

也难怪，春喜这副小模样虽也可人，但哪里是欢欢的对手？和欢欢比起来，春喜根本就算不得女人，倒像个发育不良的孩子。

枫桥叹口气，生活在后现代，爱情成了最奢侈的物品。

没想到这叹气声被春喜听见，老大不乐意，“你至于这样吗？吃顿饭心疼成这样。”

枫桥气结，认定春喜被何锦言和欢欢这事弄得有点儿神经质了，索性不跟她计较。但没想到尴尬并没有结束，吃过饭，枫桥掏出信用卡的时候却被服务生告知：“对不起先生，今天的机器出了问题，不能使用银行卡，请付现金好吗？”

枫桥瞠目结舌。

服务生好脾气地等在那里，春喜幸福地吃着餐后各式小水果，眼神里分明有点儿幸灾乐祸。

枫桥尴尬万分，拿着卡的手停在半空收不回来，更没有勇气去翻空荡荡的钱夹，结结巴巴半天，坐在冷气十足的包间里，汗却下来了。

春喜终于把最后一粒葡萄吃下去，拍拍手对服务生说：“算了，我来吧。”

枫桥转过头，看见春喜已经在小背包里拿出一个厚厚的红色钱夹来，打开，夹层里红艳艳的纸币晃得枫桥眼晕。服务生拿了钱和账单走出去好半天，枫桥才问了句：“会计是不是可以把公司的钱都装身上啊？！”

没防备，春喜一钱夹打过来：“是，我每天花的都是公司的钱，你羡慕嫉妒恨了吧！陈枫桥，记得回头把钱还给我，不然，我在网上公布你吃软饭！”

枫桥彻底没了脾气。

三

那顿昂贵的饭之后，回去的路上，春喜没有再刁难枫桥，却开始有点儿像个小怨妇，用哀怨的语调倾诉着和何锦言的往事，当说到两个人是青梅竹马的时候，枫桥终于忍不住问，这都是真的假的。

“你还有什么好骗的吗？”春喜生气地说，“我们俩的事，为什么要别人都知道。”

枫桥立刻住了口，从下午到此刻，他算彻底领教了春喜的厉害，或者是一个失恋女子的厉害。何况春喜说得也是，他还有什么好骗的呢？除了所欠的这顿饭钱，几乎一无所有——甚至因为当时咽不下那口气，连之前的工作都辞了，刚刚好不容易找到新工作，一切又从头开始。

千般难处都赶到一处，还要被这样一个不讲道理的小女子讨伐，枫桥觉得命运真是有些不公正。

正想着，春喜大喊一声："命运不公啊！"

枫桥忍不住就笑了，笑到一半又赶紧收住。果然，春喜已经瞪过来了。

枫桥做了一个求饶的手势："姑娘，同是天涯沦落人，不内讧了行不行？"

春喜想了想，说，行。说完，鼻头轻轻皱了起来。

四

之后，春喜电话繁多，内容却都相同，讨债。

讨得也不急，往往主题过后，就开始絮叨别的话题，会从郭美美、红十字会一直说到晚饭问题，最后却又总能绕回到讨债上，最终的结果往往是账可以暂时欠着，利息却是要定期还的。所还利息从朝鲜冷面到东北水饺、重庆水煮鱼不等，全看春喜的心情。

的确是很纠葛的小女子，可想起她皱皱的小鼻头，枫桥却一直不忍心拒绝。

春喜的出现自然也会带来一些枫桥不想听的消息。比如何锦言真的要和欢欢结婚了，并决定去欧洲度蜜月等。但春喜偏偏把他这里当成了出口，并执意要枫桥陪她一起参加何锦言和欢欢的婚礼。

这次枫桥拒绝了，他还是有些介意的，并且也怕春喜做出冲动的事情来。

春喜却坚持要他陪她去，并向枫桥保证绝不胡闹。春喜说："不去，就是我们小气，显得我们依然还在意他们，所以，一定要去！"

"难道不是？"枫桥反问，"天天嘟嘟哝哝，别说你不在意了。"

"只要你不在意，我就不在意了。问题是，你还在意吗？"春喜盯着枫桥。

"去就去。"枫桥昂起头，"有什么大不了的。"

五

于是就去了，婚礼在最豪华的酒店，气派可想而知，在众多宾客中，春喜和枫桥的出现毫不起眼，欢欢衣饰华美一如王妃，令枫桥唏嘘。

喧闹中忽听春喜俯在耳边说："无非是一个贪慕虚荣富贵，一个看重容貌情色，一对狗男女，有什么好呢？"

枫桥一下子笑出声，唏嘘一扫而光。然后春喜用力拉着枫桥退出这喧闹繁华："走，陈枫桥，吃鲍鱼去。"

枫桥的笑瞬间在脸上凝固，一阵心慌："又，又吃鲍鱼？"

"对啊，吃鲍鱼，我请你！庆祝我新生。"春喜的口气很坚定，"从现在开始，我将彻底忘记何锦言。"

六

能想到吗？第二顿鲍鱼之后，枫桥和春喜恋爱了，用春喜的话说，还有什么比用真爱对抗这个物欲横流的世界更解气呢？然后春喜问枫桥："你，有没有一点儿喜欢我呢？"

枫桥只想了一会儿，回答："那顿鲍鱼的钱，还用还吗？"

"不用了，"春喜拍拍包，"姐有的是钱，告诉你，姐也是'富二代'。"

枫桥大笑："那我赚了。"

春喜很确定地点点头："对，你不仅赚了，还赚大了。"

后来，枫桥才知道春喜和何锦言以前根本不是恋人，不仅不是，两个人还是近亲。那家公司也有春喜家的股份，所以，春喜没撒谎，她也是如假包换的"富二代"。而当初对枫桥的"讨伐"，不过是因为，枫桥，一直都是春喜想钓的那条鱼。

而在真相之前，枫桥已经扎扎实实地喜欢上了春喜，那个鼻头皱皱的可爱姑娘。至于春喜那个"富二代"的身份，用春喜的话说，他不过是赚大了。

我的房子你的爱情

一

唐可不敢告诉浩然，她是有房女。那次，他很随意地问她住在哪里，是租的还是买的房子时，她立刻警觉地回答，租的。

说完了，有些心虚，唐可并不习惯撒谎，而对浩然说假话，是因为，此时，唐可很想和浩然继续发展下去，从关系亲近的朋友，做成恋人，然后是夫妻。

因为这样，更加不能实话实说，是前面有过经历让唐可学聪明了，如果想恋爱，有房子的事，要小心谨慎。

但最初，唐可并不知道，恋爱中，有房，竟然是一个年轻女子的劣势。

房子是唐可在这个城市工作半年后，父母执意“命令”她买的。那时父母来看她，对她租房住的生活方式非常担忧，许是上辈人看来，租房子还是不可靠的，住在别人家里，没准哪天就会忽然流落街头，过日子，当然要有自己的房子。

当时唐可还说，那怕什么，日后找个有房子的男人嫁就是了。

这道理，父母也懂，但是他们疼女儿，即使是临时的，也不想女儿租房子生活，何况这临时还不知道长短。用他们的话说，日后就当给唐可的嫁妆了。

于是选中这套房子，无论地段还是价格，都挺好。他们为她交了百分之五十首付，20 年按揭，她每月还的钱倒也不太多。

后来唐可觉得房子买对了，在她买完房之后，房价迅速上涨，那个地段，她那套 90 平方米的，一年房价就翻了一倍。

为此，唐可深觉，父母还是有生活经验的，而住在自己的房子里，感觉也的确不一样了。唐可立刻就感觉出有房子的好了，小三室，自己想怎么折腾就怎么折腾，心里到底是踏实的。

那一小段时间，唐可很得意，逢人便显摆。

但唐可得意的时间并不长，大约是半年后，同事介绍了一个男子给唐可认识，相貌英俊的小公务员，大唐可一岁，虽然家在农村，但用同事的话说，前途大好。

小公务员很中意唐可，唐可也颇为心动他的英俊帅气，就这样两个人开始交往。后来交往渐渐密切，唐可带公务员回家吃饭。进小区，小公务员唏嘘："这片房子很贵的。"进门，更唏嘘，问："可可，租这房子不便宜吧。"

唐可笑："是我买的。"

公务员愣了半天："买，买的？你是说，这是你自己的房子？"

"当然。"唐可略有骄傲地带着公务员各个房间参观，丝毫没察觉，该男子那张好看的脸，不动声色地发生诸多变化，只是吃饭时，略觉他话较平时少了许多。

那顿饭后，公务员提出分手，同事转告分手理由，说唐可属有房女，而他除了名头尚可的工作基本一穷二白，不相配。原本以为两个人可以站在同一起跑线上，没想到，她早就领先他一大截了。他可不想日后住在女人的房子里，面上说不过去不说，日后万一吵架，她赶他走，他自尊何存？

唐可瞠目结舌，她有房子，竟然让一场开始感觉良好的爱情在中途戛然而止。这是什么道理？难不成回头求他？唐可才不会，散就散了。

但也黯然了一段时间，直到后来另外一个酒店大堂副理的出现。

二

副理不是很英俊，但幽默聪明，很会讨唐可开心，且步步为营地在认识不久后，就向唐可求爱、求婚，诺言金贵态度诚恳。

唐可对副理感觉还好，可觉得谈婚论嫁未免过早，所以虽未斩钉截铁拒绝，也未应允。没想到后来副理提出，要么，就先一起居住，他搬过去，两个人先在一起。

唐可不是守旧女子，不过对未婚同居也略有排斥，心里就有了狐疑，因狐疑也多动了一点儿心思，发觉副理之所以如此急切，原来，是因为虽然他身在一家大酒店工作，但因为收入平平，三年了，还和同事一起挤小公寓。他先看中的，其实首先是唐可的房子。微醉时跟朋友说，找个有房的女人，少奋斗二十年。

这话让唐可再次瞠目结舌，第一个男人，因为她是有房女离开她，另一个，却因为这样的原因迫不及待地要靠近——有房，连爱情都不能好好儿谈了？

唐可生气地在电话里朝闺密倾诉，闺密笑说："可可，这你就不懂了吧，算了，说也不好说，干脆，转篇文章给你看看。"

当即，闺密将文章在QQ上传过来，标题是《有房的女人更难嫁》，里面有这样的话：婚前有一套房子，对于一个女人来说，并非是完全的好事，很多情况下处理不好，极容易成为婚姻的一种累赘，其中：该不该对男人信任？对什么样的男人信任？要不要做婚前财产公证？如何保护好男人内心的那种可怜的自尊……

唐可这才发现手里这套属于自己名下的房子，竟然成了她的爱情拦路虎。可是房子，难不成卖掉？

唐可舍不得，房子如恋人，相处久了，也生出莫名难舍的情感来。

闺密出主意，要么以后，你就别说有房子，只说租的，看发展情形吧。

唐可嘟着嘴，也只好如此。

后来唐可发现，那样的文章也并非纯是哗众取宠，公司里曾有个一直热烈追她的男子，忽然间停止了对她的追逐，唐可无意中在走廊听见他在屋里跟同事说："唐可现在是有房女，有房女可不是那么好娶的，你说一个男人如果连在房产证上都没有名字，以后还会有地位吗……"

唐可彻底服了"有房女不好嫁"这个理论。所以，当认识浩然，互生好感时，唐可决定了，房子的事先不跟浩然说。她不动声色地询问过了，27岁的浩然在这个城市也是无房一族，租的房子不太大，地段还好。对此，浩然也不掩饰，说自己寻常的家境，父母只是普通工人，不想为房子累了他们，他还年轻，可以自己奋斗的。

唐可喜欢的，其实也正是浩然这种诚恳和充满信心的生活态度。

三

浩然是唐可大学同学的同乡，一次寻常的聚会上，两个人认识了，唐可因对酒精过敏，从来滴酒不沾，而浩然主动提出当司机，也没有喝酒，于是一群人，剩了两个清醒的人说着清醒的话。

是某一刻浩然的眼神打动唐可。

浩然并非英俊男子，话也不是太多，但开口会微笑，且有着非常干净清澈的眼神，穿白衬衣，领口袖口没有污渍。单身男子大多邋遢，这样清爽的不多。唐可对他本能有好感。

分手时，浩然主动要了唐可电话，眼神那样温和地注视她，令唐可觉得安全。

过了几日，浩然便打电话过来，说纵贯线演唱会，问唐可是否有兴趣。

唐可对那四个中老年男子非常有好感，立刻应允。

如此也算是浩然先追了唐可，慢慢交往起来。

水到渠成，浩然在看完电影送唐可回去的路上，买了一家公园门口的棉花糖，向唐可求爱。半推半就，唐可拿着棉花糖心里有几分甜蜜。

于是关系近一步，成了恋人。

恋爱的内容别无二致，吃饭、看电影、K歌，偶尔去郊区小游。也去过浩然的单身小屋，房子不大，但整洁，浩然会做三两个菜，不是很精致，但可口。

大概交往半年后，唐可主动邀请，浩然才跟唐可第一次回了唐可的“家”。进门，也是略有唏嘘的，可可，一个人租这么大房子，多浪费。

并不是过分的建议，事实上，浩然的反应让唐可心里一暖。那只是一个关心她的反应，和房子无关。

这一年唐可已经26岁，觉得这个男人是个好的结婚对象。只是，房子是唐可的心病，谎也撒了，日后需要圆不说，唐可还不知，若浩然知道了房子的真相，会是什么态度。

于是支吾两声，也不多说什么。

浩然也果然对房子兴趣不大，并没有挨个屋四处查看，只是坐在阳台的藤椅上和唐可聊天。但话题却和房子有关，浩然这样说，日后，也是该买这样面积的房子。

唐可点头："足够了，太大了收拾麻烦。"但心里还是虚的。

浩然并未察觉，在那里计算："可可，等有空了，咱们去看房子，再过半年，我差不多就可以攒够钱交首付了。"转头冲唐可笑，"放心，我不会在租来的房子里娶你的。"

"那有什么关系，"唐可仓促接口，"以后经济宽裕了再买也一样，不就是房子嘛。"

"那可不成，"浩然很认真，"那样太委屈你，可可，我不想让你受任何委屈。"

唐可心里一暖，差点儿脱口说出真相，到底还是忍住了，她是真怕了，怕说出来，眼前这个好不容易留了这么久的男人也会消失。唐可转弯抹角地试探着问："浩然，当初为什么不找个有房子的女孩？现在，很多女孩子有房子的。"

浩然笑："我一个大男人，房子都买不起，去住女朋友的房子，那不成吃软饭的了？"

唐可跟着笑，但心里有点儿紧，嘟哝一句，你们这些男人，面子真的那么重要？还是骨子里看不起女人。说着，站起来趴到窗台上，朝外看。

浩然拦腰将唐可拉到自己腿上："傻妞，有些事是要男人做的。"

唐可翻他一个白眼："你这么说，自己买房子的女人就嫁不出去了？"

浩然笑起来："怎么忽然生气了？嫁不嫁和房子有什么关系？我说的是道理，做男人是要担当的，当然，女人买房子也没有错，不过给男人一点儿压力而已。"

唐可微微松口气，但还是谨慎地换了话题。不管怎样，她听得出来，浩然是介意住在女朋友的房子里的。

这话题也就打住了。

四

随后不久，浩然果然拉着唐可到处看房子，新开盘的小区，八九十平方米的，看地段，看格局，看朝向……浩然乐此不疲地问唐可是否满意。

唐可感觉得出来，这男人对她是真心且用心的。但看的房子，唐可却都不满意，说白了，所有看过的，无论哪一条，都不及唐可现在住的这个家，且这房价现今贵得让唐可觉得像抢劫。浩然又不富有，且明明自己有房子……唐可不能说，只是摇头，理由要么是房价太高，要么地段不好，反正，总不及自己那套。

几乎一个城市新开盘的房子都跑遍了，当看完最后一处房子又被唐可否定后，好脾气的浩然终于急了："可可，你到底想住哪儿？"

"就想住我现在的家里，我习惯了。"唐可低头小声说。

浩然一摆手："那你找房东我跟他谈，看这房子他卖不卖！"

唐可一愣，没想浩然情急之下竟然说出这样的话，可是……唐可心思一转，脱口答应："好，我找房东。"

浩然瞪她一眼："真服了你了，你能说服房东卖，贵点儿咱也买。"

唐可靠过去抱浩然一下："你对我真好。"

浩然亲一下唐可的额头："傻瓜，我想娶你过一辈子，不对你好对谁好？"

五

晚上，唐可给闺密打电话，闺密感慨："傻妞，你遇见好男人了。这招行是行，不过你得小心，以免他知道真相，即使不计较你有房子，也会计较你撒谎。"

唐可抿起唇，她心里也知道，可是为了这场想要的爱情结局，唐可决定冒这次险。

于是过了半个月的样子，唐可给浩然打电话，装作兴奋的口吻："房东说，那房子他同意卖呢。"

浩然有些惊喜："是吗？那太好了，大概什么价？"

唐可被问住，价格这事，她倒是忽视了，好在，这一段看了太多房子，对价格有所了解，略一思忖，她报上一个比新房略低的价位，且装腔作势地询问："是不是贵了啊？到底也是旧房子了。"

"不贵，"没想到浩然一口应允，"再说，房子也不旧，才两三年，你不是说你是第一个房客吗？正好，没有别人住过，也等于是咱们的房子了。"浩然的口气一直兴奋，“你盯紧点儿，别让他反悔啊，咱这两天就办手续。”

放下电话，唐可额头出了一层细细的汗，第一步很顺利，但接下来呢？房东是虚构的，房产证上是她自己的名字，该怎么处理？

左思右想，唐可决定多花点儿钱，先尽快把房子过给闺密，写个协议，然后再买回来。

闺密啼笑皆非：“可可，你是有钱没地方花了吧？”

说归说，但闺密也无好办法，只能如此决定。

只是，唐可没想到，第二日，浩然把银行卡直接交给了她：“我出差，你去跟房东办手续，房产证写你名字好了。”

唐可怔半天，眼泪一下就冲进了眼睛。只知道这个男人对她好，却没想到，他会好到如此大气。

她抽一下鼻翼：“不行，是你的钱，要写你的名字。”

浩然刮她鼻子：“你都是我的，还管房子是谁的？”把卡塞进她包里，“就这样了，可可，你可答应过我，有了房子我们就结婚。”

唐可用力点头，眼泪就掉了下来，她抱住浩然，什么都没说，任性地哭了一小场。

六

两个月后，唐可做了浩然的新娘。房子的事，她还是坦白地跟浩然说了，浩然意外，但并没有责怪她，只笑说，到底还是吃了软饭。

“不介意了？”唐可依然略有忐忑，“再说，也不算的，以后按揭要你还。”

“不介意。”浩然认真点头，“不过以后要更对你好，哪有住在老婆房子里不对老婆好的道理呢？”

说这话的时候，唐可正开着浩然给她买的新车载着浩然去几百公里外的海边城市度蜜月。10月的风清爽滋润，遇见浩然，唐可觉得自己是个幸福的有房女，如她所说，我的房子你的爱情，刚刚好。

刚刚好，房子和爱情，本就该如此圆满。

不要你做张爱玲

一

13岁的生日，姜何许愿，以后要做张爱玲。

本是想默许，没想到发出了声音。同学都笑起来。然后就听见耿澜说："我才不要你做张爱玲。"

14岁的男生，有张娃娃脸，小眼睛，很逗人开心的相貌。

姜何给耿澜一个白眼："关你什么事。"

耿澜的小眼睛眯起来："反正，我不愿意你做张爱玲……"

那时候，年少的姜何，迷恋文字，迷恋张爱铃。

那时候，年少的耿澜，喜欢姜何。一个少年懵懂的羞涩的喜欢。

二

10年后，23岁的姜何知道不是每个迷恋文字的女子都可以做张爱玲。虽然一直喜欢。

大学毕业后，她在这个北方城市的一家公司做文员，不是太有前途的工作，可是清闲。姜何乐得清闲，建了博客，做了漂亮的页面，把文字写在上面，独自感受。

陪伴她的，是耿澜。

24岁的耿澜，高大挺拔，依然是那张娃娃脸，缺少一些锋利，却多了许多温和。一路从小学跟着姜何读到大学。青梅竹马的情爱，其实早早稳妥。只需慢慢等待婚姻。

而在这样的爱情里，跟着耿澜，姜何也长成一个快乐明媚的女子——由不得她不快乐，娃娃脸的耿澜，有一千种哄姜何开心的方法。

慢慢地，有人过来浏览姜何的博客，留言，其中也有杂志报社的编辑，看好的文章，就直接拿过去使用了。是姜何平淡生活里的一份欢愉，只是到了耿澜这里，总是懒得分享，从不认真看姜何的文章，爱说的话是，要少对着电脑，会得颈椎病的，另外，要写点儿高兴的……

总之，耿澜不在意姜何的这点儿小才气，他在意的，只是她的心情和健康。

可是，姜何心里，却偏偏喜欢忧郁的文字，就像张爱玲。

有一次，公司组织去大连旅游，有个同事抢拍了姜何坐在海边发呆的一个画面。是侧面，风把头发扬起来，眼神有莫名惆怅。不像平常耿澜拍的照片中的她。

回来，姜何把那张照片放到了博客上。然后第二天晚上，她看到一句留言：女子，我只喜欢两种，美女和才女。而你，两者兼具。

后面有署名：沈白。

该是个男人的名字吧？姜何的心失衡一跳，竟坐在电脑前呆了许久，最后不知怎么，还是回应了两个字：是吗？

随后，姜何听见开门的声音，回过神来，关了电脑，走出书房。

耿澜进门，丢了包，甩了鞋子，夸张地朝姜何伸出手，乖，来抱抱！

他们住在一起，这样的关系，连远方的家人都认可。

三

姜何很快看到新的留言，并没有回应她的问话，沈白说，能否见见，我想买下你博客里的所有文章。后面留了电话。

他有怎样的意图？姜何揣测不出。所以没有回电话。

隔了两天，又看到沈白的留言，有简单的身份介绍，原来是做图书的，并发来做过的一些图书样本。

可是姜何不太确定，她对自己的文字不确定，也对这件事不确定。但是终于决定见见。

约在中午，公司对面的茶社，很俗气的地点，可是姜何心里多少有点儿防备。

雅致的空间，客人不多，左边靠窗的位置，有穿黑衬衣的男子独坐，就在姜何犹豫的时候，男子转回头，看到姜何，站了起来。

30岁左右的男子，消瘦，高，微微锋利的下颌的轮廓，额头有浅浅纹路。和耿澜完全不同的男子，眼神里，散发着一种颓废的懒散的孤独的气息。

然后，他唤了姜何的名字。

姜何点点头，想微笑，却只把唇角翘了起来。

倒是沈白笑了，笑容一飘而过，招呼姜何坐，要了清茶。

没想到，沈白将合同都带来。姜何狐疑："我只是喜欢写字，也没有名气，你确定？"

沈白的回答很直接："我做书，以此为生，从来没有赔过。是不是从来没有人告诉你，其实你适合写字，你的文字有很独特的气息。"

忽然想起耿澜这么多年对她文字的打击，姜何不由得笑起来，有一点点自嘲的。

"我不会看错的。"沈白看着姜何，"是你，没有看懂你自己。"

姜何的笑，就僵在了沈白定定的目光里。

四

想了一个下午，姜何还是决定将这件事告诉耿澜。

"肯定是骗子，"耿澜质疑，"天上从来不掉馅饼，姜何，你相信他？"

"可是，我有什么可以骗呢？"

"骗色！"耿澜夸张地抱住姜何。"你这样的大美女，谁见了不想骗？"

姜何笑起来，没错，10年后，姜何已从一个漂亮的女孩变成了漂亮的女子。她从来都知道自己是美女，只是从来不敢认定自己是才女。

这样定义她的，是沈白，也只有沈白。

"放心，"姜何说，"我能给他的，只有字没有色。"其实之前，姜何不是没有想过沈白的目的，可是自她看到沈白第一眼，就认定，这个男人绝对不会是骗子。但是，她不能这样对耿澜说。

耿澜还是极不放心的样子："下次再见他，我跟你一起去。"

"小气鬼。"姜何从耿澜怀里挣脱出来，"没准是我的伯乐呢。"

耿澜哈哈笑起来："你真当自己是才女？"

习惯的玩笑，姜何却忽然来了气，一把推开耿澜："你是不是就看不得我好？你就认定我写不出什么像样的东西？你是不是看不起我。"

耿澜察觉出姜何的情绪变化，表情立刻严肃下来，眼睛眯起一小会儿才说："宝贝，我怕你当了作家不要我了。其实，我自卑。"

很小的声音，令姜何莫名心软。喃喃说："我不会。我会一直和你在一起。"

五

之后，有一段时间沈白没有再联系姜何。直到两个月后，沈白电话打过来要她去看脚本。还是约在最初见面的茶社。

异行本。封面竟是用了她挂在博客上的那张照片，做了黑白色。姜何的文章大多短小，配了一些插图，图画无一例外是封面照片的不同表情翻版，极其统一，又不尽相同。

很美的设计。那种协调而别有韵致的美，在姜何看来，几乎可以和文字无关。

"我画的，"沈白说，"做书之前，我画画。"

姜何抚摩封面上自己的照片，自语："从小到大，只有这一张照片是没有笑的。"

"只有这一个，才是最真实的你。好好儿写字，用这个真实的你来写。"沈白站起来，"我等着。"

姜何一惊，抬起头来，看沈白定定眼神，那眼神里的孤独，忧郁，颓废，一点点地，快要把她陷进去。

六

姜何开始常常对着那张照片发呆。然后心里莫名惊异——好像始终被藏匿的那一个姜何，被他找了出来。可是，到底是谁把她藏了起来，是她自己，还是耿澜？

姜何茫然，却还是不顾耿澜的劝说，执意辞去了工作。沈白已经为她设计好下一本书的主题，关于一个女子的独自行走。为此，她要一个人去很多地方，很多之前她所不知道的荒芜的地域。

耿澜强烈反对："不行。如果你真的要去，我也辞职，我陪你。"

姜何喊一句："你能不能让我做一次我自己。耿澜，你可不可以不那么自私?!"

耿澜住了口，良久，颓然松开了握着姜何的手。

6月，姜何独自上路。

行走的姜何，渐渐变成了另一副模样，棕色的肌肤，发长而散乱，依然微笑，却有无限落寞和苍凉。每天把文字和图片发给沈白。

电话里，和耿澜的对话越来越简单。后来，只剩了同一条信息。姜何说，耿澜，我很好。耿澜说，姜何，要快乐。

3个月后，姜何回到沈阳，出发的地点，等待她的，不是耿澜，而是沈白。

鬼使神差，上车前，姜何把回去的时间告诉了沈白，只告诉了沈白。

那晚，姜何一次次在沈白的身体中开放，从不曾有过的开放。那是她在孤单旅途中点燃的渴望。她早知道，其实她已经在跟着沈白的路上走丢了，回不了头。

七

姜何离开了耿澜。走的时候，几乎没有勇气看身后的耿澜的眼神，藏着怎样的心疼。可是她必须离开，她已经背叛了他，不能再欺骗。

三天后，姜何的新书做宣传，其中一个项目，是在一家书店签名售书。

宣传牌很招眼，姜何的美被光线和视角打上苍凉的气息，美轮美奂。

很多人在台前排队，姜何只是低头签字，说谢谢。

又有一本书递过来，白皙手臂，纤细手指，指甲有精致彩绘。

姜何抬起头，窈窕女子，算不上美，有白狐般妩媚的眼神。嘴角翘起，分明是不屑。

姜何不明所以，却也不动声色，接过书来打开，在扉页签上名字。

"这签名,沈白设计的?"女子笑问,不等姜何回答,忽然拿过她手中的笔紧挨姜何的名字写下三个字:何锦书。不同的字,相同的字体。

姜何愣住。

叫何锦书的女子笑:"别紧张,我不过是来看看新人的模样。一年前,坐在这里签名的人是我。一年后,换了你。沈白,真是好眼力。"

说完,转身离去。

八

终于结束,回去,在另一处做活动的沈白已经回来,迎上前,牵过姜何的手:"怎样? 是否信我了? "

相信你对女人的鉴别,还是对文字的鉴别? 话到口边,姜何又生生咽回,莫名其妙换了另一句:"沈白,你是否会娶我为妻? "

沈白露出意外,怔了片刻才道:"姜何,婚姻的琐碎只会淹没一个女人的才情,我记得我们说过,文字本身是孤独的。就像张爱玲。"

张爱玲。想起耿澜说,张爱玲有什么好? 一生活得孤寂爱得孤寂甚至死得孤寂。且天底下,也只有一个张爱玲。

姜何笑起来:"沈白,你看中的真的是我的才气? 若我相貌平平,我的才气能值几何? "

"你怎么了? "沈白皱起了眉头,"姜何,我不会看错你。"

"是我看错了自己。"姜何转身离去。

九

几天后,姜何24岁生日。本命年的生日。收到一套张爱玲的小说全集。她不曾见过的新版本。中间有小小字条:姜何,我宁肯你做个最快乐的煮饭婆,哪怕这快乐平凡而简单。我不愿你做张爱玲,不想你陷入她的孤独,哪怕那孤独璀璨而华丽。

平凡的幸福,华丽的孤独——姜何轻轻一推,摞在墙角的书朝着一个方向倾倒散落,还有她那张印在封面上美轮美奂的脸。

冷爱

你的眼泪让我心折

是在那个黄昏忽然爱上海妮的。

那时候，我已经认识海妮快两年的时间。在同一个写字间，楼道，拥挤的电梯里，有过无数次的邂逅，只是一直没有太深的过往。

那是个感觉起来很温煦的女孩，眉目间常常有着明媚的微笑。不高，圆润的脸，柔和的短发。偶尔化温暖的淡妆，笑容浅淡，话不太多。

作为一个条件不错的单身男人，那时候，我身边并不乏各色女人，昙花一现般地盛开在不同的夜晚。内心却是寂寞的，总觉得她们，都不是我要爱的那个人。

那个黄昏离开写字楼一小时后，发觉手机忘记带了。折回去，整栋大厦已经空空荡荡。乘坐电梯畅通无阻地到达顶层打开门，意外地，却看到海妮在。身形娇小的海妮，背对着我站在宽大的百叶窗边。

怔了怔。海妮在声响中骤然回过头来，愕然中，已来不及掩饰满是泪水的一张脸。暗淡的光晕里，海妮盈着泪的眼睛让我莫名地有了靠近的愿望。

我慢慢走过去。海妮忽然用手指掩住潮湿的脸，是那种徒劳的掩盖。这个女子无比溃乱而无助的瞬间，忽然让我心折。几乎不假思索地伸出手，我缓缓把海妮拥进了怀里。轻声地唤她，一遍又一遍，好像，只想把她唤到心底。

在我怀里，她不发出任何声音，只任眼泪逐渐把我的衬衣打湿。在潮湿的感觉里我紧紧箍住海妮娇小的身体，几乎听得见她身体中骨骼的声响。

黄昏在窗外一点点消逝，黑暗在两个人无声的拥抱中覆盖过来。我低下头去，捕捉到了海妮被眼泪弄得冰冷的唇。

“江枫。”海妮唤我，手指开始在我的发间穿梭。

我的身体，在海妮手指的游弋中一丝丝迸裂。

海妮的寂寞

几乎是瞬间，我爱上了海妮。她的背影，她的眼泪，她的呼吸，她冰冷的唇和充满渴望的身体，陷落了我对爱情的全部想象。

那天起，我们走在了一起。

我能感觉出来，海妮定然是个有过去的女子，只是不说。什么都不说。甚至有时我觉得生活在阳光下的海妮，其实是我所陌生的。而我所熟悉并深爱的，是黑暗中的那个女子。那个喜欢在黑暗中做爱的女子。而在彼此欲望纠葛到最深的时候，她常常让我有窒息感，觉得身边的海妮，似乎是为了抵抗什么才不顾一切地要，不肯停下。

无疑，她是寂寞的，那种寂寞遍布于她身体的每一寸肌肤中。而我，却想用身体把那些根植于她生命中太久的寂寞连根拔去。

天已经越来越冷，很多次，我想用那些温暖了海妮的夜晚，交换一些她过去的经历。

但她始终守口如瓶。

然后冬天慢慢过去。我也慢慢觉得，也许永远都不可能窥测到什么了，关于海妮的内心。我能够把握的，也许只是那个黄昏开始的海妮的身体。

直到春天，因为一封信和一个名字的出现。海妮生命里一直掩藏的东西，露出端倪。

一封信和一个名字的出现

嫣然的名字和她的信是在一个晚上突然出现的。那天我们俩下班都很晚了。在海妮住处楼下的便利店，我买了一些即食食品和两瓶干红。

海妮习惯性地打开电脑，在我收拾那些食物和酒的时候，她看完了信箱。脸色微微泛白了。

我坐过去，随口问："谁的信？"

"嫣然。"海妮只说了两个字。关了电脑。

这是我第一次听到嫣然的名字，一个陌生的名字。说完海妮站起来找了工具用力地开干红的木头塞子，赌气一样。我从她手里拿过来，打开，把酒倒在杯子里。

海妮开始喝酒，一言不发地，呼吸的声音越来越重。她再次仰起瓶子时我拉住了她。

海妮抬起头来，一脸的泪。我下意识抱紧她，隐约地，看到海妮走过的生命痕迹。

海妮和嫣然的故事

海妮是个孤儿。很小的时候失去父母，她跟过很多人，住过很多地方。他们都是她名义上的亲戚。但他们都无法拿出父母的那颗心来爱她。支付她成长的，是父母留给她的那套很大的房子。本质上，是它养大了海妮。

成长的那些年，海妮始终孤独却始终害怕那种孤独感。用了很多方式抗拒。微笑，奔跑，读书，却都改变不了根本。她的身世让整个世界都对她有本能的距离感。直到读中学时，她认识了嫣然。看到自己生命中的同类。

嫣然的身世好不了多少，跟着继母长大。没有被抛弃的唯一原因，是父亲留下的丰厚财产。嫣然得到的，只是温饱。

两个女孩子，在试探着靠近后，感觉到了温暖。

"那时候，很多晚上，我和嫣然在操场上跑步，然后我们坐在足球场的看台台阶上，看着飞机在夜空中一闪闪地滑过去，像萤火虫，"海妮说，"那是我生命中最温暖的一段时光。我们安慰彼此，疼爱彼此。互相温暖。嫣然总是穿黑色的衣服，她很懒惰，一条黑色的牛仔裤可以穿很久都不换。她的头发很长，有这样长……"

海妮在我怀里试探着用手比画，却控制不了手指的停留。

我把海妮的手指箍在了掌心里。海妮打开的记忆，让我清楚地感觉到一种伤痛。我忽然不想她再说下去，我忽然有些害怕。

海妮的声音却依旧凌乱地继续："我和嫣然，我们一同读到大学，开始喜欢男孩子。也许我们发现一个女人和一个女人的感情，并不能抵挡所有的寂寞。可是嫣然，她爱上的是一个老师。她怀了他的孩子，那个男人不肯收拾结局。嫣然被学校开除了。四年前的冬天，她离开了我，去了上海。她执意地走，非走不可。"

海妮抿了抿唇，因为酒精的烧灼她的唇有些干燥。我试图给她一些水，海妮拒绝："江枫，让我说完，失去了这次机会我可能一辈子都不会再说。"海妮坐起来一些，"嫣然走后，我被前所未有的空洞和孤独感占据，我开始和不同的男人在一起。我不知道还有什么能够带给我生命的感觉，带给我温暖。除此我什么都无法抓住了……"

我掩住了她的唇，我不想她再说下去，我不许她再说下去。

海妮挣脱："可是你知道吗？嫣然现在和一个女人在一起，她们在一起。"

我惊愕地看着海妮。心里忽然莫名战栗。

"那次受伤后，嫣然开始憎恨男人的感情，憎恨男人的身体。她爱上一个女人，我害怕……"海妮忽然弯下身来，手掌抵住心口的位置。一直一直地向下弯去，弯曲的身体充满了一种强烈的疼痛感，"江枫，我从来没有说过爱，可是我喜欢和你在一起，你让我觉得温暖。我太害怕冷的感觉……"

我的脸贴在海妮弯曲的单薄的背上："你永远都不会失去我，我向你保证，海妮，我保证。"

另一个城市的嫣然

几天后，海妮从上海带回了嫣然。

很瘦削的一个女子，高，眉目纤细，眼神疏离、淡漠。和海妮不同。海妮是个表面过于温暖的女子。嫣然的冷寂，散布在身体任何一处。

嫣然用敌意的目光看我。然后冷冷隔开。

我第一次看到海妮的热情，那种刻意地，无所适从的热情。不停说话。我心疼她这样，那样多的话，掩盖不了她内心的恐慌。可是无论海妮说什么，嫣然一言不发，偶尔笑，带着玩味的表情。

然后在海妮休完假回去上班的时候，嫣然飞回了上海。她在浴室的镜子上留了一行字：海妮，你一定会输！

用了桃红色唇膏，格外的艳丽诡秘，在镜子中龙飞凤舞，每个字像断翅的蝴蝶。我不明白其中含义，追问，海妮却一言不发，只是疯狂地和我做爱，一次又一次，不肯罢休。我终于极度疲惫，用最后的力气试图让海妮安静下来。她看着我，忽然对着自己的手臂咬了下去。我惊了一下，伸手拉她，她白皙的皮肤上已留下了两排清晰的齿痕，有一处，渗出圆圆的血滴来。

没有任何思维，我一个耳光扇过去。我太心疼她这样伤害自己，心疼到失去理智。

世界骤然寂静下来，在即将到来的黎明中，寂静无声。然后海妮哭了，哭着跌进我的怀抱："江枫，帮我，你帮我救嫣然，我不可以失去她，我不能用这种方式失去她。"

我的眼泪，一颗颗滴在海妮的发间。

让我用身体唤醒你

这一次，是我飞去了上海，一天都没有耽搁。我害怕海妮会那样继续虐待自己。我很怕。我看到了嫣然最后一次写给海妮的信：最冷的天里，我们用身体相互取暖。

我知道了海妮恐惧的根源。

在一栋陈旧的房子里，我找到了嫣然。那是一所藏在上海这个大都市心脏某个位置的，有着数十年历史的房子。那些暗淡的木头的缝隙里散发着颓败的气息。走上去摇摇欲坠。

嫣然一个人在。很大的床，堆积着迷乱的暗红色。她的脸如一朵惨白的花，开到荼蘼花事的颓败。

看到我，她没有任何表情。我几乎一步跨过去钳住她的手臂："跟我回去。现在就走。"

她抵挡，用细长的指甲掰我的手指。我低下头来，看到手背划过一道惨白的细长痕迹，血开始流出来。但我没有松手，用了更大的力气。

嫣然忽然呻吟了一声，低低地，然后低下头一口咬住了我的手。

尖锐的疼痛让我突然把手松开，嫣然乌黑的长发散乱开，像一只迷乱的小兽。我揪住了嫣然的头发，逼她完全地面对了我的眼睛。

忽然有泪在嫣然脸上滑下。层层叠叠。而她的呜咽，开始像刀子一样切割进我的身体。那种流泪的感觉，我是那样熟悉。她和海妮，她们原本是一样的女子，她们不同的身体下，覆盖的是同样寂寞而脆弱的灵魂。

我抱住了嫣然，逼着自己打开了嫣然瘦削的身体。我忽然感觉，只有这种方式才能拯救她。她必须要面对一个男人的健康的身体。而不是她的同性。

嫣然抗拒，挣扎。片刻。忽然安静。再没有了任何声息。然后，她蛰伏在我的身体里，像暗夜的花，开始一点点盛开。那种盛开的力量，深深陷落了我。

一个瞬间，一个世纪。我离开嫣然的身体，有种被掏空的感觉，而嫣然的面容在淡漠的光线里格外平静，平静而美丽，她静静问我："江枫，现在，你还要带我回去吗？"

我闭上眼睛，身体所有的部位逐渐地、无一遗漏地被疼痛袭击而过。像那一天的黄昏，那么无法自抑地，我心疼了这个女子。我不知道那心疼，是不是同样是爱。

嫣然忽然笑了。她说："海妮也许应该知道，她错了。江枫，现在，我来告诉你，你所不知的真相。"

我的心，瞬间冰冷。

左手伤痕，右手泪痕

一

那天是公司例行的酒会，有许多商业精英到场，我的衣着在诸多艳丽女子中，显得有些暗淡，驼色上衣，亚麻的黑色长裤，平跟鞋。

因为暗淡，我自觉地撤到角落，于是看到角落中的他。

烟灰色亚麻上衣，和我的长裤同样的质地。很随和的款式，小方领，方形的兜。长裤也是黑色，休闲鞋。很巧，他也在看着我。

我有打量一个人由衣服开始的职业习惯。

然后我看到他的脸，他有着清晰的轮廓，皮肤略带棕色，目光纯净，柔软的唇，二十七八岁的年纪。

他笑："夏唯。"然后递过手来。

呵，夏唯。这个名字我听过，他是我的同行，也是我的对手。据说他刚从国外回来到那家服装公司不久，但在行业中，名气却已很大，只是没有想到，他这么……年轻。

"苏凉，"我说，"我听过你的名字。"

"苏凉？"他的意外溢于言表，手指一时没有松开，"我喜欢你的设计，真的很棒。"

我笑，轻轻把手抽回，我愿意相信他的赞美是真的。他不似是会说假话的男子。

二

喜欢把自己放在角落里并非我性格的初衷，曾经，我也是个爱好热闹的人。那时，我不到20岁，在一所大学里读服装设计。

大二，我在自己搞的一次活动中认识沈自衡。当时，他30岁多一点儿，负责着一家国外服装公司在中国的发展。瘦削，有双湛蓝眼睛。一招一式中散发出的魅力，不是校园里青春茁壮的男孩子能够比较的。

那时我是一个没有过任何阴暗经历的女孩子，对这个世界的分辨力几乎为零。我一下子爱上沈自衡。而他，自然也是宠我的。他带我看电影，送我香水，开车的时候把手放在我的手上。

他在一个晚上终于拿走了我的一切，然后告诉我，他有家。

这样的故事并不新鲜，却不是当时的我可以承受的。沈自衡说："我以为，你懂得这样的游戏规则。"轻描淡写，完全没有得到我时那样的紧张。

但我不能接受，一是我爱他，他是我的初恋，另外半个月后，我发现我怀孕了。

很多没有承担能力的事情突然都发生了，在极短的时间聚集在了一起。

沈自衡的解决方式是一沓纸币，他说："我会陪你一同去医院，现在的医疗技术很发达，你不会痛的。"

"沈自衡你到底爱不爱我？"当时我真是年少，到了那样的时刻，竟然问他这样的话。

他笑："爱有很多种，我说了你会信吗？"

他的笑容当初诱惑了我，而那一刻却像刀子一样刺痛了我，我一把拿起他桌上的杯子，朝着他的脸砸过去。那是一个盛满了开水的玻璃杯。

开水严重伤害了他脸上的皮肤，当时是夏天。

我被拘留了15天，然后被学校劝退。

做完手术的那天晚上，我躺在同学租下的潮湿的房子里，用一片碎玻璃把自己左手的手掌划得伤痕遍布。我恨我的左手，它曾在一整个晚上被沈自衡牢牢握在掌心里。被他吻过，被他放在心口的位置。

那是我为成长付出的第一次代价。一次，一生都已足够。

三

离开学校后没有回家，我去了上海一边做事一边念书，一年后重新考入另一所大学的服装设计系。

四年后我回到这个城市，找了这份工作。四年后我的心性几乎完全改变。被那 15 天失去自由的日子，被那次手术，被掌心那些翻卷的伤痕。

从此我将永远握紧自己的左手，不敢向任何人摊开，那是一些很丑陋的伤疤，当年我用的力气非常大。

从那时候起，我开始喜欢站在角落里。

“你好像不太喜欢热闹，”夏唯打断我的思绪，“穿成最寂寞的样子站在这里。”

“你不也一样？”我顿顿，以反问作答。

他笑了：“要不，我们偷偷地走吧，站在这里，还不如去街中散步。肯定不会有人发觉。”他环顾四周，面容忽然有点儿兴奋，“我想到外面吃份凉皮。”

他的纯真不像是假装的。

但就在此刻，我看到不远处一个穿了长裙的女子，已经开始朝着我们走过来。摇摆着，微笑着，如同一面美丽的旗子。

匆匆找了个借口，和夏唯说了再见，退避三舍。我不想卷进任何的寒暄中。男人和女人，女人和女人。多了，就都麻烦得很。

隐约觉得夏唯纯澈的目光一直追随。无论我站在哪里。索性走了出去。夏唯说得没有错，这个时候，外面是美的。

四

那天晚上以后，开始频繁有夏唯的电话。夏唯有未曾开口先笑的习惯。

夏唯说：“书上说我会邂逅一个水瓶座的女子，和她相爱，白头偕老。”

这个接受了很多西方教育的男人，这样的语言已经很是含蓄。

“书上还说，我会和她在一天晚上相遇，我们会穿着同样颜色的裤子。”

我忍不住笑，为他这样不假思索的可爱的谎言。他是如此地在意直觉，认为，那天晚上以后，他爱上我。

我一直拒绝。不是他不好，是我不能爱。这么多年，我已经学会绕着爱情走。那样灰暗的经历，我还能够这样生活着，已属万幸。

夏唯很坚持，先是电话，后来索性找到公司来。我有时拿他没有办法。他原本是个坚持的人，据说为了一个款式细微的不妥，曾和老总吵得天都快要翻了。最后老总向他妥协，已生产出的一批服装，被永远压在了仓库。

夏唯一如曾经的我，在乎的是一种纯粹和完美。但现在，我根本就是一个不再计较的人。之所以工作，一是喜好，二是生活。我不想弄得太明白。这样已经很好。

我想找个时间好好儿跟夏唯解释。我不厌烦这个男人，他有那样纯真的一颗心。因为纯真而温暖。我可以拒绝这份温暖，但不可以诋毁。他甚至专门为我设计了衣服，找了裁缝去做。做好了来送给我。

他知道我适合穿什么，可是他，不知道我已经没有心来应对感情。我只有伤。

很快，公司里每个人都知道了夏唯在追我。老总破例温煦地邀我到他的办公室，给我倒上一杯水，温和地问："苏凉你说夏唯会不会有可能到我们公司来做？"

我笑着摇头："大概不会，他是个有原则的人。"

老总也笑："他是个人才。你们俩倒是般配，才气和样貌都好。不过，感情是感情，工作是工作，别的，我不多说。"

我点头，以示懂得。生活就是这样现实，非黑即白，夏唯若是不可以过来效力，我就不应大意，不留神把商业秘密泄露过去。

不想解释什么，如果说我和夏唯没有任何关系，等于此地无银。虽然我们真的没有任何关系。不过他的话倒是提醒我，可以当做一个借口吧，合情合理，把自己扮成一个重事业胜于感情的女强人，也就可以了。

五

夏唯拿我的借口并不太当一回事，不以为然的口气："大不了我辞职，只是苏凉，你可喜欢我？"

我不说话，我没有给过自己时间去想这个问题。

"别用这样的借口拒绝，苏凉，至少你应该给我个机会。"

我心里苦笑，谁又能够给我一个机会？

"夏唯，我现在还不想结婚。"我的托词并不高明。

"没有关系，我会等。"夏唯微笑。他是一个那样爱笑的人。

"那么，可以不要那么频繁地接触吗？比如电话和约会？"我想缓和一步也好。每个人的耐性都会有限，也许过一段，他就忘了。

他想了想，应允。又说："你可否在不接受我的时候，不要爱上别的人？"

我笑着答应他。这对我并不难。

"那就好。"夏唯呼出一口气。

街灯次第地亮起了。

往回走的时候，忽然一个瞬间，觉得这种感觉竟然很温馨。只是一瞬即逝，留不下痕迹。

六

日子如此这般过下去。

夏唯是个很守信用的人，隔段时间打个电话过来。都是温暖的问候，唯一一句不合适的话是说："苏凉，你没有爱上别的人对吗？"

"对。"

外人再也猜不出究竟，议论逐渐在洗手间消失。

好在有那么多的工作要做，春季的订单原本多。一天下午快要下班时，快递公司送了信函，几分钟后手边的内线电话响了起来。

老总叫我过去："苏凉，一批女装，设计非你不可，你擅长改良古典的东西。"随后，我就听到他说了一个让我心头一震的服装公司的名字。

那是沈自衡的公司。

爱有时候很容易忘记，恨却很不容易，我什么都记得。

"好的，我会把它做到最好，一定让对方满意。"他说完后，我不动声色应答。

老总笑："这可是大投资，一点儿纰漏都不能出，你要比平时多加千万倍的小心。"

我冷笑。我自然会加了千万倍的小心，这样一个机会，我已经等了6年。曾经一度绝望，以为会等到白头。

沈自衡，我相信一切命定，我相信上天把握着一份公平。

用了整整一个星期，从未那样辛苦过，那件事情，如果做好，只需要三天时间，但是做不好，必须一个星期那么久。我要设置一个完美无缺中的罅漏，看不出来，感觉不出来，却是一件衣服致命的缺陷。

沈自衡却将为此付出他自己都难以衡量的代价。沈自衡，你很快将无法自衡。

当最后的设计图样终于在打印机中打出滑到我面前时，抬起头看着玻璃中映出的憔悴不堪的脸。我笑了。

七

三个月后。

夏天已经远去。这个城市的秋天，因蝴蝶般缤纷的落叶，有种凄凉和放弃的美。

沈自衡开始和公司打一场冗长的官司，作为设计人，我难逃其咎。

6年后，我终于再次见到了他。他亦看到了我，那张肤色隐约带伤的脸，瞬间变得狰狞："是你，苏凉。是你害我？"

"证据？"我向他摊开右手。6年，这个男人并未变老，而我，却已不再是当初用那样的方式和他争斗的女孩子了。

"一定是你。"他咬着牙齿。

"你认可的，别忘了，你是因为认可才在合同书上签了字。"我不愠不火，心里压抑着一种冰冷的快乐。这次，他输定了。

我紧紧握着我的左手，我终于为自己报仇，报仇不见得一定要流血，我已长大。

"我会找到证据，你别忘了，没有完美无缺的漏洞，一切终会水落石出。"他狠狠地丢下一句。我站在他身后冷笑。找到又如何，顶多是一次工作的失误，他的失败，却已成定局。谁都没有回天之力。

我已决定，在这件事过去后辞职。

八

一个星期，风平浪静。没有电话，没有询问，公司也未再接到法院的传票。不应该那样安静，或者，沈自衡知道任何举动都是徒劳，甘愿放弃?

我有隐约的不安。

却没有想到，一个星期后，拿着设计图来找我的会是夏唯。

他站在我面前，用干净明亮的眼睛看着我，好久，他问:“为什么，苏凉?”

我不回答，他用了一个星期的时间查找漏洞，我们真是棋逢对手。

“你这样辛苦地制造这个完美的缺陷，到底为什么? 苏凉，你不肯让我爱你，这一切到底为什么?”

“沈自衡，付多少钱给你?”我抬起头来看着他，我不能再逃避，他的手里，设计图样的肩胛处，用红笔点下的一个点是一个事实。

“苏凉，我只想知道真相，我不相信这是一个失误，这个失误太完美，一定有很多的心血在里面。你是故意的，你是精心的。苏凉。到底为什么?”夏唯一把抓住我的肩摇晃着我，他的眼中忽然有泪落下。

我看着他，看着他的眼泪。没有挣扎。

这是一个肯为我流泪的男人，我不再抵抗。

举起左手，把掌心缓缓摊开在他眼前，我说:“因为我是一个有伤的人。没有什么可以将其愈合。”

我们不是一路的

洛卡说，小美女

二十岁的时候，凤童认识了洛卡。

二十岁的凤童已经读大二，纤柔、干净、眉目如画。二十二岁的洛卡没有读大学，已经是凤童学校附近的一家汽修厂的小师傅了。

其实是个好看的青年，但神情里的三分邪气七分叛逆全然掩盖了五官的俊秀，衣服上整日散发着淡淡的汽油、机油混合的味道。

凤童并不讨厌那味道，也不讨厌洛卡，他会讲好玩的笑话；口哨打得超级棒；还会“跑酷”，翻壁越街的，的确有点儿“酷”……只是凤童知道，她和洛卡，不是一路的。

凤童自小清醒理智，知道自己要走的路和一路的人。那个人，应该和她一样，受正规教育、有温和性格和良好气质……自然不会是洛卡。那年秋天，他们第一次遇见，在两个学校交叉的路口，他骑着脚踏车，赶到她身前，然后一个急刹，回头看她一眼，一声口哨差点儿让凤童掩起耳朵。

看吓到凤童，洛卡便笑起来，那样深棕色的皮肤，却有洁白的牙齿。

洛卡说：“小美女。”

凤童就笑了，美女前面加个“小”字，听起来就没有那么俗气了。但是并没有回应，这时绿灯亮了，凤童便兀自朝前走。过了路口回头，看到洛卡还停在那里，没有过路，就在对面看着凤童。这让凤童对洛卡有了点儿好感，她不喜欢缠人的男生。

不纠缠，但很快却又遇见，洛卡用了几天时间就弄清楚了凤童的来龙去脉，姓名、年龄、学校、年级、家庭住址、生日甚至凤童喜欢看球赛的嗜好。

于是再遇见的时候，他就喊她，许凤童！

凤童愣了一下，但并没有去问，你怎么知道我名字。心里明白这样问了，话题就会多起来。于是只问："有事吗？"

洛卡晃晃手中的球票："请你看足球。"

于是凤童知道，这男孩虽然没有明着纠缠，却暗地里对她下工夫了。

当然拒绝，凤童没有那么盲目。没想到洛卡把两张球票都塞给她："找个好朋友一起去吧，挺好的一场比赛，不看可惜了。"

凤童没想到洛卡会这样做，拿着球票不知所措时，洛卡打了个口哨骑着脚踏车走了。迎面吹来的风里，有淡淡的汽油的味道。

凤童兀自笑了。

即使不是一路的

是周六下午的比赛，凤童想了想，还是决定去。其实凤童并不是喜欢足球，没有人知道，她喜欢的，其实就是球场上那种可以肆意喊叫、自由奔放的气氛，那曾是紧张高中生活的一个小小快乐的出口。

凤童真的喊了女友去了，并在看台上跟着一大堆球迷大喊大叫。比赛进行到激烈处，连声呼哨从不远处响起来，带动球迷的呼哨声连成了片。

那呼哨声，凤童觉得熟悉。比赛结束的时候，在出口，凤童就看到了洛卡。他也来了，是故意没有和她们的票买在一起，或者，是为打消她的戒备。

其实这男孩对她很用心，凤童知道，即使他们不是一路的，可是不妨碍做朋友。

以后再看球赛，凤童不再介意和洛卡一起，何况，她喜欢他的口哨，喜欢跟他一起喊叫。而洛卡也不介意凤童每次都带着伴儿，他从来不对她有任何过分要求或举动。连女友都说："洛卡，不错哦，那么帅。"

凤童笑："不错是不错，但我和他，不是一路的。"

你们也不是一路的

自然不是一路的，半年后，凤童恋爱了，和经济系的陶然。两个人在学校的一次联谊会上认识，陶然高大英俊，有点儿体育系男生的那种健朗，也有受过良好教育的温和气质。初见，凤童便对陶然有好感，所以几天后，陶然约凤童看电影，凤童一口应允了。

连小学里的小孩子都会写幼稚情书的年代，凤童自然无须矜持。

很快便出双入对，再接到洛卡喊了一起吃饭或者看球赛的电话，凤童便拒绝。如此三两次，洛卡不明所以，问："我怎么你了？"

凤童想了想："洛卡，我们不是一路的。"

那边，洛卡忽然就沉默了，过了片刻，挂了电话。

但凤童没想到，周末的时候，和陶然一起去逛街，在学校门口，竟然遇见洛卡。他等在那里，等了好久的样子。

虽然凤童心里没有鬼，看着洛卡，还是有些尴尬，喊了他一声，本能松开了陶然的手。

洛卡没有应凤童，盯着陶然看。

陶然被看得莫名其妙，扯一把凤童："这谁啊？"

凤童让自己平静下来，笑笑："一个朋友。"

洛卡却不急不恼，也不答话，依然盯着陶然，那眼神有些犀利也有些挑剔。

陶然终于发作，怒气冲到脸上，指着洛卡："你要干什么？"

"不干什么，来看看凤童，她不是跟你说了，我们是朋友，朋友还能干什么？"洛卡翘唇吹吹额前的发，把目光转向凤童，"凤童，你们也不是一路的。"说完，转身就走。

"说什么呢你！"陶然喊叫着要追上去，被凤童拉住。

那天计划的游玩就这样被洛卡搅黄了，不管凤童怎么解释，陶然始终在生气。他觉得被洛卡嘲弄了，而且，凤童的态度还那么模棱两可。

后来凤童也生气了，冲怒气未消的陶然嚷："我们是朋友怎么了？你在认识我之前，就没有过异性的朋友？"

"反正没有这种类型的，一点儿素质都没有。"陶然嘟哝，"真想不明白你怎么会认识这样的人。"

"不明白就慢慢想。"凤童的脾气也上来了，丢下陶然，掉头自己回了学校。

就这样僵持了三天，还是陶然妥协了，接二连三发信息道歉。于是就和好了。

那天的事，陶然没有再提，凤童偷偷给洛卡发了条信息：我们真的不是一路的，你会遇见更适合你的人，好好儿的。

洛卡没有回，却也没有再“打扰”过陶然，这样过了一段时间，凤童在和陶然的热恋中，渐渐就把洛卡忘了。

已经不再去看足球，陶然更喜欢看电影，凤童就跟随着他在空闲时间看电影。

放假前两个人空闲的时间都会在一起，那晚买了通票，一直看到电影院打烊。

电影院离学校两站路的样子，对年轻的情侣来说，那点儿路实在算不上什么，牵着手走着走着就走到了。

没想到遇见麻烦，在学校附近转弯的地方，撞上两个坏分子，其中一个伸手就去拉凤童，口里说着不干不净的话。

凤童往陶然身后躲，陶然顺势伸手推开那青年，用的力气很大，青年一个踉跄坐在地上。陶然趁机拉了凤童要离开，没想到另一个青年拦过来，一伸手，在身后抽出一把刀子。

凤童一声惊叫，刀子已经逼到陶然脸上，拿刀的青年看着陶然：“你，滚开。”

凤童的手下意识将陶然拉得更紧，却清晰地感觉陶然闪开了刀子，松开了握着她的手。

凤童抬头看，灯光底下，陶然的脸色惨白，凤童忽然在恐惧中感觉到一种窒息……

所有一切发生得如此突然，包括洛卡的出现和后来一系列短暂的打斗，凤童醒悟过来的时候，拿刀子的青年已经捂着腹部倒在地上，刀子没入他的身体，只余刀柄在外面。洛卡的手被划破了，鲜血淋漓。

凤童眼前一黑，软软地倒在地上。

早晚会找到那个一路的人

洛卡那一刀扎得太深，对方差点儿丧命，虽有“见义勇为”的前提，凤童也找了最好的律师，洛卡还是被判了两年。

其间，不管陶然怎样解释当时自己真的不是想逃跑弃凤童不顾，只是没有经历过这样的事情，等等，凤童都没有回应。洛卡去服刑时，凤童回了陶然一条信息：洛卡说得对，我和你也不是一路的。

此时凤童才知道，原来一路的含义，并不简单。

洛卡服刑的监狱在城郊，凤童会在每个周末坐车过去，不是探视时间，就拿着学生证软磨硬泡，求工作人员让她和洛卡见上一面。

问及关系，凤童情真意切，说是女友。

去的次数太多，里面的人都认识了她，也就睁只眼闭只眼地开了绿灯，只是一次，有个年轻警察到底有些沉不住，问凤童：“你一个大学生，怎么……”

凤童笑笑不答。

而洛卡，从来没有拒绝这种相见，依然爱开玩笑，虽然两个人每次见面时间都不长。分开时，洛卡会拍拍凤童的头，叮嘱，注意安全。

这样的关系，看上去，融洽、温和，但不太像恋人，反倒像兄妹。

洛卡在里面也很积极，一年多，减刑出狱。

凤童去接洛卡，路上，问洛卡以后的打算。

洛卡想了想，还是继续修车，现在有车的人多，好赚钱的，以前的老板还在等他。并且，洛卡说，在监狱也没闲着，学新技术了。

凤童有些欣慰，洛卡还是以前的样子，笑的时候，有点儿邪气有点儿桀骜，但不容易屈服和被打倒。

那天分开的时候，凤童说：“毕业后想离开这个生活了多年的城市，去外面看看。”

洛卡看凤童良久：“去吧。我现在明白了，我们真的不是一路的，凤童，谢谢你这么长时间，陪伴我。”

凤童也笑：“洛卡，我们早晚会找到那个一路的人。我，还有你。”

洛卡就伸出手将凤童抱在了怀里。抱了许久，然后，两个人都流泪了。

再见，周朗

一

见到周朗之后，小藤盼望李浩能和周爽好好儿恋爱，早早结婚。

李浩是小藤的哥。周爽是周朗的妹。

其实最初小藤并不是很喜欢周爽，她看上去笨笨的，不漂亮，好在皮肤白皙。

周朗却如此不同，他比周爽大两岁，研究生毕业留校的年轻大学教师，研究古典文学，但整个人却又如此现代，英俊、开朗、小幽默。

为此，小藤开始主动向周爽示好，并改变初衷，盼望一年后可以考入周朗教书的本市的大学。曾经，小藤希望18岁之后远离这个一直生活的城市，去温暖潮湿的南方或寒冷干燥的北方。

才知道原来一个女子的意愿，真的如此轻易可以改变，为一个人。

好在寒假，李浩和周爽订了婚，两家的关系固定下来。

二

以后周末，小藤会有很合适的借口见周朗，辅导功课，不用找周爽，自己就跑去了。

周朗在学校有间宿舍，空间不大，但有很大的玻璃窗，可以透过饱满的阳光。

周朗很认真，甚至给小藤安排了复习进度表，小藤却总是跑题，只看一小会儿书，就会抬起头来问东问西。

周朗会拍小藤的脑门儿，用点儿心好不好？

小藤不动，就那样看着周朗，27 岁的男子比 18 岁的男生看上去稳妥安全好多，如此吸引她。

有时周朗也开玩笑，要小藤以后不能刁难周爽，说她一看就不是省事的小姑。9 岁的年龄差距，他拿她当小孩子吧。

小藤就笑，她知道见到周朗的第一天，她就已经不再是小孩子。

三

暮春的周末，一如往常，小藤煞有介事地抱着复习资料跑去找周朗。

推开门，周朗在，还有另外一个女子，站在周朗的床边帮他叠衬衣，有着茂密长发和窈窕的身姿。

一路奔跑的剧烈心跳似骤然停顿，甚至忘记呼吸。

女子转回身来，湛蓝的眼睛和高高的鼻梁，是维吾尔族女子特有的美。看到小藤，并无意外神情。“一定是小藤了。”女子微笑，过来轻轻牵小藤的手臂。

她不知道她，可是女子却知道她的存在，周朗会对她说什么？怎么介绍她——一个小孩子，面容青涩，充满幼稚……

忍不住看周朗一眼，忽然就觉得那么委屈，是他欺负了她，小藤下意识抽出手来。“你们有事，我回去了。”小声说了这两句，转身就朝外走。

周朗却拦住她：“快高考了，复习要抓紧。”

女子也附和，小藤进退两难地快要哭出来，又走不掉，艰难地忍着。

在小藤坐下来的时候，听见周朗对女子说：“木槿，去买点儿水果吧。”

原来叫木槿，小藤怔怔地想，她们都是植物，可是她是藤，木槿却是花。她认得那花，每一年春天，开在上学要经过的一条街道的两旁，粉红或浅白，算不得妖娆，开满枝头却也是缤纷绚烂。

木槿答应着，给小藤倒了水才出去。

之后周朗说了什么，小藤完全没有听进去，终于找了借口在木槿回来之前逃掉。如同来时的一路飞奔，直到跑出学校门口好远才停下来，站在路边大口喘气。情感的萌动在这个午后变成一场单薄苦涩的暗恋，没有开始就已结束。同时结束的，还有那个短暂的春天。

四

从那以后，小藤再没有去找过周朗。

周朗打了几次电话询问，小藤应付着说两句就飞快挂掉。听不得周朗的声音，听了就委屈。后来周朗不打了，周爽说，周朗开始装修新房。

很轻易在周爽那里知道了周朗和木槿的事。木槿是周朗大学的师妹，母亲是维吾尔族。现在木槿在另一个城市读研究生，即将毕业，一年前，两个人已经登记，只等木槿毕业结婚……

小藤读着“君生我未生，我生君已老”的诗句，心里无限哀伤，他并不老，可是依然没有等到她。可是她无法怨，只有委屈。

高考转眼就到，小藤选了南方和北方两所大学，最终被沈阳的一所大学录取。

那是个热闹的夏天，小藤的大学，还有周朗和周爽兄妹俩同时举办的婚礼。

没有礼物可以赠送，小藤也不想。没想到婚礼之后周朗塞给小藤一个大红包。小藤推了一下，周朗说，嫂子给的，别跟她客气。

旁边，木槿笑盈盈地看着她。

小藤一把把红包拿过来塞进了裤兜，拿就拿。

周朗又拍小藤的脑门儿，倔小妞。

小藤转身跑了。

五

小藤用周朗给的钱买了张头等舱的机票。8月末，小藤飞去沈阳，那是她第一次坐飞机，第一次坐了头等舱，如果距离和时间可以把一个人隔断，小藤愿意如此。

却徒劳，总会有周朗和木槿的消息顺带传递过来。小藤开学不久后，木槿怀孕了。即使家人不说，周朗也会偶尔打来电话，他对小藤是宠爱的，只是他不知道，他给的，不是小藤想要的。

小藤不知道怎么拒绝。过了18岁的小藤变化很大，曾经圆润的脸渐渐有了冷峭的感觉，话越来越少，眼神桀骜，有些另类。开始有一些男生追。

小藤不想回应，也懒得拒绝，直到后来看到一句话：治疗失恋最好的方式是开始一段新的恋情。小藤忽然想，可以试试。

就和一个追得紧的男生陶走得略近了，一起散步或吃饭。陶是典型的北方男孩，高，英俊，溜冰水平一流。小藤不知道原来沈阳的冬天会那么冷，走在街上，如果不被陶拥在怀里，小藤疑心自己立刻会被冻住。

周朗的模样在这样的时候渐渐模糊一些，有一次周朗打来电话，小藤正和陶在一起，周朗在电话听到北方男孩的声音，问小藤，男朋友吧？

小藤含糊应了一声，周朗就笑，是宠爱的笑，小藤听着，心微微疼——他是真的不介意。从头到尾，都是她的暗恋和单恋。

六

寒假回家，只象征性地和周朗一家见了一面。婚姻里的男人微微胖了一点儿，依然英俊，他希望木槿生个女孩，会像木槿那样漂亮。又说，嗯，像小藤也好，可爱。

小藤已经学会不动声色地笑，不动声色地接受木槿给她买的新衣，礼貌地说谢谢——这样的关系，真相被小藤掩盖，看上去如此稳妥。等到小藤暑假再回来，周朗和木槿的女儿已经满月了。

有妻如玉，女儿如花，周朗看上去是如此幸福知足。小藤终于决定在这场单恋中退场。20岁生日那天，她和陶在沈阳最好的酒店开了房——都是第一次，陶生涩且鲁莽，小藤疼得掉了泪，但没有后悔，仿佛只有这样，才能断了心里对周朗情感的退路。

七

大三时，小藤和陶的关系稳定下来，甚至跟着陶回家见过了他的父母。陶的家境不错，父亲开朗母亲慈爱，一家人都对小藤宠爱有加。

小藤渐渐喜欢上这个城市的四季分明甚至冬天的寒冷。想，就这样吧，毕业，工作，结婚，没有什么不好……只是心里，那一小块空缺，看不见，总也填不满。

大四，小藤没有实习，只找了个单位开了实习证明，然后回家陪父母。没想到回去却邂逅了周朗的婚变。问原因，母亲迟疑好半天，说，木槿找了别人，一年多了。孩子周朗的母亲带着。

小藤才想起周朗已经大半年没有给她打过电话，只当是在平和的生活里习惯了慵懒，不想另有原因。

小藤忽然决定去看看周朗。

木槿已经搬了出去，周朗一个人家里有些冷清和凌乱。周朗瘦了回去，憔悴，并且抽烟。

不再是当初英俊开朗的男子了，小藤有些心疼，不知道该说什么。

周朗看了小藤许久，忽然说："当初，木槿说你喜欢我，但我不相信。你还太小。"

小藤笑笑，无论大小，女人都一样敏感，小藤知道木槿看出来了。她不否认，说："不是那样的原因，是那时候，你心里只有木槿一个。"

"但是你没说。"周朗苦笑。

"你没有给我机会，"小藤记起自己当年的委屈，"我说了也只是自取其辱，周朗，做人要公正……"忽然被周朗的拥抱打断。他不再让她说话，只是忽然用力抱住她。

小藤只挣扎了一下，放弃。她可以抗拒，这是一个溃败的男人，力量薄弱，可是，她没有，相反，她开始热烈地迎合了周朗的拥抱，吻上他略干涩的唇。

就那样纠葛在一起，小藤那样清晰地感觉到周朗身体的冲撞中带着报复的快意。她体会到了那身体灼热背后的冰冷。她知道曾经和现在，他都不曾爱上她，可是她愿意。小藤有种感觉，此次之后，她可以放下他了，彻彻底底。这已经不是她当初爱的周朗，那个横亘在她青春中的男子，已经在她的身体中死去。

小藤离开了睡去的周朗，没有回头，心如止水。

再见周朗。飞机上，小藤喃喃自语。这次，依旧是头等舱，不同的是，小藤自己支付了机票钱。

相拥沉沦

一

做梦都没想到，只不过和崔巍吃了一次饭，竟然被他妻谓以第三者的身份打上门来。

那天在门镜里，我只看到了崔巍，很颓废的神情，眉头皱皱的。当时颇感意外，他只是若干小时前送我回来知道我的住处，还不曾被我邀请来做客，不知道为什么忽然出现了。我疑惑地将门打开，然后还没反应过来，忽然就从崔巍背后跳出一个微胖的女人，劈头骂我，就是你这个小狐狸精。然后就抬手打过来。

我反应快，一个箭步闪开，大声质问崔巍："你们搞什么鬼？"

女人没打到我，叉着腰喊："别装蒜，他说了，昨天晚上就在你这里过的夜。"

"崔巍！"我大叫一声，"为什么陷害我？"

他仰起头无奈地看着我："我实在想不起来了，就想起来下午咱们一起吃饭，然后我送你，再然后，我不知道了……"

我晕，他送我回来的时候顶多是小醉，估计离开后又去哪里继续喝了。"可是崔巍，你如何能这样待我？"他说："晓晓，是不是我真的想错了？"结果，女人的怒火再次被我们的对话点燃，顺手抓起门边鞋柜上摆的一双鞋子朝我砸来，我一闪身，鞋子砸到墙壁上……

就在这样的混乱中，岑兵从门外冲了进来，正好看到我狼狈的样子，有点儿幸灾乐祸地问："晓晓，出什么事了？"

还没等我辩解，那女人说："她勾引我老公。"

我，勾引崔巍？实话说，在他们上门之前，这个念头我真动过，只是还没来得及动手，所以，我是冤枉的。于是我理直气壮地对岑兵说："我没有，我才不稀罕。"

没错，现在起，我不稀罕他。他诬陷我不说，竟然能领着他老婆找上门来。

岑兵的眉头皱了一下，然后拍拍我的肩，对那个气势汹汹恨不得吃掉我的女人说："大姐，我想你真的弄错了，晓晓是我未婚妻，昨天晚上，我们整晚都在一起。"说着，很应景地伸手将我拥在了怀里。

我本能地想挣开他，又忽然意识到自己当时的处境，只挣扎了一下，就顺势扎进他怀里。

对面的两个人同时把嘴巴张大，然后女人不甘心地狠狠瞪我两眼，押着崔巍愤怒离开。

二

岑兵是我的二房东，他将他租的房子转租了一间给我。当初做这样的选择，是因为我曾经遭遇过一次入室的贼，缺乏安全感。岑兵怎么也是男人，而且他的那种长相对我来说有另外一种安全感——他的眼睛太小，皮肤太白，也不够高。而我，也刚好吸引不了他，我太瘦，发育不好，眼睛太大，头发太短，人有点儿刁钻……而他那时选择异性，是希望有人打扫卫生，家里多点儿灵动的气息。

我们各取所需，也果然，一起住了两年多相安无事。

有时候我会陪岑兵喝两杯，比如有什么喜庆的事情或者有精彩球赛的时候，通常是他喝三瓶我喝一瓶，但结果总是我先醉，然后成功逃避掉收拾残局，我数次对他说，岑兵同志，咱俩也就是哥们儿的缘分。

他认可。有时候叫我小酒鬼，带着一点儿宠爱的口气，也是他对我唯一的宠爱。

岑兵有个女朋友，他们从小在一个镇子上长大，一起读了中学和大学，然后岑兵先出来工作，供着女孩继续深造……我称呼她为岑兵的学问女友，曾经也取笑他，会成为现代男人版秦香莲。他不急也不恼，反驳，总比你嫁不出去好。

虽然因为这句话我一直逼到他用三顿饭向我道歉，可事实上我很心虚。26岁是个尴尬的年纪了，喜欢我的男人我不喜欢，我喜欢的通常已经有了状况，比如，崔巍。

三

崔巍是个很俊气的男人，那天晚上我和女友去一家演艺吧，因为想坐前面的台子，到处找人拼桌，结果最后拼到了崔巍的台子上。他和另外一个男人在喝啤酒，面前已经有一小打空的瓶子。

这样的情况，完全可以不搭讪，可是那段时间因为岑兵的培养，我添了个坏毛病，看到啤酒就想喝两口，刚好他出于礼貌邀请，我一冲动，就抓过来啤酒瓶，然后跟他碰了一下，他就笑了，拍拍我的脑袋说："丫头，悠着点儿喝。"

那感觉好极了。所以我就记住了他。崔巍，男，36岁，啤酒行老板。

那天晚上，我到底还是在最后的清醒状态中坚持了我的矜持，没有要求他送我回去，但是过了三天，岑兵打电话让我顺路买点儿啤酒的时候，我就拐了很大弯去了崔巍的啤酒行。

对崔巍，那时我心里已经开始有鬼。

之后崔巍主动打过几个电话，我也带同事光顾过他的生意，没想到那天下午他突然说心情不好，想请我喝酒。我一个字都没推辞就跑去了。

结果心事重重的崔巍主动地喝高了，跟我坦白了一件往事，说当初，喜欢一个女孩，却鬼迷心窍地娶了另一个，就为了留在这个城市……

我的心先是酸，然后是一种温柔的悸动，他怀念的样子，让我感慨万千。

没想到崔巍喝多了反倒坚持要送我，送到路口不算，还一直送我到门前。那天晚上岑兵加班说了不回来，站在门前，我反复想了无数次才没有把崔巍拉进门来。现在想想，他不过是把我当成了一场艳遇……想了半天，我觉得灰心，男人除非不入眼，入眼的，却是这副德行。想起岑兵的话，忽然觉得嫁不出去不是没有可能。

于是，那晚我把崔巍的号码删除，决定忘记这个人。

第二天上班回来时，岑兵已经做好了饭。

坐下来，他盯着我看了半天，才放心地舒口气，说："好像一切正常。"

我只好解释："岑兵，不是你想得那样，我跟他……"

他洞悉一切地笑："如果不发生昨天的事，难说是不是那样。"

我惭愧地低下头，他说得没错，幸好有了那一出，斩断了我的邪念。他也终于决定放过我，不再追究，只说："不过，何晓晓，你够可以的，当时给他脸色看，一点儿情面都不讲。"

我不答他，低头大口吃饭，吃了半天抬起头来说："岑兵，不用试图教育我，我们对彼此都没有愿望，我不会改的。"

"说得对。"他微笑，然后学我的样子，低头大口吃饭。

四

天渐渐热了，那天吃饭的时候，问岑兵："你的学问女友该毕业了吧？"

岑兵半天没回应。

"问你话呢。"我捣捣他的胳膊，他手里的筷子一晃，哗啦掉到桌上。问："你说什么？"

"你该结婚了吧？"我不想重复，问题就更深入了一层。

"哦。"他只答了一声，拿起筷子继续吃饭，让我觉得无趣。之后，那个话题就没有再问过。

天热了起来，岑兵同我商议，在客厅里买个新的空调，老房东的空调总容易出状况，我很痛快地答应了，可是还没等空调买回来，岑兵的学问女友就来了。

那天的情况同样有些让人尴尬，因为学问女友不是一个人来的，她的身后还跟着一个看起来很体面的男子。但男子没有跟进来，一直站在门边。

岑兵和学问女友，如同电影里的老套桥段：她在包里拿出一个存折推到他面前，说，密码是你生日。然后说，对不起。

岑兵点了点头，没什么。

然后学问女友就站了起来，眼圈似乎有点儿红，眼泪终究没有掉下来，想必一些话，已经事先说过了，这一幕，只是收尾。

岑兵竟然心平气和地说，再见。

学问女友抿了抿嘴唇，似乎最后下了决心，转头走到门边，挽起体面男人的胳膊，头也不回地离去。然后岑兵进卧室换衣服，说和同事约了有点儿事情，就出去了，剩下我自己绷着一脸面膜发了半天呆，然后终于忍不住好奇，拿起存折打开看上面的数字，然后，我听到自己发出一声惊叫，天啊，岑兵发财了。

五

下午没有出门，开始竭尽全力地打扫卫生，有两种想象，第一，岑兵会醉醺醺地回来，第二，他会彻夜不归。

结果我又想错了，岑兵不仅早早回来，而且极其清醒。我想如果不是他掩饰得太好，就是我小看他了。却又总觉得岑兵不该就此善罢甘休，可是一段日子过去，他的生活一如既往，没有看出任何不同，直到那天晚上……

很晚了，我已经睡醒一觉，起来去洗手间，推开门，吃惊地发现岑兵竟然没有睡，在客厅里坐着，电视机屏幕一闪一闪地发出光泽，只有画面，没有声音。空间里淡淡的香烟味道，伸头去看，茶几上有几支没有处理的烟蒂。

他掩藏得再好，也终于露出端倪。

他显然同样被我吓到，一下子站起来。我看看穿的睡衣还算体面，才小声说："还，还没睡啊？"

"哦。"他坐下来。

我站了一小会儿，忽然觉得不那么想去洗手间了，于是挨着他坐下来。

"去睡吧。"沉默半天，他说。

我固执地想要心疼他，从事情发生之后，我一直想要心疼他。所以我不走，跟着沉默半天，说："伤心吗？"

"有一点儿。"这次他不再凶我，诚恳地笑笑，老实地应了。

"恨她不？"我问了这个很弱智的问题。

"也有一点儿。"他又笑笑。

"那为什么不说？"我终于有机会打抱不平。

"有用吗？"他扭头看着我。

我忽然说不出话来。

他又说:“会过去,没什么,都会很好。”拍拍我的肩,“去睡吧。”

忽然看到他的好,在失去这样一场恋情后,不喝醉不愤怒,不说任何抱怨的话。安静地上班,安静地生活。

他真的不是我想要的那种男人,但无疑,他是个好男人。

六

我开始做搬出去的打算,我和他,到底是两个单身男女,又不是恋人,纵然不在乎他是否影响我,也怕影响到他的生活。虽然岑兵是个好人,但这和爱没有关系。

岑兵默许我的打算,也开始在附近帮我找合适的房子。

几天后,岑兵帮我找到房子,离现在的住处很近,隔了一条巷子,房子是一居室,有朝南的阳台,不临街,有花园。很合我心。

岑兵又找人帮我搬了过去,然后我们一起吃了顿饭,两个人就算结束了“同居”的生活。起初的时候有一点点失落,但很快就习惯下来,有时候会打个电话,也会一起吃饭,我去他那里,或者他去我那里,可是忙起来很久不见,也不会有想念。

离开一个男人和离开爱的男人是两个概念,界限清晰,无法混淆。

妈打来电话那个夜晚,我正抱着枕头窝在沙发上看漫长的韩剧,听见妈说,晓晓,你快回来,你爸他……

我放下电话开始换睡衣,找衣服,找信用卡,找以前保存过的飞机航班表……信用卡还没有找到,塞了衣服的箱子却被碰到地上散开了。再去拣衣服,电话又被碰掉……忽然蹲下来无助地哭起来。然后一边哭着,一边摸过电话拨了岑兵的号码。

竟然想到了他,也只想到了他。

岑兵的手机开着。

十几分钟后,他出现在我身边。一切忽然有了条理。他迅速帮我整理了东西,然后在拉着我出门的路上,打了电话订了最近的凌晨5点的票。我只是在他身边哭，他又问了我号码，打电话问清楚爸的状况，仔细和我分析，危险性应该不大……

依旧是害怕和焦急，却不再那么慌乱了，等候的时间，岑兵不停地和我说话。我的焦灼被他的声音一点点断开来，时间变得不再那么难挨了……

登机的时候，才意识到，他是订了两张票。我并没有要求，他做得很自然。

飞机准时起飞，他关闭了自己的手机和我的手机，侧身帮我系好安全带，很确定地说，别担心，没事的。

他的声音有种我不曾感受过的说服力。

我依旧不说话，将自己靠在他的肩上。

爸的病果然无大碍，只是当时的症状让妈担心。在医院，爸看着我们，情绪好了许多，对岑兵说："晓晓被我们宠坏了……"岑兵温和地笑："晓晓挺好的。"

我看着他，他的眼神很平静，没有什么异样。

回去的途中，很长时间两个人都不说话，后来我想起来什么，忽然问："岑兵，你现在是不是有许多钱？"

"你说呢？"

当然……没有。那些钱，不用想也知道，他肯定还了她，我只是奇怪地有点儿小私心才会问，但很快释然，然后我问他另外一个问题："你是不是喜欢我？"

他想了想，认真地说："有一些，但不是那种。"

我说："我也是。"

"我知道。"他理解地笑笑。

"可是……"我看着他，"岑兵，其实我们可以一起生活的是吗？"

"可以吗？"他眯起眼睛。"要不，我们试试？"

"嗯，"我用力点头，"那就试试！"

"好吧。"他伸出手去抱我，我将身体靠向他的怀里。心跳平静，没有失去平衡。我知道我真的没有爱上岑兵，爱这回事，说起来容易，做起来太难，但这一刻，依在他身边，我心里觉得踏实，不害怕，不孤单。

有谁说过，生活是一片汪洋，两个人相拥沉沦，总胜过一个人溺水好。

我知道这是真的，但即使只是拥抱着沉沦，我也决定用心去做。

兜兜的棉花被

一

她发给我的第一篇文章，有短短附言：我在深圳，而你在我的家乡。

这句话，带给我异样心绪。一点儿感动，一点儿酸涩。

电子信箱里收到的，多是自由来稿，来自陌生的作者。熟悉的，大多会自QQ或MSN传来。很多时候信箱里的邮件不会认真阅读，积得久了，一并删除。

那天，是无趣吧，打开了所有邮件，看到了她。

竟是很精致的文字，写爱情，只是过于冷冽，字句间有一种独特的断裂感。并不适合我们杂志，包括故事风格。可是这样的文字，我却异常喜欢，还有她那两句短短附言——彼时，是我到西安的第三个月。为了一份工作投奔过来，历史悠久的偌大城市里，没有熟悉的人，只有认识不久的同事。我本就内向，大家白天一起工作，下班各成陌路。漂在异乡的孤独感正浓，也许，她是有感而发地说了两句话，却正中我心底。

于是回了邮件。

几天后，她有信件回过来，不是稿件，是信件。又似是自说自话，说天气，说心情，说前一晚在街角邂逅的卖甘蔗的女孩，还有正在学习的十字绣，然后说，我记得书院门的南门口有家镜糕，味道很不错的，可以去尝尝……随意，却是两个陌生女子之间，最合适的说话方式，既不唐突，亦不刻意。

一切都是那么自然。

那天晚上，我独自去书院门南门口，吃了她说的那家镜糕，吃了两个。嗯，果然可口。不知为什么，在吃到第二个的时候，我独自笑了起来。站在10月的西安街头，心里有一点点温暖。

二

开始用她的也是我如此喜欢的方式回信给她，说了镜糕，说了一家店里绣花的兜肚儿，说了公交车上眼神酷似梁朝伟的男子……依然是在租来的因为不朝阳略显清冷的小屋，和她说话，孤单不再显得那样突兀。

就这样开始了和她的交往，没有电话，没有QQ，只有信件。甚至在曾经她写过的文章后面，也没有更多信息，只有一个地址。我不知道她是否知道，这亦是我喜欢的方式，只是这么多年，那些曾在年少时和我信件交往的好友，都被时光慢慢淘走。生活节奏那么快，早已没有人再继续用这样的方式陪我。

没想到，她来了。

她叫周可，小名兜兜。家在潼关，离西安不远。

我喜欢叫她兜兜，想象中，该是个和我一样个头不太高，圆脸，有依赖感，怕孤单，但又不肯轻易对人倾诉的小女子。

认定的她，让我觉得熟悉。

信开始越来越频繁，也越来越长。这样的倾诉对我，又是如此安全，那个秋天，除了孤单，我还在暗恋一个年长我十岁许的同事，不敢表白，不能表白，却又不想放弃……

兜兜不劝我，只是听，后来说，喜欢就喜欢了，又不是错。不说也好，说了，不见得好。

话有点儿拗口，我却听明白了。不知怎么，心里那个小小的扣被解开了，一直以为是死扣，原来是我自己没找到解开的方式。

后来再见到那男子，依然是觉得喜欢，却不再因为那喜欢而慌张，在他面前，也落落大方起来，反倒让他对我比曾经好了许多，亲近许多。很安全的距离，我开始学会享受在那个距离之外被他宠爱。

是兜兜教我的，显然，她的心智比我成熟。说给她听，她说，因为在家里，我是姐姐，你是妹妹，姐姐总是成长得快。

没错，兜兜有个弟弟，而我有个哥哥，她说得有道理。

三

然后西安的冬天就来了，没想到夏天那样炎热地被围墙包裹起来的城市，冬天却是那样寒冷，小屋里从早到晚越发看不见阳光。没有暖气，一只陈年的电暖气暖不热漫长的寒冷夜晚。

去超市买了新的被子，又压上一层，却还是冷。那些各种棉质的被子，看起来厚厚的，却不抵严寒。

西安好冷。我对兜兜说。

她说，不怕不怕。

我笑了，想起一首歌，不怕不怕啦……

却没想到几天后，收到一个大大包裹，寄自潼关，我从邮局将包裹扛出来的时候，忽然就明白了里面的内容。我分明嗅到了新棉的味道。小的时候，跟着外婆在乡下，她种植棉花，跟在她后面采摘过新棉。我知道新棉的味道，那种淡淡的清香。

站在邮局门口，我在棉花的味道里很没出息地哭了。鼻子一抽一抽，像受了很大委屈。没有人知道，我是因为幸福，因为温暖。

晚上，看到兜兜的邮件，妈妈的被子套得还是不错，棉花被子是最暖的。

我知道，棉花被子是最暖的，尤其是新棉，蓬松、柔软，却又能积蓄满满的温暖。

我换Q签名，冬天再冷也不怕不怕了。

暗恋过的男子说："这段时间，你看起来快乐很多，恋爱了吧，天天劲劲儿的，走路都唱歌。"

"呵，恋爱了？恋爱哪有这么好呢？我又不是没恋过。"我翻白眼给他。忽然发现，他对我而言，已经成为暗恋过。成了过去式。

我跑进洗手间，趁四下无人，笑得眼泪都出来了。

西安的冬天，就这样在棉花被子的温暖里过去了，年也过去了。再回西安，坐在火车上，我开始变得充满勇气、充满欣喜。

四

西安的春天很美，一些古老巷道，还有着生长多年的槐树，开满树的花。我喜欢在很多巷子里走走停停，充满欢喜。不像一个人在走，总觉得有影子在身边跟着。让我走很久也不觉得孤单。

我知道是兜兜。

季节轮回到夏天，兜兜寄了大包的决明子和质地上好的白菊花给我。她说每天喝一些，对眼睛好。

已经开始坦然享受她对我的好。从不说谢。无须说谢。

然后，又一个秋天开始的时候，是9月的黄昏，快下班时，传达室打电话说，有人找我，说是我的弟弟。

哪里来的弟弟？我疑惑着下楼穿过小小的院子去门口，看到一个高高的男生正站在那里，一手插在牛仔裤兜，一手拎着背包，很英俊，很帅气。

我走到他面前停下来，指指他，指指自己，面带疑问。

"姐，我是周童，兜兜的弟弟，我考到西安交大了，上午刚报到。"

我愣了片刻，大叫一声，却不知道该说什么，兜兜没有告诉我，她什么都没有说，我没有想过她口中的弟弟，是个这样英俊的帅小伙。

他嘿嘿地笑："兜兜说，来了先让你请我吃饭。"

"请请，天天请！"我看着他，怎么看怎么亲，像我自己的弟弟一样。

那天，我带他去吃海底捞，19岁的男孩子饭量真大，又爱吃肉、吃海鲜，一直把我的钱包吃得空空。我想起曾经对兜兜说，我是个爱财的小女子。可是这一次，我一点儿都不觉得心疼，不停地给周童夹菜，只怕他吃不好吃不饱，看着他在那里饕餮，也只觉得幸福。

很幸福。

五

从此日子里就多了一个亲人。周童这小子果然不省心，周末来蹭饭是一定的，自己来还不算，偶尔还带同学，先是男生，后是女生，十八九岁的小女孩子，跟在他屁股后面柔情脉脉。男生会说，有个姐真好啊。女生却是讨巧的，生怕会在我这里遇到阻隔。

而我一下子就学会了当姐。衣服要给他洗，鞋子要给他刷，还要和他分析他身边这些花红柳绿的女孩子，却往往意见不一致。说不到一处时，我会兜头给他一巴掌，这事儿，姐说了算。

他虽然翻着白眼，但是下次，我看着不顺眼的女孩子，他就不再带。

闲了，周童也会被我拉着去逛街，陪我买衣服，很有耐心，且眼光固执，他若不喜欢的，我别想带走。不过，他选中的，也往往会被同事称赞。走在街上，那么高大帅气的弟弟跟在后面，我底气十足，觉得连强盗都不怕。

那半年，我一分钱没有积攒，都请周童吃肉了。我对兜兜说，心疼死我了。兜兜说，幸福死你了怎么不说？

她当然知道我幸福，她把弟弟送给我，就是要让我享受这种幸福。我不过是得了便宜且卖乖。

有时周童会在周末回家，我会买些东西让他带回去。先是一切特产，然后，会给家里老人买件衣服，买双鞋子。买什么周童都不客气地带走。而他回来，自然也会带一些母亲做的小吃回来。我已经拥有了厚厚薄薄四床棉花被子，富得像个地主。周童说，妈说了，等你嫁人时，一定给你套十二床被子……

没错，在离家遥远的西安，兜兜用这样的方式给了我一个家。她没有告诉我她想这样做，她只是这样做了。我没有告诉她我在这里已经有了在家的感觉，但是我知道，她知道。

好多话，我们说了，好多话，我们从来不说。

六

终于在我们相识近两年后，兜兜说，要回家看看了。

我说好啊，回来吧。而在我和她这样的往来中，我们竟然从来没有说过要见面，好像并不需要，好像每天都见。

她说，是，我们一起回家看妈妈。

然后在我们说过不久，西安最好的季节到来了。4 月底的西安，我喜欢的槐树挂满了小小花苞。住处门前的那棵槐树底下，兜兜站在那里。

她和我想象得完全不同——高，有点儿瘦，时尚，漂亮，神情中充满一个女商人的干练。没错，兜兜不是个写字的女子，只是喜欢偶尔写一写。她是一个年轻的成功女商人，且已有了婚姻和一对龙凤胎的儿女。她不是我这样的小女子，从来都不是。

她先开口："是否，我和你想得不一样？"

我不说话，点点头，走过去拉住她的手说："走，我们回家看妈妈。"

第三辑

从此不再委屈你

80后和90后的亲情对决

一

如果一个30岁的女子有一个16岁的女儿会怎样？

母亲说，你可想好了，你要嫁的，不仅是一个年长你12岁的男人，还有一个比你小14岁正处在叛逆期的女孩。

是，一个叫韩嘟嘟的16岁女孩，不管她的父亲是个怎样优秀的男人，有多么爱我，我都必须要正视她可能带来的强大“破坏力”。

但我还是决定去见她——不是告诉她我要走进她的家庭，而是必须去面对她并征得她的同意后，才能走进她的家庭。她的父亲说，这样，我们幸福的概率会更大一些。

也许，他太了解自己的女儿，了解横在我和他之间的这个女孩有着怎样的分量。

但是，我爱那个男人，所以，必须面对。

而他说，韩嘟嘟想要单独见我。

我在想，16岁的女孩会把这样的约会选在什么地方？

肯德基？电影院？KTV？或者动物园？想了又想，还是没想出韩嘟嘟会约我在商场见。

这个孩子，她又在想什么？想做什么？

但不管她想做什么，晚上7点半，我还是准时赴约。在商场门口，等了5分钟后，才看到了已经在照片中见过的韩嘟嘟。170厘米高的短发女孩，简单的毛衣和牛仔裤，是李宇春的那种中性的桀骜气质。略有棱角的五官，和她的父亲很像。

我喊她的名字。她朝这边看过来，然后走到我跟前，歪歪脑袋："对不起萧然，刚才路口堵车，不然我不会迟到。"

她叫我萧然，这样随意，让我意外，让我无法回答。

她继续打量着我，口气依旧随意："我爸说你不算漂亮，他撒谎了。你挺漂亮的，也有气质，和我爸还算般配。"

我瞠目结舌，不知她的评判是褒是贬。只好点头微笑。我要时刻记得自己长辈的身份，不能同她计较。于是岔开话题，询问她是否吃过晚饭。

她点头："吃过了，我想买两套运动装，你陪我。我爸说你挺会买衣服的。"说着，翘起唇角，眼神里却分明有一点点说不出是挑衅还是诡秘。

我不动声色，说好啊。

二

她对这家商场并不陌生，直接带我上六楼，知名品牌的运动装专卖场。电梯上，她问我："你喜欢哪个牌子呢？"

我微笑："鞋子，我爱穿耐克。衣服呢，阿迪的要好看一些。"

"同感。"她笑，走到阿迪卖场，随手挑了一小会儿拿下一件外套来试。试着衣服，忽然问我："你一个月赚多少钱？"

我不明所以，但是诚实告知她。

她应了一声，点点头："还可以，应该不用我爸养你。"

我怔住，我知道16岁的孩子不简单，但是不会想到她可以直接到如此程度。可是我不能同她愤怒。所以，我继续忍耐，微笑说："嘟嘟，一个女人和一个男人在一起，不是一定要图对方什么的。"

"也许吧。"她耸耸肩，并不继续刚才的话题，转口问："这件衣服合适我吗？"

还好。这样身材的女孩子，随便挑一件上身都是好看的。而我又如何会意识不到，她的目的并不是衣服，而是我。

果然，试了两件后，她失去兴趣，直接对营业员说，打包吧。

两套衣服一双鞋子，我拿了货单去付款，她并不说什么，等我交了钱回来将包好的袋子拎在手中时才说了谢谢。

“不客气。”我对她笑。从见面，我似乎一直在对她笑。

她却又问：“你是否会拿了单据找我爸报销？”她也对我笑，眼神里始终是挑衅。

我忽然意识到不该总是忍耐，对这样一个女孩，我该有所回击。否则以后，我们将永远是这样一个挑衅一个忍让的虚假关系，这不是我想要的。这也不是最好的方式。

于是我语气平和地回答她：“我不会，嘟嘟，你爸自会买其他礼物送我。不是吗？”

她一下不笑了，好看的小脸微微变色。但只是一小会儿，她的脸色恢复过来，晃晃脑袋：“萧然，至少你很诚实。那么真心谢谢你的礼物。”

我微微松口气，心里却并不轻松。知道一切，只是开始。

三

果然，韩嘟嘟又有新花招。周末，她打电话说同学过去吃饭，甜蜜蜜地问：“萧然，你能来做饭吗？”

我在接电话时收到韩嘟嘟父亲的信息，我将嘟嘟宠坏了，萧然，不用理她。

但是我怎么能够不理她呢？她是他的女儿。我说：“好。想要吃什么，只管开单。”

于是，韩嘟嘟鸡鱼肉蛋样样不落。我一一记下。一个30岁的女子，找到真心想嫁的男人并不太容易，何况，我从来不是个知难而退的性格。好在天生对做饭并不厌烦，也有小小天赋，所以，韩嘟嘟这样的花招，难不倒我。

大包小包拿过去，韩嘟嘟已经召集了五六个同学等在家里，场面热闹非凡。显然，他们知道韩嘟嘟的用意，各自眼光异样地偷笑，等着看我的热闹。

韩先生自觉进来厨房帮忙，只待了三分钟，被韩嘟嘟喊了出去。我暗笑，索性将厨房门关闭，半小时后，一盘盘菜开始上桌。

韩嘟嘟有些诧异：“萧然，你好快。”

“如果我很慢，或者不会做菜，哪敢答应你？总不能让你在同学面前输面子。”

我半真半假的口气。

她哼一声，夹一块红烧排骨，下意识赞叹，好香。

这一声，那群孩子立刻围过来，不等用筷子已纷纷动手。

一旁，韩先生爱怜地朝我微笑——他又怎知，我甘愿这样接受韩嘟嘟的刁难，亦是为了让他更爱我一分。日后这样的家庭关系，我已经晓得仅仅有爱情是不够的，动动脑子还是必然。

韩嘟嘟和同学吃得兴奋时，我同韩先生自觉从热闹中退出，去看热映的一场电影，电影快到尾声时，韩嘟嘟打过来电话，跟同学出去玩了。

她的父亲笑笑，转头收线，对我说："到底是孩子！"

我也朝韩先生笑笑，韩嘟嘟的这声告知，韩先生只懂其一，并不知道，她其实在辗转告诉我回去收拾家务。

果然，家中一团糟，沙发上都落了饭菜的残渣。韩先生口中絮叨责备，我只微笑着利落收拾这片狼藉，用单身生活多年的经验，很快将一切清理干净。

第二天，我收到韩嘟嘟信息，我妈活着时，饭做得好，家务也做得好。萧然，我只是不想我爸以后受委屈。

我想了想，回两个字：放心。

心里有点儿委屈，也有点儿酸涩，韩嘟嘟失去母亲已经6年，自然被父亲宠坏。任性，刁钻，但是亦对父亲深爱，如此待我，坦白是不放心我对他父亲的感情，不放心我是否能够照顾好他的生活。

如此，我怪她什么？如韩先生说，她只是个孩子。

四

表面上接受我以后，韩嘟嘟依然叫我萧然。她这样说，叫阿姨，你还有些年轻，叫姐姐呢，不太合适的。因此，韩先生拿她也毫无办法。

但我知道，对出现在她和父亲之间的我，她始终心存芥蒂。我只是装作不知。

如此，一切看起来倒也和谐。韩嘟嘟读高二，功课略繁忙，大多时候我们见不到。偶尔碰面或者一起吃饭，她试探挑衅，也会被我巧妙化解。有次韩嘟嘟说："萧然你很聪明。"

我笑："我也 16 岁过，知道你想什么。"

她想了想说："我爸恐怕斗不过你。"

我认真回答她："我不会同你爸斗，也不会同你斗，是你自己在斗。"

她一愣，半天，没有说话。

那以后，她倒明显收敛许多。而我，也开始在这种平静中和韩先生商量婚期。后来决定将婚期定在春节，很巧，这一年的春节，亦是情人节。

韩嘟嘟未反对，却也未说什么赞同的话。可是在我们把消息告诉她的第二天中午，我却接到她的电话。她说："萧然，你能否帮帮我？"

我有些意外，询问才知，前一段时间，她认识一个社会上混的男孩子。定然是男孩的某种不同吸引了她，他们走得近了些。这段时间，男孩对韩嘟嘟有些纠缠，而她，却对他已经开始厌倦……说了事情原委，韩嘟嘟飞快告戒我："不要责备我早恋，你说过，你也有过 16 岁。"

她说得对，16 岁，我也有了喜欢的男生，所以我说，我不会。但我还是问了句："为什么找我？"

她沉吟片刻："这样的事，不想告诉爸爸，他是男人。"

心一软，我安慰她："没事的，我来处理。"

五

下午放学时，在韩嘟嘟学校外面见到那个长头发的男孩。很英俊的男孩子，目光略显空洞，对我的出现十分不屑。首先是身份的质疑，他问我："你是韩嘟嘟什么人？"

"法律上，我快要是她的母亲，并且，我是谁并不重要，"我告诉那男孩，"谁都有喜欢和不喜欢的权利，纠葛是最不聪明的做法。"

他皱眉头："但是当初，嘟嘟喜欢我。"

"那是当初。嘟嘟在长大，也在改变。改变对一切事物和人的看法。"我劝他，"在嘟嘟尚且对你有几分好印象之前，尊重她的选择。日后，她想起你时，还会有美好记忆，否则，等到她彻底厌倦，她将永远不会让自己想起你。你自己想，选择什么？”

那男孩并不笨，想了片刻，点头离开。韩嘟嘟到底是年少，不懂得迂回，硬碰硬地喜欢和厌倦，只会适得其反。

男孩消失后，韩嘟嘟及时出现，我知道她定然一直藏在某一处。她疑惑地问我："你同他说了什么？我说那么多他都不信。"

我不回答她，只是拍拍她的肩："嘟嘟，如果他多读几年书，日后一定很出色。"

韩嘟嘟怔了一小会儿，然后笑了。她知道，我在赞美她。让她别为自己情感的天真后悔。

那件事，我并没有告诉她的父亲。过了几天，她发短信说，谢谢你为我保密。但是，为什么没有告诉爸爸？

我回她，这是女人之间的事。你说过，他是男人。

她发了一个笑脸，然后问我，以后你是会对我好的对吗？即使以后你给我生了弟弟妹妹。

我的心又软软的，回她，我保证！但是，你还是应该叫我阿姨。

她又发了个笑脸，阿姨，到底也没叫。

六

转眼到了春节，婚礼上，韩嘟嘟喊了诸多同学来凑热闹，礼仪结束宴会即将开始时，忽然韩嘟嘟在台下大喊一声，萧然——妈妈！声音拖得很长很长。之后，她身边的同学集体鼓掌欢呼。

我承认，当一个 16 岁女孩的后妈并不容易，日后，我必然将承担许多许多。但那一刻，我真的有些眩晕。而那种眩晕，只和幸福有关。

从此不再委屈你

一

父亲去世一个月后，我接到她的电话，让我回去看看还有什么是我需要带走的，她说，你要是同意，我就把房子租出去，去立冬家住两年。

立冬，是她的儿子。

放下电话，我才想起那段时间，因为父亲的过世，我只顾得难过悲伤，彻底忽略了她。也好像父亲一走，她同我就再也没有了任何关联一般。

她是父亲的后妻，在法律上，是我的继母，这些年，我和姐姐一直叫她辛姨。

走在路上，我恍然计算，这个家，她竟然已经来了整整14年。

她嫁给父亲时，50岁，还是个气质端庄眉目清秀的妇人，只微微发福，衣着得体。

介绍人是父亲曾经的战友彭阿姨，简单介绍了她的情况，她早年丧夫，儿子在小企业上班，还没有结婚，她自己一直在一家不太正规的医院做护士，收入不太好，现在到了退休年纪，也只有低保金。但，人是好人。彭阿姨对我们姐妹说，只当给你们父亲找个保姆了，总比保姆贴心吧。

那时，母亲已经去世6年，母亲走后，父亲的身体状况急剧下降，尤其退休后，常常一个人发呆。我和姐姐都已经结婚，忙着各自的生活工作，也没有太多时间陪伴父亲，所以并不反对父亲找个人相伴。她同意这桩婚事，而我们，也都觉得父亲配得上她，虽然父亲比她年长13岁，可是很明显，她也有她的意图，父亲是在部队的高职务上退下来的，退休后，收入也是极高，而我们的工作也都不错，用不到父亲的钱——谁都知道这个年纪的婚姻，现实元素很重要。

就这样，她来到我们家，把当初她住的那套小房子留给儿子。而父亲，也把工资卡交到她的手里——父亲是中意她的，也许是他孤单太久。

二

她刚过来那段时间，我和姐常常回去，说是看望父亲，其实是不太放心她，不知道她能否将父亲照顾好。

后来，我们渐渐放下心来，她很勤快，干净利落，家里被她收拾得井井有条，并且她做得一手好饭菜，父亲的精神和气色明显比以前好了许多，开始说说笑笑。而她多年护士的经验也是她的优势。彭阿姨说得对，总比找个保姆好许多。

因为放心，我们回去的次数慢慢都少了，并且除了工作繁忙，我还怀了宝宝，开始一门心思过自己的小日子。而父亲，对我们是否回去也不再那样期待，他已经开始依赖她。

为此，有时对她，我心底会存小小感激。只是同她的关系，始终是客气而疏远。所有的亲近，似乎都是刻意和出于礼貌，逢年过节或者她的生日，我都会买礼物送过去，她收下时，会说谢谢。

唯一亲近的一段光阴，是我生了女儿妞子以后。当时，夫君的母亲在乡下不能过来照顾我，雇了个年轻女孩，却不会照顾孩子，正焦头烂额时，父亲打电话说，如果夫君同意，她让我回去做月子，她做了多年护士，有经验。

多少有些意外，没想到她会做这样的决定，当时，也的确没有更好的办法，于是我带着刚出生的女儿回了父亲的家。

那两个月，她一边照顾父亲一边照顾我和女儿，她当真很利落，照顾三个人，也没有显得手忙脚乱。每天，我会吃到不同口味的营养餐，但我和她之间，始终是客气，总是要说谢谢这样的话。她明显喜欢孩子，总是盯着妞子的小脸看。那时，她的儿子刚刚结了婚，我便问她："快当奶奶了吧？"

她有些不好意思，说："快了，媳妇也怀孕了。"

难怪，她是想做奶奶了。我知道，即使女儿日后叫她姥姥，我们也都清楚这之间的差别。

那一段时间，空闲的时候，她就坐在阳台上给女儿做棉衣和虎头鞋。眼睛已经花了，那天认针的时候，她拿过来找我帮忙。恍然间，我想起去世的母亲，从我很小的时候开始，母亲就要我帮忙认针。

心里有些莫名酸软，把穿好线的针递过去，我说："辛姨，别太累了。"

她笑笑，没事的，又回到阳台坐下来。我心底动荡的模糊的亲近，便在她的背影中渐渐消失。

回去上班以后，我给她买了套黄金的首饰，感谢她照顾我的辛苦。她接过去的时候，只说了句，太贵重了。

我只笑。她始终是节俭的，其实父亲的工资，足以让她过富足的生活。而送她礼物，也是在我看来，最适合的对她示好的方式。

三

日子这样过下来，转眼，父亲过了古稀之年，身体的各种病症，开始频繁出现，头发也飞快地白了。她又胖了一些，脸上有了清晰皱纹。那时，姐姐跟着姐夫调去了上海，很少回来。我也忙着家里的生活，回去的时间更少了。

她也会打电话给我，只是在父亲身体出现问题的时候。我和她之间，唯一亲近过的那一小段时光，早已被淹没在生活中，我们又恢复到了最初的那种客气和疏远。

也闹过不愉快，有次我开会，刚好离父亲家不远，结束后，我顺路回去看看，却只父亲一个人在家，躺在床上，正在发烧。而她，出去看戏了。

父亲说不碍事，已经吃过药了。分明是怕我责备她。但是她回来，我还是忍不住发了脾气："你怎么能把我爸自己丢在家去看戏？他还病着！"

她怔了一下，没有辩解，走到父亲身边去探他的额头，又去拿了体温计，然后进了厨房。

父亲责备我乱发脾气，说她是戏迷，这些年，离戏院那么近，从来也没好好儿看过，这次是她最喜欢的一个老演员的戏，父亲托人找了票硬劝她去看的。父亲说："她虽然不是你亲妈，但是，你也别把她当保姆。"

我才意识到，在父亲心里，她已是很重要的人，而刚才我的口气的确有些过了。我过去厨房帮她洗菜，她笑了笑，什么都没有说。

这样的关系，似乎再也前进不了一步了，只能保持着这种距离。

四

父亲的身体每况愈下，常常会在夜晚发病。好在她一直在医院工作，总是能冷静处理，如果不是非常严重，她也总会在天亮以后才通知我，怕半夜打电话吓到我。

有次，父亲心脏病复发，状况很严重，她果断地先给父亲打了强心针才叫了救护车。那次，她当即通知了我，凌晨三点半，我赶到医院时，父亲已经醒了过来，半开玩笑地说："你辛姨救了我一命。"

她嗔怪父亲："你这老头子，都这样了还开玩笑。"

之间的那种自然默契，俨然是恩爱夫妻。

那天晚上，我执意要在医院照顾父亲，但最后，她还是坚持让我离开了，她说："你还是回去吧，你伺候不了你爸的。"

"伺候"两个字让我忽然有些难过，想来，这些年，她不当真是在一直伺候父亲吗？从她嫁过来，父亲的身体就没有真正好过。不管当初为了什么目的，对父亲，她是有情意的。

也是那次父亲出院后，他果断地做了一件事，把家里那套近200平方米的复式楼房通过法律程序过到了她的名下。之后，才告诉我。

那套房子，处在中心地段，价值昂贵。

我诧异，甚至是震惊。我想，父亲是当真老了，还是她有所要求？作为女儿，父亲这样的决定我不能接受。

没想到，这一次，她不等父亲说话，主动站出来面对了我的不满，口气冷静而从容："小萍，我知道你心里想什么，但是我告诉你，这是你爸自己的决定。如果他不做，我不会要求。另外，纵然我和你爸不是原配夫妻，这些年，我们也有夫妻的名分和情分。作为妻子，我对你爸尽心尽力。而作为丈夫，他疼我顾我，想给我一份生活的保障。虽然我们只是半路夫妻，只要他自认给得着，我也自认受得起！"

她的话，竟让我无言以对。同是女人，我忽然想如果是我，在这样的婚姻里，该得的，恐怕早早就索取了。那么，她有什么错?

可是……这件事，依然让我觉得有些别扭，还是觉得她得到了太多，虽然之后再没有提，可是和她之间，明显是更远了一些。

父亲生命的最后几年，大多时间是在医院度过的。医生也早早说了这样的话：尽人事，知天命。后来，父亲已经完全要在床上躺着了。快到70岁的她，也明显笨拙许多，替父亲翻身都显得吃力。而父亲，却坚决不要别人照顾，他习惯了她。

尽管吃力，父亲卧床的一年多，依然干净清爽，她从来没有让父亲委屈过。有次，看她在那里帮睡着的父亲擦身，我下意识说："辛姨，谢谢你。"

她愣了一下，低下头来："这孩子，有什么好谢的？"

是啊，对父亲来说，她不是外人。父亲已经像小孩子一样依赖她，不让她离开半步。所以父亲最后在医院的日子，整日整夜，都是她在陪伴，即使我在那里，她也不走，一直守着，直到父亲离开。

五

竟然断断续续想了一路，到了家，父亲已不在的家。

走到门前，犹豫了一下，抬手轻轻敲门，却没有回音。我找出钥匙开了门，却发现她是在家的，正站在客厅，背对着我，看墙壁上父亲的遗像。听到她喃喃："我说过让你活过80岁的，但是这次，你没有听话……"

显然，她没有听到敲门声，也没有听到我的脚步声。她的声音很轻很静，像在和父亲聊天，我的眼泪一下子冲进了眼睛，喊她，辛姨。

她的身体微微一颤，好半天，缓缓回过身来。那一刹那，我吃惊地发现她在短短几天里迅速苍老了，眼睛浮肿，头发花白凌乱，脸上的皱纹一下清晰起来，身体也微微佝偻。

我在忽然之间抚摩到了因为父亲的离去，根植在眼前这个年迈妇人生命深处的疼痛，它在瞬间穿透了我这些年和她的疏远。原来，她同我，都深深地爱着同一个人，我们的亲人。我们因他活着而幸福，因他离去而痛苦——所以，我和她，也本该是这个世上的亲人，这些年，是我做错了，一直把她放在我的亲人之外。

靠近她，我搀住她的手臂，扶她坐在沙发上：“辛姨，我说房子不租，你把立冬接过来住吧，这里宽敞。立冬那套，想租就租想卖就卖了吧。”

她吃惊地抬起头：“小萍，这，这不合适。这是你……”

“这是你的房子。”我打断她，“你忘了吗？这里就是你的家。是我们的家。你安心地在这里住着，以后，我和妞子会常回来看你的，妞子昨天还说，想吃你包的鱼肉水饺了。”

原本，我是想把该带的东西带走，让她把房子租出去的。但是我改变了主意，我忽然明白了这些年她所承受的委屈，明白了父亲弥留之际对我的叮嘱，要我以后不要委屈她。父亲不说要我照顾她，只是要我别委屈了她。

是的，我不能再委屈她，这个善良而坚强的老人。

握住她苍老的手，轻轻的坚定的，我喊了一声，妈。

她伏在我怀中，嘤嘤地哭出了声。

寄爱之下

一

大一点儿的时候，才知道原来他不是亲哥哥，虽然他叫张洪森我叫张洪淼，名字看起来很像亲兄妹。但其实他是大伯家的儿子。我的堂哥。

那时候爸以转业军官的身份分配到县城一家工厂当副厂长，妈在厂里的后勤部门做管理员——在我们整个家族中，只有爸脱离了世世代代的农民身份，成了吃商品粮的干部，并且我们家负担轻，妈身体不太好，他们只生了我一个女儿。而大伯家有四个孩子，他是第二个男孩，下面还有弟弟和妹妹，家里很穷，他 8 岁还没上学，那年爸回老家，便把他带回我们家上学。

那时候，我还不到一岁，只当他是我们家中的人，直到后来，因为他总是叫妈婶婶，觉得奇怪，很多次纠正他，叫妈妈，她是妈妈。

我那么小，他没法跟我解释，直到后来又大一些，才算弄清楚了他和我们家的关系。才知道原来每年过年，爸带我们去的乡下那个很穷的地方，才是他的家。

小孩子的心该是多么浅薄，弄清他的身份后，一下就看不起他了，想，难怪他那么土气。并且从那以后，理直气壮地对他颐指气使。不想走路了，哥，背我。他就深深地弯下身来，等着我一跳，跳到他的背上。不想吃的苹果，塞给他，哥，帮我拿会儿。他就在手里拿着，一直拿到咬过的地方变了色，我摇头说，不吃了，你帮我吃了。他就戳我脑门儿一下，小口地把我吃剩的半个苹果吃掉。那时候住的院子里有个老式的秋千，很多小孩子去争。好不容易轮到我，玩了半天玩够了，又不肯让给别人，于是对他说，哥，帮我看着我回家喝口水。于是夏天正午的大太阳底下，他在秋千上一坐就是两个多小时，而以喝水为借口的我，早已经在家里睡着了，睡醒了跑下去，被晒得黑黑的他还在秋千上坐着，满额头的汗……

从来没有觉得这样欺负他有任何不妥当，因为觉得他是别人家的孩子，却在我们家吃和住，当然要对我好。

然后我也读了小学，那年，他14岁，因为读书晚，刚刚读到中学。

两个学校不在一个方向，他却主动承担了接送我的任务，为此，他每天要绕大半个县城。

14岁的他已经很高，只是一直瘦，依旧黑黑的，不爱说话。会做很多家务，洗衣服打扫卫生，爸妈都忙的时候，他会做饭给我吃。我爱吃肉，但只爱吃瘦的，所以他在家里住的那些年，永远是我把瘦的肉咬掉，肥的丢到他的碗里。

爸对他很亲，像对我一样。但妈明显是偏心我的，好吃的好用的都先尽着我。我欺负他，她看在眼里也从来不说什么。有次他骑车载着我，我非要站在后座上，他怎么哄我都不听。只好推着走，可我还是一不小心掉了下来，额头缝了两针。为此，妈狠狠责备了他。他红着脸不去分辩。晚上的时候，到我屋里小声问我："淼淼，还疼吗？"

因为受了伤我觉得有理由娇气，撅着嘴说："都怨你。"

他也说："都是哥不好。要不，你打我一下？"

他好像从来没有抱怨过，一直很听爸妈的话，对我也好。

二

我读到中学的时候，他读高三，成绩优秀。我的功课却始终上不去。于是一起吃饭的时候，连一向偏心我的妈也责备我不争气……她这样一说，我立刻把怨气撒在他身上，背地里叫他书呆子、书虫。总觉得没有他的优秀参照着，想必父母不会这样责备我。有次爸喝多了酒，竟然拿着我的数学试卷朝我发了脾气，他在旁边劝说爸，我却觉得他分明是假惺惺，那天晚上，趁他不注意撕了他的数学课本。事后，还是有些后怕，怕他告状，接连几天提心吊胆，可是他，什么都没有说，只是用胶带把我撕坏的书仔细粘上了。

心里也后悔了一下，但随即，随着父母的再次责备，我又把怨怼朝向了他。

那天周末，爸妈都加班，我跟同学说好了去城外溜冰。那年冬天特别冷，城外的护城河里结了厚厚的冰，诱惑我们这些贪玩的孩子。可是，妈要他给我补数学。他听话地去了我的屋，刚打开书本，我就一下子扣上了，用挑衅的眼神看着他："张洪森，我不爱学习，你少管闲事。"

他看了我半天，叹口气："淼淼，你还是应该努力学习的。"

"你没资格管我！"我把书一丢，摔上门出去。他在后面喊我，我头也不回地走了。

结了厚厚的冰的护城河里，很多孩子在玩。我和同学兴奋地加入其中。

玩得放纵，胆子也越来越大，索性朝向河中央的冰面滑去。

没想到危险发生了，因为水是流动的，中央的冰面其实只有薄薄一层。当我听到冰面破裂的声音时，已经来不及了，发出一声惊叫，身体迅速陷下去。

冰面上立刻乱起来。我却在身体全部沉没下去之前，好像看到他飞奔而来的身影。然后我就落入了水中。

并没有失去意识，他跳了下来一把抓住我，我本能地拼命拉住他的衣服。两个人的棉衣迅速湿透，在冰冷的水中沉重不堪，他明显跟着我向下沉……

终于很多大人赶来，将我们从冰冷的河水中捞起。

除了惊吓，在暖过来之后，我只打了几个喷嚏就过去了，倒是他，发了整整三天高烧。

那之后，我收敛许多，直到他高中毕业，没有再给他添麻烦。

三

半年后，他以优异成绩考上了省城最好的大学。可是在他拿到通知书的那天晚上，爸妈却发生了一场争执。

那时候，爸妈上班的厂子效益已经不好了，爸每个月只能领到一半工资，妈却面临要下岗。所以他的学费成了爸妈争执的焦点。妈坚持要把家里不多的积蓄留给我，她说如果供他四年，家里不会剩下一分钱还会欠债……但是爸的态度很坚决，非要送他读书不可。

最后，还是爸的态度起了决定作用，妈不再说什么，我却听到她的哭泣声。

很奇怪，那天晚上，我和他都很清楚听到了爸妈的争吵声，但是谁都没有出来。以前，他们偶尔也争吵，我和他都会一起过来劝架。只是妈的话却让我不无担心，我也想，供他读了大学，我怎么办？而他呢？他会想什么？我不知道。只是最后留在家里的那一个月，他更加拼命地干活，每天早早就把饭做好。妈一直不高兴，可是面对这样的他，也不好说什么。

一个月后的那天早上，他背着简单的行李出门的时候，忽然在门口转回身来给爸妈跪下磕了一个头，然后一个字都没有说站起来走了。

爸和妈站在那里都愣了好半天，我依稀感觉走出门的他，哭了。

四

不知道他的大学生活是怎样的，过了两个月后，他打电话给爸，说不用再给他寄生活费了，他找了两份家教，赚的钱足够吃饭了。

那年寒假，他没有回来过年。他说办了个假期补习班，收入还不错。随后，他把爸寄去的生活费退了回来，还寄回了一张和他教的学生们一起的照片。照片中的他，依然黑黑的瘦瘦的，却是满脸的自信笑容。

爸终于相信了他的话，而那年，妈已经下岗，工厂面临倒闭，家里经济越发紧张，也就不再给他寄钱。

过了一年，他竟然连学费都自己赚够。假期始终没有回来，一直到大四那年的寒假，在离开三年多后，我才又见到了他。他回来过年，给爸妈都买了礼物，还给我买了个我一直想要的MP4，很好的那种。他说，是他在电脑上帮一家公司做网站人家送的。

早已经没有了那种土气的乡音，读了很多书的他，气质也明显改变了。我心安地接受他赠我的礼品，依然觉得他对我好，是应该的。

五

很快，他毕业了，工作找得顺利。而我中学毕业后，又复习了一年，才勉强考上了一所中专。念书的时候，他经常寄生活费给我，很坚持地寄，后来，甚至不用家里再负担我。妈说，这孩子还不错，知道回报。于是我也认定，这是他该给的回报，便享受得心安理得。

然后他工作的第三年，我中专毕业的时候，他结婚了。新娘是他大学同学。在他休完婚假要回去的时候，妈跟他商量："你也看到了，县城里实在找不到一份像样的工作。淼淼又吃不了苦……"

他打断妈妈："我本就打算带淼淼一起走，就怕你和叔不放心。"

"放心、放心，"妈说，"她跟着你我们放心。"那天，也许是我的感觉错了，妈似乎有点儿讨好他的眼神。而我也想着省城的繁华热闹，就这样跟他去了。

六

他的家，小小的两室一厅，并不是新房子。但是我的房间收拾得很漂亮，绿色的窗帘床单桌布什么的，嫂子说："他说你从小喜欢绿颜色。"

原来他还记得。

就这样在他家住了下来。他和嫂子都很忙，但是那段时间，他会尽量早早回来做饭。我从小被宠惯了，不太会做家务，只勉强会洗洗自己的衣服。那天嫂子加班，快到8点才回来吃饭，吃完，他收拾桌子时，嫂子喊了我一声："淼淼，你去洗洗碗吧，你哥上一天班也够累了。"

我正在看电视，愣了一下，还没等站起来，他已经飞快说："我来洗我来洗。"然后抱着一堆碗去了厨房。

我却还是立刻感觉到了一丝委屈。以前，从来没有人用这种口气支使过我。于是站起来去了卧室。过了好半天，听见他对嫂子说："淼淼在家什么都没干过，以后你别指使她。"

他的声音不大，我还是依稀听见了。敏感的心立刻想到四个字：寄人篱下。

第二天我早早起床，赶在他上班前对他说："帮我快点儿找份工作。"他笑着说："别着急淼淼，我还想让你报个班学点儿东西呢。"

"我不想学习，我想工作。"是因为赌气吧，我的口气有点儿生硬。

他依然用我习惯了的哄我的口气说："好好，不学习，去工作。"

可是，他找的工作，我却并不满意。起初是在超市收银，只干了两天，便受不了那么长时间的站立，而且，总有那种挑剔的顾客言语苛责，那天晚上回来，有点儿委屈地对他说："不想做那个。"

他立刻说，那就换。过了几天，又帮我找到一家公司去做打字员。勉强做了半个月，因为没有及时打完一份文件，部门经理当面责备我，我忍不住辩解了两句，他便大发脾气，打几个字都打不好，要不是看张洪森的面子，我们根本不会让你来……

哪里受过这样的委屈，我一路哭着回去了。到他下班回来，还在啜泣。

他不停哄我，说笑话逗我开心，说那破工作，咱不干了……直到嫂子回来，我才刚刚被他哄好。

吃过饭，他下去倒垃圾，嫂子随口问："淼淼，新工作还适应吧？"

我头也不抬地说："不干了，他们欺负我。"

她有些吃惊，问明白原委后，忽然站起来生气地说："淼淼，你知道为了这份工作你哥怎么去求人家？现在工作那么难找，你没有学历也没有工作经验，还吃不了一点儿苦受不下一点儿委屈，你哥既不当官也没有门路，你让他怎么办……"

我又羞又怒，大声冲她喊："你是不是嫌弃我了，我不过在你们家住了两个月，我哥还是我爸妈养大的呢。"

"那你想让他怎么还……"她的声音还没落下，他已经冲进门来，一把将她扯了一个踉跄，"别胡说八道！"然后，他将我推进了卧室，"淼淼，别跟她一般见识，没事，哥再给你找工作。"

我赌着气看都不看他，将门紧紧关上开始收拾东西。我要回家去，再不过这种寄人篱下的生活。

就在我收拾东西的时候，他却和嫂子激烈地争吵起来。嫂子说："她在这里像个大小姐一样，什么都不干，什么都干不了，你还宠着她，我说两句都不行吗？"

"不行！"一向不爱发火的他，发起脾气来声音竟那样大，"她是我妹妹，我不能让任何人欺负她，谁都不行。当初如果没有叔和婶，我走不到今天。"

"没错你是他们家养大的，可是你一直都在偿还。"

“大学那几年，他们不知道你是怎么过的我知道。我知道你有时候每天只能吃一顿饭，我知道你没有当家教而是去干搬运工，我知道假期你一直在建筑工地上，我知道为了不再让他们操心你用电脑做了一张照片寄回去……你刚上班后工资那么少却还把钱给淼淼当生活费，他们既然是你的亲人，就不该苛刻你。如果她真的什么都做不了，你是不是打算养她一辈子……”

我的心忽然提了起来，然后我听见他说：“是，我愿意养她一辈子！”那样斩钉截铁。

手里正在整理的衣服就落在了地上，然后眼泪一下子流了一脸，好像再也听不清他们说些什么，直到听见门咣当一声，我飞快拉开房门，看见嫂子冲出门去。

他看着我，尴尬又慌乱：“淼淼，你别听她胡说，是哥不好……”

“哥。”我再也忍不住，一把抱住他放声大哭。所有的委屈都在那一刻化成了对他的心疼，是忽然之间明白了那些年他在我们家所承受的一切。他的小心翼翼，他的懂事谨慎……他是真正地寄人篱下却还要心怀感念，在多年后，这样眷顾和爱护着我。我却还不停委屈。

他在我们家时，我一直将他当别人的孩子，理所当然地欺负他。而我在他家时，却比依赖最亲的人更苛刻。他从来都是个太好的哥，而我，一直都是个太自私的妹。

那天，在我的坚持下，我们一起找回了嫂子。我跟她道歉，她的脸红了：“淼淼，别生我的气，我就是心疼他。”

她只是心疼他，我已经明白了，因为她比我和我的父母更知道，为了给我们减轻负担，他曾经度过怎样艰辛的生活。

七

半年后，我终于塌塌实实地做了一份工作，并且主动学会了做家务，还在他的建议下报了一个外语班。

那天晚上，我和他一起在厨房洗碗的时候，我问他：“哥，你一直对我这么好，是在偿还曾经的情分吗？可是那时候，我对你不好。”

他拍我的脑袋:“真是傻丫头,亲人之间的情是不需要偿还的,那时候,叔和婶养我,因为我是他们的亲人。我对你好,因为你是我的亲人。我是张洪森,你是张洪淼,你是我妹啊。”

是啊,我是他妹,每次想起来,我的心都会感觉到暖暖的。因为做他的妹妹,我一直都生活在爱的呵护下;做他的妹妹,对我来说,是生命的幸运。

妈妈，即使我曾为你羞愧

一

第一次真正为她感到羞愧，我 7 岁。

7 岁之前的记忆里，她只是个坏脾气的消瘦妇人。脸色暗暗的，一说话就皱起眉头，经常和爸爸吵，或者说是她在吵爸爸。爸爸原本就不是个多话的人，从来说不过她。

外婆说，你妈小时候身体差，生生让我惯坏了，自己当了娘了，脾气也没好起来。

外婆总说这样的话，我听不太懂。但是慢慢已经知道，我的妈妈，她脾气不好。

5 岁的时候，我开始洗自己的小手绢小内衣。读小学以后，就开始洗自己的衣服。有时候洗不干净，她皱眉头，于是爸爸来重新洗。

饭通常也是爸爸做的，还总是遭到她的挑剔。她爱说的话是，我没出嫁前可是享福的，什么都没做过，不能嫁到你们家就当劳动力。我也是上班挣钱的……除非爸爸出差，她就简单地煮点儿面给我吃，嘴里嘟哝，别委屈啊闺女，你妈也不爱吃这个，可是没办法……

她和别的孩子家的妈妈不太一样。说不上来喜欢或者不喜欢，太小的孩子，还没有那种概念，只是慢慢习惯了这个脾气不怎么好的妇人，她是我妈，唯一的妈。她在的地方，是我唯一的家。

直到 7 岁的那一天。

二

当时已经读到一年级下半学期，平常，她下班后顺路接我回家，那天也是。

她带我走到住处的楼下，忽然看到在楼前的空地上散落着一个漂亮的白色撒满粉红小花的床单。

她先抬头看看楼上，五层的旧楼，家家阳台都晾着衣物，不晓得是谁家的。然后，她无比迅速地将散落的床单胡乱裹成一团抱在怀里，说一声，回家。自己先跑上楼去。

我背着书包站在那里看着她抱着别人家的床单匆忙消失在楼道口，忽然有点儿羞耻，知道她这样做是不对的。这时她在阳台探出头来："死丫头，还不快点儿上来。"

我低下头，背着书包一步步挪回家去，心里觉得不舒服，很不舒服。

她很少有这么高兴的时候："闺女，一会儿打电话给你爸，让他买条鱼，做你爱吃的红烧鱼。"

心里不舒服，但是嘴巴已经馋了。她趁机要挟我："但是不要跟你爸讲，不然以后再也没有红烧鱼吃。"

我不怕没有红烧鱼吃，但是我怕她跟爸爸吵架，所以，我点点头。

但是就在我们吃红烧鱼的时候，外面传来了敲门声。爸爸去开门，是楼下的张奶奶。她说："我就是问你一声，有没有看到我家的床单啊？下午晾在阳台上被风吹落了……"

她不等张奶奶说完赶快摆手："没有看见，没有看见啊。我接了妞妞就回家了，什么都没看见，对吧妞妞？"

她看着我。用那样的眼神。

我躲开她的眼神，张奶奶也在看着我，用另一种眼神。

我又躲开张奶奶的眼神，躲了半天后小声说："奶奶，我们没看见。"说完，我难过得都快要哭出来。就在今天，老师对我们说，我们要做诚实的孩子。

可是我撒谎了，不仅撒谎，我们还偷了别人的东西——老师说，拣了别人的东西不还，和偷别人的东西是一样的。

张奶奶失望地"哦"了一声："那就是他们看错了，有人跟我说，是你帮我收了起来……"

张奶奶走了，饭桌上忽然很沉默。她夹了一块很大的鱼给我，我放在口中嚼着嚼着，忽然就哭了。我无比羞愧，因为我的妈妈她是个小偷，而我包庇了她。

那个床单，她藏在一个隐蔽的地方，直到两年以后才拿出来用。两年以后，那纯净的白色上面撒满的温馨小花，它们那么美，却还是刺痛了我年少的眼睛。

三

那以后发现，她真的是个自私的人。跟着她买菜，她跟人讨价还价把菜买好后，却总是会顺手再扯上一根葱、两头蒜……她在阳台上用盆子种了很多小蒜苗、小茴香，每次浇水，水都流下去弄脏楼下邻居们晾晒的衣物。起初有人上来找，可是没有人吵得过她，她吵架的功夫是天生的。

于是大家忍气吞声，她更得寸进尺，连楼道的公共地方都变成我家的私人空间，摆满我们家用的煤块或其他杂物。爸爸敢怒不敢言。为此，我们家还是被整栋楼的人孤立起来了。

她却不在意，没有人能欺负过她，只剩了她欺负别人的份儿，过得扬扬自得。

已经懂得分辨是非的我心里越来越厌烦她，厌烦她却又怕她，面对她的这些行径，大多时候只好沉默。

但也有忍无可忍的时候。小区里，有几个孩子和我一起从幼儿园读到中学的，其中和我最要好的是燕子，我们每天都一起上学。可是那天早上等了好半天，我没有在门口等到燕子，眼看要迟到，我跑到她家楼下喊。

喊了半天，燕子的姥姥探出头来："燕子已经走了，以后你莫等她了，你们莫要一起玩了。"说完关上了窗子。

我一口气跑去学校找到燕子，气喘吁吁地问："为什么不等我？"

燕子低着头沉默半晌："我妈不让我再和你一起了，她说我跟着你会学坏的，会变得跟你妈一样。"在我的追问下，燕子告诉我，前两天我妈骑车太快差点儿撞到燕子姥姥，人家说她几句，她却说难听的话，对着一个老人……燕子的妈说，什么样的妈什么样的女儿，所以，我没有资格再和她做朋友……

我跑回教室趴在桌上放声大哭。

那天回到家里，我和她大吵一架，最后还是以我的失败告终，她指着我的鼻子说，有本事别让老子养，自己去养自己去……

14 岁，我知道我还没有那种能力。

四

我开始变得像爸爸，同她的话越来越少。越来越刻苦地学习，为了快一点儿长大快一点儿离开她，离开这个家。

终于读完高中，考上大学。拿到录取通知书那天，她几乎发疯，嗓子都喊哑了——我背着她报了离家一千公里外的重庆的一所大学。总之，她认定她养了一个白眼狼。

我一句话不说，忍受她最后的无理宣泄。

开学，她坚决去送我，拿着行李跟着我千里迢迢地抱怨了一路。

报完到，找到宿舍，看到我的名字贴在上铺，她二话不说扯下来跟靠窗的下铺做了调换，欺负我闺女，没门！

我冷漠地看着她，然后在和她出去吃饭的时候，又偷偷把名字调换过来。

待了两天，她终于走了。其间不断向我传授如何不受别人欺负的经验，甚至没有发觉我满脸的不屑。送她上火车后，我对自己说：我不会做她那样的人，决不。

五

我是宿舍里打电话回家最少的一个，宁肯把电话打到爸爸单位。时间长了，她就把电话打过来骂我没良心。我堵她，电话那么浪费钱，省点儿是点儿。并以此为借口，暑假不回家，留在重庆打工。

终于，终于在某种形式上摆脱了她。终于，终于不再因为是她的女儿而羞愧。努力做一个诚恳谦和的女子，被同学和老师喜欢。

大学四年，别的同学两个长假，我只有一个，且每次只在家里住短短几天，以工作为名早早离开。

她已经左右不了我，连声讨的声音都渐渐淡弱下去。过了50岁的她，依然是暗暗的脸色，说话的时候皱起眉头，但是明显发脾气的底气不足了。那天在超市买东西，食品区，禁尝食品，她习惯地顺手拿了往嘴里塞，我一把夺下来放回原处。

“妈，你能不能注意点儿素质。”

“你个——”她抬起手，忽然发觉站在她面前的我，已经比她高出半头。颓然把手放下，嘟哝一句：“翅膀硬了是不是？”

没错，我的翅膀硬了，硬到根本无须再畏惧她。临近毕业，好多同学开始联系家乡的单位，我却把简历投往更远的地方，铁了心要在没有她的天空底下轻快地生活。不久，我接到广州一家公司的面试通知。

六

动身之前，回了趟家。

我的选择，爸爸无言，她发了半晚的脾气，终于累得睡着，第二天硬扯我去超市买东西。她要买一些日用品让我带着，因为她觉得广州那边东西贵。

一声不吭地拎着大包小包跟她从超市走出来，经过一个路口，已经亮了黄灯，她却要过，伸手去拉，没拉住，她朝前迈了几步，一辆电动车从右边飞速而过，车身擦到她，她一个踉跄摔倒在地。

我赶忙去扶她，她已在地上破口大骂。骑车的人在几米之外一个急刹车将电动车停在路边折回来。面目凶悍的中年男人，根本不吃她那一套，反倒张口斥责她不遵守交通规则，活该！

我几乎不假思索走过去对着这个比自己高出一头的男人争辩起来——也许她不对，可她已经被撞倒，男人这样的态度也太过分了。

男人却毫不讲理，话说得始终难听，和她对骂着忽然握起了拳头。

我一把将她拉到身后，本能地怕他伤到她，鬓角已经生了凌乱白发的她。我挡着她，横下心来如果男人动手，我替她挨。

旁边有人将他拉开，更有人打了110。警察很快过来，问明白原委，先是训斥了他。然后确认她没有伤到，劝说我们各自回去。其中一个年轻警察低声对我说："你也说说你妈，以后要注意点儿，这样多危险。"

她在旁边嘟哝着。一脸抱怨、愤怒和我从小熟悉的那种蛮横……可当我拉她走，她的腿却踉跄了一下，还是跌到了，虽是皮外伤，但一定是痛的。她边走边说："你妈老了，什么人都敢欺负，要是以前，跟他拼命……"

她絮叨着，毫无察觉紧紧搀着她的我，已经流了满脸的泪。

没错，她老了，可是依然没有改变自己的性格，依然蛮横、霸道……正是因为这样，我才坚持要远离她。可是就在这一刻我忽然醒悟，如果我离开她，如果连我都不要她，那么，还有谁能宽容她保护她？

是的，她不是个崇高的人，可是这天底下，不是每一个母亲天生就崇高无私伟大的，也有像她这样的。但是她怎样都是我妈。她把我带到了这个世界上，为此她不介意全世界疏远她，她以为此生有我可以依赖。

而我，这些年，却一直都在嫌弃她抱怨她，从未想着如何慢慢改变她，一心想要远离她抛弃她。做母亲，她有她的不足，做女儿，我有我的自私。我承认当我目睹她被伤害的那一刻，一种从未有过的疼痛，袭击了我做女儿的心，那么彻底。

七

下午，我给广州那家公司打了电话告诉对方我不过去了。我已经决定了，回来，回到她身边来找份工作，陪着她。现在，她在老去，而我正变得强大，我会并努力用我的爱慢慢改变她。因为我是她的女儿，我必须这么做！

母爱是一场重复的辜负

一

外婆去世的时候，她 16 岁，第一次知道了什么叫伤心，伤心欲绝。

外婆有两个女儿两个儿子，母亲是最小的一个，舅舅和其他姨妈生活条件也都好，可是外婆却一直跟着母亲住，带着她高额的退休金。为此，舅舅和姨妈们私下里也有意见。

可是外婆不管，直到去世，都守在母亲身边。

她出生的时候，外婆便和母亲一起照顾她，记忆中，那么多年，似乎是外婆的照顾更多一些，不是母亲不够爱她，而是外婆硬硬地要去分担。很小的时候，外婆搂着她睡，半夜，外婆起来照顾她喝奶或者撒尿。学步，外婆一步步搀扶，甚至去了幼儿园，也是外婆早晚接送。她和外婆一起的时间，比和母亲在一起更多。

于是她知道了，外婆爱她。自然，母亲也是爱她的。

她爱外婆，也爱母亲，很难分清爱谁更多一些。所以，外婆走了，她那般难过。哭到歇斯底里，哭到失去力气，不睡觉，不吃饭，守着已经离去的外婆，不允许任何人靠近和带走。最终外婆终究被带走的时候，她发疯般地和人撕扯起来。父亲和母亲一人一边拉着她，她挣扎，太用力，衣服的袖子都被撕开，张大嘴巴却喊不出来——已经哭到了失声。

二

外婆还是走了，她大病一场，一周没能去上学，瘦了一圈，身体显得更单薄了。母亲没日没夜守着她，倒是为她担心，吃不下睡不着。

可是母亲却不知道，那些天，她正在暗暗生母亲的气，不为别的，因为外婆的走，她忽然发现母亲是个冷漠的人。那天，母亲也流泪、哭泣，但似乎并没有那么悲伤，很快就平复了，处理外婆的后事，并不停劝她别难过。

母亲的母亲走了，可母亲更多的却不是为亲人的走难过，而是担心她。

母亲怎么可以这样，她想，外婆在的时候多么爱母亲，七十多的老人了，还坚持做饭打扫卫生，为的就是不让母亲辛苦。她记得很清楚，在她成长的那些年，外婆对她说的最多的话就是，妞妞，长大了一定要对妈妈好，要让妈妈享福哦。

那句话，她从小就听，一直听到16岁，很小的时候，是天真地答应。大一些，外婆就会要求她认真地答应。只有她认真应了，外婆似乎才放下心来，微笑着将她拥进怀里，喃喃自语，妞妞对妈妈好，姥姥就放心了。

母亲是成年人了，身体健康，工作顺利，父亲又那么照顾和宠爱着她，家里经济也好……她不知道，外婆究竟不放心母亲什么呢？于是有一次她忍不住问："姥姥你怎么老说呀？"

外婆就叹气："我就是不放心你妈，你妈在这些兄弟姐妹中，她最小，早产，身体是最弱的，小时候受的罪最多，有次犯病差点儿被我给耽搁了……这些年，姥姥就觉得对不起你妈，怕她日后吃苦。"说完又叮嘱她，"你妈就你一个孩子，你可一定要对你妈好。"

于是她明白了，是因为外婆太爱母亲，大抵在外婆眼里，母亲永远都是那个最弱的，需要被保护的孩子吧。

可是外婆这样地爱着母亲，外婆走了，母亲却那样平静，只是浅浅地落了些泪，还安慰她，外婆年纪大了，早晚有一天会走的……这样的话，无一不让她生气，生气到心里甚至渐渐有了怨。正是那么敏感而锋利的年纪，在外婆走后的一段时间里，她不愿和母亲亲近，甚至不愿和母亲说话。

三

对她的疏远，母亲是不安而忧虑的，开始只当她是为外婆的去世难过太久，对她越发地好，甚至有点儿讨好她的味道。天天追着她，问她想吃什么，不断给她买新衣服，竟然是那些颜色艳丽的——外婆不在以后，她只穿黑色白色。

可是，母亲越讨好，她越觉得母亲对外婆薄情。那些鲜艳的衣裙，被她揉成团塞进衣柜，依然是非黑即白地暗淡着一张小脸出出入入。

母亲做的饭其实很可口，每天变着花样。只是她吃得少，提不起兴趣，也是故意。她常常偷看母亲，审视母亲的神情，那究竟是坚强还是冷漠？

这种审视，让她越发疏远了母亲。那天，她再次将母亲放在她书桌边渐渐冷掉的牛奶沉默着端出去后，坐在客厅看电视的母亲张了张口，想说什么，却又背过了身去。

也许是错觉，她觉得母亲哭了。

一刹那，有些悔意，毕竟，母亲对她足够好。

然后那天晚上，她睡下后，听到母亲悄悄走进来。

她不想跟母亲说话，闭着眼睛装睡。

母亲就那样在她床边坐了一会儿，她能感觉到母亲在注视她，一直注视着她，目光里，有些犹豫，有些期待，又有些忧伤。那种可以清晰感觉到的目光，几乎让她快要装不下去。毕竟，那是爱她的母亲，除了对外婆辞世时的淡漠，母亲从来都是爱她的。

好在，母亲坐了一会儿就站了起来。她偷偷张开眼睛，看到母亲走到窗边，轻轻将窗帘的缝隙拉合。

屋里顿时完全黑暗下来，而母亲的脚步依然很轻，摸索着，缓慢地离开了她的屋子。从窗口到房门，短短的几步，母亲走了好半天——屋里太黑，母亲怕弄出声响，是挪出去的。

房门近乎无声关闭的那一刻，她的心软下来，想起她一次次对外婆的承诺，她决定，结束对母亲的冷漠。

四

第二天早上，她醒来，起床前，想了想，躺在床上大声喊了一声妈。

母亲几乎是即刻就推门进来了，眼神里有些慌乱，连声问她："怎么了乖？做噩梦了？"

她摇头，笑笑，那是外婆去世后她第一次对母亲笑，然后用曾经对着外婆的有点儿撒娇的口吻说："妈，你做什么好吃的了？"

因为激动，母亲的声音都有些轻轻颤抖："牛奶，荷包蛋，还有你爱吃的小粽子……"

她伸个懒腰，装作若无其事地说一句："起床啦。"

那顿饭，她吃了很多，倒是母亲没动筷子，一直看着她吃。好像她饱了，母亲就饱了。

她和母亲的关系，就这样恢复到从前。她不提外婆，母亲也不敢提，只是默默地把外婆曾经对她的爱全部接替下来，给她编各种辫子，每天不厌其烦地询问她想吃什么，听她说学校的事，晚上坐在她床边，等她睡着了再走……在没有了外婆以后，母亲的爱，甚至更加细致和妥帖起来。

五

高三，她学习最紧张的一年，时间忽然变得紧缺，似乎不睡觉都不够用。每天很晚，她不睡母亲也不睡，早上，她没醒母亲就起来了。最后冲刺的几个月，母亲明显地消瘦下去，而她，虽然紧张，却被母亲每天变着花样的美食塞得胖了几斤。

那天晚上，她照常复习功课，过了一会儿，母亲端了牛奶走进来，弯身，把温度正好的牛奶递到她手里。她接的时候，下意识抬了一下头，忽然发现母亲的头顶，中心的位置，钻出了一些杂乱却清晰的白发，如果母亲不低头，她绝不会发现。

她忘记接牛奶，看着那些参差而清晰的白发愣住了。

母亲喊她的名字，她才反应过来："妈，你有白头发了。"

母亲也愣了一下，随即笑笑："妈都四十多的人了，该有白头发了。"说着催促她快把牛奶喝了。

温度正好，甜度正好，母亲对她永远是如此细腻。

那天晚上，她忽然变得像个小孩子，坚持要母亲和她一起睡。床不大，母亲躺下，努力靠边，给她留出大大的空间。

她贴着母亲，也靠到一边。不大的床反倒空出了一块。

母亲嗔怪她："你这孩子。"

她嘻嘻地笑："妈，我答应过姥姥，以后一定会对你好。"

那是外婆走后第一次，她对母亲提起了外婆。

母亲忽然就哭了。

六

她和母亲，再无隔阂，感情越发深厚起来。高考时，为了不离开母亲，她选择了本市的大学，虽然她曾经向往过美丽的雾都重庆。可是相比来说，她觉得留在母亲身边更重要。

父亲开玩笑，即使你去重庆，你妈也会去陪读的。

她知道父亲的玩笑是真的，但是，她不会让母亲为她千里奔波的。

大学四年，她依然是常依母亲膝前的娇娇女儿，过了二十岁的人了，扣子掉了都要周末回家让母亲缝。

母亲常去学校看她，带着她爱吃的种种美食，为此，她被一宿舍室友羡慕。

就这样被宠着呵护着，她长成快乐明媚的女子，毕业，工作，恋爱，结婚……人生一帆风顺。婚后半年，她怀孕了。在她怀孕那年，刚刚五十岁事业依然正好的母亲坚决办理了内退，照顾她。就像当初外婆照顾母亲那样，甚至将父亲一人丢在家中。

母亲的爱，在光阴里，一点一滴，她感受得深切。

10个月后，孩子出生了，是个娇滴滴的女孩儿，她给女儿取名小宝。

从小宝出生那一刻起，她的心，忽然被一种全新的牵挂和情感填满了。那个小小的粉红色的小人儿，一下就掠夺并占据了她全部的情感空间。甚至有时会忽视了守着她的母亲是怎样忙碌。

是母亲照顾她和孩子的饮食起居，并坚决不让请保姆。保姆照顾，母亲不放心。

母亲成了外婆当年的翻版，三个月产假过后，母亲坚持要全权带着小宝，晚上也带着小宝睡，不让她受那份午夜三番两次爬起来给孩子喂奶的辛苦。

她不怕辛苦，可是她拗不过母亲，就像母亲当年拗不过外婆。她只好把小宝交给母亲，自己轻松许多，轻松地享受着母亲的爱，享受地爱着女儿。

七

转眼，小宝一岁了，会叫妈妈了，会叫姥姥了。学走路，母亲坚决不用学步车，而是像当年外婆那样，坐在地板上，把腿张成一个安全的保护，伸出手臂，让小宝走在她的怀抱里。

小宝很依赖母亲，像她当年依赖外婆。常常地，她下班回来，看到母亲教小宝学走路，就会有那么一瞬间，光阴恍然回到从前。恍然歪歪斜斜移动脚步的是她，张着手臂的是外婆。然后她便走过去，将母亲和女儿一起拥进怀中。她觉得她们，是她在世间最爱的人，如果不是后来的那次活动测试，她一直以为，即使她更多地牵挂着女儿，但她对母亲的爱也是同样重的。她一直以为，这一点，她做得比母亲好。

初夏的时候，单位组织了一次拓展训练活动，活动有个项目叫心路历程，其中有个小测试。教练让每个人都将自己的手指比喻成生命中最重要的人，父母、子女、兄弟姐妹，也包括自己，然后，按照要求，一个一个将手指压倒——倒下代表失去。

活动的目的，是让每个人懂得，自己心中最重要的是谁。

她的五个手指，分别代表了女儿、母亲、父亲，自己和一个最好的朋友——外婆不在了，她没有兄弟姐妹，所以这样排列了。

然后，教练要求压倒第一个手指的时候，她选择了代表朋友的小手指。毫无疑问，在友情和亲情间，她选择了亲情。虽然心里觉得有些对不起朋友。

下一个，她却为难了。父母、女儿和自己，似乎都是不能失去的。可是活动却要求必须压倒，她万般为难地选择了父亲。女儿还小，需要她照顾，没有父亲，她也会照顾母亲。她在心里对自己说，爸爸，请原谅。

再后来，她迟疑的时间更久，终于，她选择了自己。心里微微舒口气，即使她不在，母亲可以照顾女儿，原来在她心里，她爱母亲也是胜过爱自己的。这让她欣慰。

但是，但是最后呢？在最后一个目标的舍弃中，她忽然感觉到透不过气来，感觉到窒息，感觉到万分难过——一个是母亲，生育了她养育了她并始终在照顾和爱护她的母亲，一个是女儿，自她生命中脱离而出的，年仅一岁半的，除了依赖她还不会爱她的女儿。

教练说，只是个游戏，这个游戏会让每个人学会珍惜。

可是这个游戏，何等残忍。她看着最后两根没有被压倒的手指，良久，做不出选择。最终，在教练的一再催促下，她猛然将代表母亲的手指压倒了。

那一刻，她心如刀割。

没错，她终于知道了，如果一定要失去，她还是选择了母亲。原来女儿，才是她心里最重的一个人。重过她的生命，也重过爱她胜过爱自己的母亲。

她想起和母亲同睡的那天晚上，她终于问出了那个压在心底的问题："妈，姥姥去世的时候，你是不是也非常难过，但是你不想说。"

当时母亲显然愣怔一下，沉默了片刻说："姥姥是妈的妈妈，妈当然难过，可是妈可能没有像你那样难过，因为姥姥不在了，妈还有你，就觉得坚强，觉得活着有劲，虽然伤心，但不觉得绝望。"

那时，她早已不再怨母亲，而母亲的答案依然让她略有唏嘘，她当时想，如果以后她长大了，绝不像母亲那样，为了孩子放弃一些对母亲的爱。决不！

可是，事实证明，她的誓言不堪一击，在对女儿的爱面前，她牺牲了母亲。

再也忍不住泪流满面。

无疑，世间最爱母亲的人是外婆，最爱她的人，是母亲。可是，她和母亲一样，都会为了爱自己的孩子辜负最爱自己的人，哪怕那辜负是无意的，是不情愿的。十年以后，做了母亲的她，终于理解了母亲当年的"辜负"，也终于懂得了母亲说过的那四个字：爱往下走。每一个女人做了母亲，爱得再伟大也都存着自私，自私到不愿把爱分给他人，只愿全部交给孩子。她，也一样。一样为自己最爱的人，辜负了最爱自己的人。

原来母爱，就是这样一场重复的辜负，而被辜负的人，却永远无怨无悔。

你的柔弱，你的坚强

小时候，他不喜欢她。确切地说，是瞧不起她。他觉得她没出息。她长得就瘦小，胆子也小，没一点儿主心骨，家里大事小事，都要父亲拿主意。外面的活是父亲的，家里的家务事她也干不好，连饭都做不可口。如果没有农活，父亲干脆连饭都做了。他觉得，她和他们一样，都像父亲的孩子，父亲不仅照顾他们，还得照顾她。

他记得有次，家里那只刚下蛋的母鸡丢了，她找了一圈没找到，回来，哭哭啼啼地问父亲："怎么办怎么办呀？鸡还下蛋呢！"

他听得有些烦了，嘟哝一句："丢就丢了呗，哭啥？"

父亲给他一巴掌。当然，打得并不重。他翻个白眼跑了出去，边跑边想，她真烦人。

可她就那么烦人，改天，邻居家女人找上门来，因为哥把人家孩子打了。

面对女人气势汹汹的声讨，她完全傻了，当时就他和她两个人在家。她慌张地推着他去找父亲，一边推他一边朝后缩着身体。倒是他，挺着小胸脯瞪着女人质问："谁让你儿子欺负我了，我哥打他，活该。"

女人的怒气更大，冲着她大喊大叫，她吓得一句话都说不出来，站在那里快要哭出来了，几乎用眼神求着他去找父亲。

他有点儿"恨铁不成钢"地憋着气一溜烟去了。

父亲回来，三言两语把事情摆平，还跟女人说："以后再有这样的事，别上家里找了，你找我，我收拾他。"

晚上，他躺在床上跟挨了父亲两巴掌的哥说："咱妈真是，真是那什么。"

他想说没出息，最后还是没说，知道那不是孩子可以说母亲的话。

慢慢地，因为她的软弱，他也习惯了事事不靠她，能自己解决的自己解决，解决不了的，包括鞋子坏了、衣服短了这样的事，他会找父亲。

好在有事事能定夺的父亲，地种得好，又有手艺，农闲时组个建筑队给人盖房子。但是从不走很远，每天再晚也要回家。

这样，父亲就比别人辛苦一些。有一次，父亲回来得稍晚。她着急得团团转，一遍遍嘀咕："你爸怎么还没回来呀？怎么还不回来？"三分钟不到就说一遍。

他正在做功课，被她转烦了，放下笔皱着眉头说："妈你能不能别转了，转得我头晕。"

她一把拉起他："走，陪妈去村口等等你爸。"

他抬头看一眼表，不过八点钟，七月天，外面天都没有彻底黑下来。"你自己去吧，"他说，"我还得做功课呢。"

"妈自己害怕，跟妈去吧，行不行？"有点儿央求的口吻。让他厌烦的口吻。所以他依然拒绝。

她真的没敢去，然后接着转圈，直到把父亲转回来。

父亲进屋，水都没喝，她就开始在那里絮叨，嫌父亲回来晚了，她在家里快要担心死了，都不知道怎么办好了……反复就是这些话。

父亲好脾气地解释着，被他们拉着喝了两杯，以后尽量早回。可她还是絮叨没完。

他听得把笔一摔："别说了行不行？怎么那么爱唠叨。"

她一下就住了口——她好像谁都怕，谁都不敢顶撞。

自然，他的举动让脑袋又挨了一巴掌。父亲很护她，像护孩子。有时候，他宁肯她像村里那些泼辣辣的女人一样，活能干，话能说，有胆量，有担当。而不是她这样。

可她就是这样，他毫无办法。

他以为日子会一直这样过下去。可是就在他十三岁那年，父亲因为车祸离开了人世。

那年他读初一，哥哥读高一。

他和哥哥哭哑了嗓子，哭得昏天暗地，年少的心，疼痛而绝望。

亲戚乡邻赶过来帮着料理父亲后事，他们的口气几乎一致，带着无限同情和无奈——一个这样的女人，带着两个未成年的男孩子，日子怎么过下去？

他又如何没有感觉到，他和哥哥，还有她，他们的天彻底塌了。十三岁的他不知道，这个没有了父亲的家以后怎么办？他们依靠谁？

他这才下意识地去留意她，他们的母亲，那个因为丢了一只鸡都哭哭啼啼的母亲。在刚得到父亲出事的消息时，她一声没出就晕倒在地上。之后，她醒来，再也没有说一句话。在送别父亲的那三天，她几乎始终没有说话。他觉得她已经被这件事弄得神志不清了，甚至连哭都已经不会了。就像此刻，她的脸上依然没有眼泪，只是呆呆地盯着屋角。那年，四十岁不到的她，一夜间，一头乌发中竟生出了参差白发。

那天晚上，他和哥哥听到了她和外婆的对话。

外婆说："别让栓子念书了，让他回来帮你干活。"

她不说话。栓子是哥的名字。

外婆又说："农村的孩子，念那么多书也没有用，再说，就算考上大学，你拿什么供他？孩子大了，懂事了，不会怨你……"

他和哥下意识地对看了一眼，他看到，哥的眼神有些慌张，有些无奈。

她却忽然开口了："可是他会怨我，他说，要让两个儿子都上大学。"

那是他从来没有听过的口吻，声音很轻，但是很坚决。她说："我能供他们，我能行。"

外婆叹口气："过日子逞强不得，你从小身子就弱，嫁了栓子爸，过了几年好日子。可这就是命啊……两个男孩，以后盖房子娶媳妇就能把你累死，他们的爸不在了，他们不帮衬你谁帮衬……"外婆小声哭了起来。

哥转头对他说："柱子，我不念书了，你好好儿念，以后考大学。"

他心里难受极了，不知道该说什么。这时他听见她说："我一定能行，我不能让孩子退学，他们读到哪儿，我就供到哪儿。"

还是那样的口吻，轻但是坚定。

他和哥又对看一眼，哥先哭了，然后，他也哭了。

那天晚上，他依稀感觉到有人走进来，在他和哥睡觉的小屋里坐了好久。他觉得是她，在窗口透过的微微的月光里注视着他们，很久很久。他想张口喊她一声，又好像是做梦，喊不出来。

早上醒来，他听见哥说："我做梦梦见妈进咱屋了，坐了好半天。"

他说："我也是。"

父亲安葬后第三天。按家乡风俗，她带着他和哥去给父亲上三天坟。

她要他和哥在父亲坟前跪下。她说："跟你们爸说一声，你们会好好儿念书，会考上大学。考到你爸说的省城里的大学。"

他先说了。哥却没开口。

她说："栓子，跟你爸说，你爸听得见。"

哥忽然回过头："妈，我不念书了，我跟你一起种地供弟弟。"

"不行！"她厉声说。

"妈，你就让我退学吧。"哥的声音有些轻颤。"我不想上学了，我早就上够了。"

他没想到，从来没有动过他们一个手指的她，忽然抬手给了哥一巴掌。

那一巴掌，他愣了，哥也愣了。她却神情平静："如果你们谁不好好儿上学，谁要退学，你爸不会原谅你们。"

他忽然觉得，她的眼神里，有了父亲眼神里的那种坚定和坚决。

她真的没有让哥退学，甚至不准哥每个星期日都回来。她要他在学校复习功课。他读初一，下午下课晚，每天一放学，早早就往家跑，他不知道没有了父亲的家变成什么样子，还有他们地里的庄稼。父亲在时，他们家的庄稼向来是收成最好的。

那天回到家，门锁着。他不知道她去了哪里，打开门，看到院子很干净，几只鸡网在南墙边的空地上，柴堆有刚下的两个鸡蛋。猪圈里的猪许是饿了，用力拱门。角落里堆着劈好的木柴，横在中间的铁丝上，晾着洗好的衣服……一切，都和父亲在的时候一样。

他推开屋门，嗅到刚蒸好的馒头的香味。然后，他听见了她在外面喊他的名字。

她回来了，瘦小的身体扛着很长很重的锄头，胳膊还挎着竹篮，里面是新鲜的青菜。头发有些乱，衣服上沾有泥土，脸上有汗渍。

“妈，地不刚锄过？”他过去接她肩上的锄头。

她笑笑：“草长得快，你爸说过，三天不锄草，草就会比庄稼高……你等我把猪喂上咱就吃饭。”她说着飞快进了西屋，然后拎出一桶猪食——那么大那么重的桶，父亲在时，她从来没有拎过。他记得有一次她去拎了一下，没拎起来，还嘟哝，沉死了。

他赶紧过去帮忙。她推开他：“脏，快洗手去盛菜，菜在锅里热着。”

他看着她的背影，熟悉而陌生的背影，呆呆站了片刻。

那天吃过饭，他做功课，她在旁边编那种玉米皮的工艺包。是她跟着村里其他女人揽的活，编一个包可以赚五块钱手工费。

她的动作很快很利落，却很安静，只有轻微的声音。

把所有功课做完，已经很晚，她催他去睡觉。他伸个懒腰：“妈，你也睡吧。”她说：“这就睡。明天星期日去看你哥，给他送点儿好吃的。”

他答应着去睡了，半夜醒来，看见外屋灯还亮着，他悄悄打开门，她还在那里干活。

他又悄悄退回到床上，忽然觉得心里很塌实，好像父亲并没有走，而她坐在那里，只是在等父亲回家。

没有了父亲的家，她开始承担起父亲曾经做过的一切。庄稼茂盛地生长着，家里的猪下了一窝猪崽儿，她编帽子赚的钱存在一个存折上，从来没有动过。那些鸡和鸡蛋，是他和哥最好的营养品，将他们养得高大健壮。

他和哥，也都好像忽然长大了，只要回家，就拼命帮着她干活，但很多时候她都不允许，她只让他们念书，好好儿念书，考大学。

她变得无比倔犟，难以说服。只是很快苍老下去，四十岁的女人，皮肤粗糙，面容黝黑，白发越来越多。他有时候甚至觉得几天的时间，她就会老一些。

有一次，他周末回来，意外地看到她的额头上有一道清晰的血痕。他问她，她说是不小心磕到了，后来他才知道，是因为她和别人打架了，一个喝醉酒的男人不怀好意地在一天晚上敲家里的门，并在门口乱喊乱叫。她拎着菜刀就出去了，追出去男人很远，挥刀的时候不小心碰到了额头。

邻居家曾经找上门来告状的女人跟他说的时候，口气是既佩服又惊讶。他没等女人说完就跑回了家，跑进厨房摸出刀来就朝外跑。他要去找那个男人报仇。

他跑得很快，她竟然很快追上了他。

他根本没想到她可以跑那么快，有那么大的力气，三两下就夺下了他的刀。

他喊着："妈，我要杀了他。"

"混账话。"她攥紧他的手腕，把他扯回了家，并严厉地警告他，这件事不许告诉哥。然后她把一碗红烧肉端到他面前："吃吧，长成男子汉，就没人敢欺负你妈了。"

他赌气一样大口朝嘴里塞，塞着塞着就被噎住了，趴在桌上哭了。

她就坐在对面，任由他哭了好半天，伸过手去揉他毛茸茸的短发："放心，现在也没有人敢欺负你妈的。你妈有两个儿子呢。"

他哭得更厉害了。

以后，他更加努力念书，回家，即使她不让，他也偷偷地帮她去干活。

这期间，外婆和舅妈来过几次，都是劝她再嫁。邻村有个木匠，手艺好，家里也富裕，只是腿脚不好，一直没娶上媳妇。外婆说，不管怎样，能帮你养孩子……

他们说什么，她都两个字，不嫁。

她是怕别的男人对他和哥不好，怕他们受委屈。

慢慢的，没有人再来说什么。她就那样带着他和哥一天天过了下去，以父亲的坚强，甚至比父亲更加坚强。

两年后，哥考上大学时，他考上了哥念书的县城的重点高中。三年后，他也考上了大学，和哥同一个学校，是省城最好的大学。

那是父亲离开的第五年，开学的初秋，哥带着他去学校，她站在门口，送他俩走。只站在门口，多一步都不再朝前迈。脸上带着笑，口气很轻松："走吧走吧，都走了，妈就省心了。"

他和哥，却好久迈不出自己的脚步。

此时的她，依然瘦瘦小小，只到他的胸口。他和哥站在她面前，高大得像两棵挺拔的树。可是他知道，其实，她才是真正的树，是他和哥依靠的大树。曾经，他以儿子的身份那样不屑于她的柔弱，那时在他心里，她是弱不禁风的小草。

可是父亲走后，他又是那样震撼于她的坚强。她成了任何时候都能为他和哥抵挡风雨的坚实大树。

五年后，十八岁的他已经懂得，柔弱是她做女人的天性，她是外公和外婆最小的孩子，也是唯一的女儿，出生后身体就弱，虽然生活贫穷，却也受尽娇宠。作为女人，她依赖于父亲，放纵自己的柔弱。可是父亲离开后，她几乎在一瞬间聚集起一个母亲全部的坚强，挺起瘦弱的胸膛，把自己变成了那棵坚实大树。可是他知道，不管他长多高，有多强壮，永远都会依靠在母亲这棵树下。因为再强大的孩子，也强大不过母亲的爱。

最亲爱的逃兵

一

天气晴好的周末，他再次出现在她宿舍窗外并喊她名字的时候，要好的室友忍不住开她玩笑："外面那个小帅哥在追你吧……看上去有点儿小哦……不过现在流行姐弟恋……"她塞着耳机听歌，音量不大，她们的话其实她都听得清楚，只是装作听不见不回答，心里却不安静。

小帅哥？他吗？她想了想，倒也是，他的确很帅，一米八多的个头，白桦树一般青葱。眉眼和脸部轮廓带点儿酷酷的味道。可她却不喜欢他的这种长相，因为很像一个人。一个她一直对之心存怨怼的人。而他，也是她心存怨怼的人。

曾经，她是喜欢他的，那时，他和她都还是小孩子。她记得小时候的他调皮却可爱，喜欢跟在她后面喊她：小未，帮我系系鞋带！小未，把你的糖给我吃了吧！小未，让我看看你的作业……有点儿淘气有点儿撒娇又有点儿霸道的口气。

她自然是宠他的，好像她天生就想要宠他。每次出去玩，在路上，即使大人跟着，也会一直牵着他的手。她容不得他受委屈，有次他被高年级的男生欺负，她像头小兽一样将他护在身后，拉出要拼命的架势，竟把几个大他们几岁的男生吓跑了。还有一次，放学路上，他因为吃了凉东西肚子疼，蹲在那里走不动。她想了想，决定背他回家。当时他们差不多高，可是他要比她重一些，她好不容易背他走出几步，一个踉跄趴在了地上，刚好摔到道牙子上，嘴唇磕出了血，他吓得看着她哭，结果肚子反倒不疼了。她用手绢掩着嘴唇，忍着疼安慰他说，没事没事的……

有时候，她也很有点儿大人的派头，也会“命令”他：小来，写作业把头抬高点儿；小来，不许去马路中间；小来，别再看电视了，去给我拿个杯子……

没错，她叫小未，他叫小来，他们是双胞胎姐弟俩，很小的时候长得就很像，一样的眉眼和脸形。她只比他大了几小时，可是因为这几小时，她认定了自己要宠爱他，这辈子都宠爱他。只是她没有想到，她对他的宠，在他们刚刚过了9岁生日的春天便戛然而止。

二

那年，父亲跟另外一个女人好了，据说那个女人年轻且有钱，父亲走得义无反顾。在她的记忆里，父母之间的关系似乎一直很微妙，他们很少在一起，在一起也几乎不说话。但她还太小，常常不在意这些，直到那个春天，那个家连表面的完整都失去。父亲打定主意要把他们俩都带走，不惜动用了法律。已经9岁的她，却坚决地跟着母亲——她已经有自己的是非观，虽然母亲偶尔脾气不好，但是她认定她该留在母亲身边，并认定他也该那么做，所以她牵着他的小手，很坚定地说：“我们要跟妈妈。”

无论如何都没想到，这次他竟然没有听她的话，而是一点点把自己的小手从她的手里抽出来，然后慢慢挪到父亲身边，小声说：“我跟爸爸。”

那一刻，她觉得她疼了9年的他忽然离自己那么远。他的眼神并不坚强但很坚决。她一下子明白过来，他们要分开了，是他要离开她。为此，她将再也不能掌控他不能亲近和疼爱他。她年少的心疼起来，不是为家庭的离散，而是为他的离开。好像这9年朝夕相伴的疼爱，瞬间成为虚空，他辜负了她。她就那样当着很多人的面冲他喊了一声：“我一辈子都不要再看见你。”

9岁，她觉得一辈子就是最长的时间，就是永远，就是彻底决裂。

他什么都没有说，躲在父亲背后，看不清楚是害怕还是难过。

那天晚上，她在自己的小屋里哭了很久。他的东西都还在，玩具、衣服，但是他却不会再回来。她那么舍不得，因舍不得而难过，因难过，心里就生出了隐隐恨意。恨他的离开和辜负。她想，以后，她真的不要再见他。

哭过后，好像真的把他从生活里切割掉了，她把他所有的东西全部装进一个纸箱子，塞到床底下，尘封。

三

那以后，她跟着母亲生活。母亲一个人带着她过。

慢慢地，她变得和母亲一样不爱说话。父亲回来看过她，她不想见他，但是却又拒绝不掉，因为父亲每次都会提他。说他长高了，说他想她但是不敢回来……她一边忍不住听一边又忍不住在心里恨他，断定他和父亲一样，就是因为想过更好的生活才要离开她。

母亲似乎从来没有说过是否想他或者怨他，直到好几年后，她读了高中，而他，从中学起就被父亲送进省城，也进了重点高中。母亲第一次说起他，话很短：其实小来跟着他挺好，说实话，我宁愿你们都跟着他，过得好一点儿。母亲口中的他，是父亲。

她看着母亲，母亲不像赌气或撒谎，她才知道，母亲是不怨他的。怨的，只有她。

是的，她怨。那些年，只要看见他那种瘦瘦的面容略显白皙的男孩子，她就觉得委屈，觉得怨。她也一直怨父亲，但对他的怨，更深——她一直以为他们会一辈子在一起。他们是一起来到这个世界的，而他，却在他们相守的路上做了逃兵。

她不能原谅他。

接下来的高中生活忙碌不堪，她学习成绩很好，原本打算考去离家不远的省城的大学，但想到他在那里，大三时，她改变了主意，报考了西南政法大学，去了山城重庆。

四

报过到的下午，她想出去走走，刚走出宿舍楼道，忽然听到有人喊了一声"小未"，惊得她几乎跳起来。然后，她就看到了他，站在树下的他，一个高大挺拔的男子汉，眉眼也几乎完全没有了过去的影子，但她还是一眼认出了他。就像他也一眼认出了她一样。站在黄昏浅浅的光线里，他的唇边浮起意味深长的笑，又喊她一声“小未”。

她心里百感交集，10年的怨怼却又在瞬间涌上心头，她一转身朝宿舍走，理也不理他。不知道他怎么会来。整整10年啊，他们没有见面。匆忙的脚步声中，听到他在身后喊：“我也在这里念书，小未，以后咱俩是同学了。”她的脚步越发快，回到宿舍关上门给母亲打电话，接通，没头没脑地问：“谁告诉他的？”

母亲终于听明白，沉默片刻说：“这些年，小来一直都在电话里打听你。”

“谁让你告诉他的？”她把怨气撒到母亲那里。

“他是我儿子。”母亲不回答，只这样说了一句。

她一下没了脾气，她不能阻止母亲和儿子的交往，就像她不能阻止他来这个城市这所大学一样。她只是生气，觉得他在欺负她，从10年前的逃跑到10年后的跟随，都是他在欺负她。

于是就不理他。他们不在同一个班，也不在同一个楼层上课，她尽量躲着他不见。但很多时候是躲不掉的：下课，她会看见他在楼道转角处站着，看见她就喊一声她的名字；去餐厅吃饭，正排着队会被他一把拉出来，把已经买好的排骨米饭塞给她，然后自己转身就走；她一直对方向不敏感，重庆的街道又过于繁杂，发愁出去买日用品，他总会把买好的东西托了楼道管理员送上去……已经过了10年，他什么都记得，记得她不认识路，记得她喜欢什么颜色的毛巾，杯子的图案……

她依然不理他，却无法生硬拒绝这一切，他也正是料定了她在某些时候不好意思做得太过分。但是她没想到，一来二去，大家当他在追她。也难怪，没有人知道他们是兄妹，岁月改变了彼此的面容，已经不像了。而那些年，她也从不对任何人提起她的家，还有他。那是她心里藏匿的让她疼痛的秘密。

她也不解释，就那样耗着，不理他。

转眼过了一个学期，寒假前，她刚报名买集体票，他就在教学楼的楼道等她，塞了一张票给她，是回家的卧铺。她忽然有些愤怒，那些年，母亲坚决不要父亲一分钱，她和母亲的日子略显拮据，来上学，她坐了十几小时的硬座，现在，他却送她一张卧铺票。敏感的她一下在那张票里读出怜悯的味道。

这次，她没有沉默，而是快速追上他，一把将票塞到他手里说：“我不稀罕。”

“小未。”他在她身后喊了一声。她头也没回地走了。走出很远，才发现自己竟然流泪了。那么多年，除了他，没有人叫她小未，所有人都叫她陈嘉未。

但是她却不能原谅他——她为此难过。

五

终归是坐了半价的硬座回了家。寒假里，他打过电话，她已经能够在母亲的口吻中听出来。但是她什么都不问，母亲想说些什么，看她的表情，又顿住了。

开学又一个人走，漫长的路途，纵然她年轻也感觉疲惫。拖着行李走出出站口，看到他在那里等着。她朝另一个方向走，他追上来，一把抢下她的行李："你自己回去吧，行李我给你送过去。”一边说一边快速拉着她的行李跑开，生怕她追上去夺。

行李很重，他的身影明显有些踉跄，她的心一酸。没有去追他，自己一个人坐了公交车回去。到宿舍时，她的行李已经被送到了，还有她爱吃的小香蕉。室友打趣她："那小子够执著的啊，你这么冷落他还如此坚持。”她笑笑，行李收拾好，看着那串香蕉发呆。

之后，他却不再那么频繁打扰她，不再跟在她后面喊她的名字，替她买饭或者送东西给她。只是在她生日时，他送了一个精致的音乐播放器，一张小字条：是我打工赚来的钱买的，你可以收下吗？就当送我的生日礼物吧。

她感觉到心底固守的怨怼，已经开始一点点融化。那天也是他的生日，他不要任何东西，只要她收下他的礼物。播放器里存储了很多她喜欢的歌，第一首是“生日快乐”。她听着，想起来他说是打工赚来的钱，她恍然，难怪那段时间不太看见他。

她开始偷着打听他在哪里打工，后来辗转打听到是在一家西餐厅当服务生。终于没有忍住，周末的夜晚，她撒谎说自己过生日，拉了要好的室友去了那家离学校不太远的西餐厅。周末，他应该是在工作。

很大的西餐厅，两层，她想了想，去了二楼一个不起眼的角落坐下，其实有些心疼食品的价格，给室友要了东西，自己要了份最便宜的套餐。

吃得心不在焉，四下探望，并没有看见他，也不好到下面去找，只好很快把饭吃完。

离开的时候穿过一楼时却遇见了他，确切地说，是她看见了他，看见他正站在那里微微弯曲着原本挺拔的身体跟一个中年男人解释着什么。男人好像不太高兴，皱着眉头板着脸。他的脸上带着谦卑的笑，声音低低的。但她还是听清楚了，他在不停地说“对不起”。怕他看见，她加快脚步扯着室友的胳膊做遮挡，匆忙离开了那家餐厅。室友说：“刚才那男生好像是……好像是追你那个。”

她没有说话，想着他为这份工作必然承受的委屈，觉得那么难过，多年前，她什么时候让别人欺负过他？回学校的路途，她一直觉得有点儿透不过气。

六

周一，她找出他的电话，打电话给他说要见他。

见了面，他惊喜又意外，还没开口，她先说：“以后你别打工了，你又不缺钱。”

他愣了片刻，鼓起勇气解释：“我知道你不想花爸爸的钱，我要自己赚钱给你买卧铺票。”那张票，他依然耿耿于怀。

她叹口气说：“我不是不想花他的钱，而是我一直怨你们，我恨你们当年走。”

终于说了，对他还有对父亲的怨。她以为不会对他说。说出来，心里莫名轻松了一些。

他低下头来，声音低下来：“其实小时候，爸爸一直很疼我们，你跟了妈妈，我怕我不跟着他，他会难过会孤单。不管他们之间到底发生了什么，他也是咱们的爸爸。我也爱他。”

她怔怔地看着他，10年后，他终于告诉了她当初要离开她跟着父亲走的原因。他说“他也是咱们的爸爸”，就像母亲说“他也是我的儿子”一样的口吻。原来他们之间，的确是这样纠葛不下的关系。而当年她只是因为他的离开怨恨他，从来没有去分辨这些。她以为她是姐姐她的选择一定是对的，可是她现在知道，9 岁时，那个她一直宠的小孩子，其实和她一样，已经被迫长大。

在她的沉默中，他忽然说："你知道吗，小未，这些年，我就是想背你一次，就像当年你背我那样，其实当时，你根本就背不动我吧？"说着，他转过身弯下身体，"让我背你一次吧。"

那是校园里长满绿色植物的回廊，有恋爱中的男生女生慢慢牵手走过。她看着他弯下的并不宽阔却足够坚毅的后背，想起这么多年不管她多么怨，他始终不改初衷地爱着她，甚至在长大后他为她放弃自己的梦想，跟着她离开家乡——她听母亲说了，其实最初他想考医科大学的。可是，他还是不放心她一个人走那么远。

他说："姐，来啊，我背得动你的。"

她忽然就哭了，那是他第一次叫她姐。他们一直都相互喊名字。没错，她是他的姐，这么多年，即使怨着恨着，她也从来没有忘记过他。是她太倔犟。

伸出手放在他的肩上，她俯到他的背上，他一用力将她背了起来。她听见他笑着说："姐，妈说你总说我是逃兵，是吗？"

她不说话，抚摩他毛茸茸的发，轻轻地将落满泪水的脸贴在他温暖的后背上。没错，他是她最亲爱的逃兵，而她，其实也是他的逃兵。

现在，他们都回来了。

请给我一个兄弟姐妹

有两个字，还不曾认得，就已经感受过。

那时我还是个4岁的小男孩，在院里为争秋千和同龄的孩子打架。因为比对方高壮，很轻易把他按到地上打哭了。等他爬起来，一边哭着朝家中跑一边说，你等着，我让我哥来打扁你。

起初很不屑，一个人坐在战胜后赢来的秋千上晃晃荡荡。但忽然觉得很难过，为什么他有哥哥，而我没有？

对，就是那一刻，心底涌起一个小小的孩子还不会描述的感受：孤单。

离开秋千一个人回了家，用挂在脖子上的钥匙开了门。

家很大，柜子和冰箱里有充足零食，玩具放在一个大盒子里，没有人和我争抢。可是没有人争抢的糖吃着并不那么甜蜜，而没有人争抢的玩具，它们分明和我一样孤单，孤单地失去了快乐的意义。

几天后，被我打过的孩子真的领来了他高我一头的哥哥。哥哥轻轻一推，我就坐在了地上。哥哥的手指戳在我的额头上，用很有威严的声音警告我：以后再欺负我弟弟，我打扁你。

我并没有哭，只是坐在地上看着他，又看着旁边曾经被我打哭的此时扬扬得意的小孩，心里有无限渴望，那一刻，我只想要个哥哥。

晚上，不太开心的小孩回去问，妈，为什么我没有哥哥？

得到这样的回答，因为妈妈只能生你一个。

为什么虎子有哥哥？

虎子是我打哭的小孩。

因为虎子的妈妈没有工作，爸爸的工作也是临时的，所以他们偷着多生了一个。

那为什么你不偷着给我生个哥哥……

绕来绕去，妈妈被我的很多为什么问得说不出话来。我得不到想要的答案，最后住了口。

但是那天，我知道了一个词，叫做独生子女，我知道，我，就是一个独生子女。

后来，读了小学，还是不停地纠葛那个问题，直到有一天，终于听得懂这样的解释：中国的孩子太多了，如果我不当独生子女就有可能吃不上饭。虎子的爸爸妈妈那样做，是错误的。并且，虎子一直到上学时才有了户口，以前，是个小“黑孩”。

这是个我可以接受的答案。于是很久，不再问那个问题，而且我也知道了，和我一样的孩子很多，非常多，像虎子那样有哥哥的，很少很少。除非小孩子的爸爸妈妈有本事，会生出双胞胎。

我没有双胞胎的兄弟姐妹，我有些遗憾。并且知道后，很看不起虎子，看不起他们一家人，觉得他们不爱国。

认了自己的身份，也就认了一个人的成长。当我知道“孤单”这个词语的时候，和所有独生子女们一样，我已经习惯了孤单，不再感觉孤单，学会了玩一个人的游戏。一个人看电视，一个人玩电脑。周末一个人去打篮球，冬天一个人去洗澡，并不需要谁来陪伴。

就这样 18 岁生日时，独自完成了自己的成人礼，父母说，以后不再给压岁钱。半年后，考上了大学，独自去了离家几百公里的城市。

同寝室的四个人，三个是独生子女，来自城市，一个来自农村。来自农村的男生叫浩，有个姐姐大他 6 岁。并且，不是像虎子那样是超生的，浩说，在农村，如果第一个孩子是女孩，是可以再生一个的。但是，即使不是女孩，大多家庭也会再要孩子的，不管怎样，都会要。几乎没有城里那种独生子女。

我们同他开玩笑，说他们是违反计划生育，不爱国。

浩就憨厚地笑笑。

后来才知道，浩的家里很穷，他的学费是早几年就去广东东莞的一家工厂打工的姐姐攒下的。他说，那时候，姐姐学习成绩也特别好，可是她知道如果她考上大学，家里就没有钱供我读书了，所以，她就去打工了……浩说这些的时候，有点儿难过。

我们都有点儿难过。

以后，我常常陪着浩去邮局取浩的姐姐每月寄给他的生活费，比我们少很多的生活费，可是不知道为什么，每次陪他去取完钱，他用公用电话给姐姐打电话，用家乡口音很亲昵地喊那一声“姐姐”时，我都很羡慕他，觉得他比我富有很多。

那年年终，浩拿到了奖学金，他拿着钱做的第一件事，就是让我陪他去商场，给她即将嫁人的姐姐买了条大红的羊绒围巾。很贵的围巾，浩买的时候，毫不犹豫。

我在旁边，看他拿着红围巾欢天喜地的样子，被一种久违的孤单感袭击。浩，还有浩的姐姐，他们拥有彼此，真幸福。如果给我一个兄弟姐妹，我宁肯贫穷。

工作后，喜欢上一个女孩。是个极温和极有担待的女子，不像我认识的许多同龄女子那样任性娇气。

后来，知道她竟然有个妹妹。

见了同她很像又比她多份活泼任性的妹妹。妹妹警告我说，如果你对我姐姐不好，可别怪我对你不客气。

小女孩吓唬不到我，我只是诧异，她同我一样的年纪，和妹妹不是双胞胎，也非少数民族，为何她竟然会有妹妹？

问了才知，那时，为了给她生个弟弟妹妹，她的父亲受了处分，母亲为此丢了工作。

为什么非要不可？我不解。

因为，她笑，妈妈说怕我太孤单，她说即使有一天她和爸爸不在了，还有亲人陪伴我。只是妹妹淘气，小时候，我总要让着她。好在现在长大了，她又处处护着我……

原来是这样。若是小时候，我一定会说他们不爱国，可是现在，不知怎么，心里就那么佩服她的父母，为了多要一个孩子，事业也丢弃掉。这姐妹俩，自小到大的生活，自然不像我这样的独生子女一样富裕，也许会争抢一块饼干，一个布娃娃，妹妹还要穿姐姐穿小的衣服，为此哭哭闹闹……可是她们成长的一路，都有人陪伴，从不孤单。

真好。如果给我一个兄弟姐妹，我愿意让着他(她)，被他(她)欺负。

半年前，妈妈患病住院，而爸爸正在日本学习，没有告诉他。我请了假赶回家照顾妈妈，守在医院，没日没夜。她做完手术的那几天，我瘦掉一圈，疲惫不堪。

那晚，妈妈服过药睡下后，因为太累，我反而睡不着，走出病房，在走廊尽头，碰到三个中年男女正在那里边说着什么边抹眼泪。年纪小些的女子后来哭出了声，然后，三个人就抱在了一起，听年纪略长的男子哽咽着说，以后你们还有我，还有哥呢……

我知道应该离开，却怎么都移动不开脚步，就那样站在那里看着他们三个人抱在一起哭。这种相拥而泣的场面，让我难过却又异常羡慕。如同生活的幸福无人分享，生活中的苦难，也注定没有人分担。有一天，我知道我只能独自去承受人世最最悲苦的告别。握不住任何人的手，也没有肩膀可以依靠。

那样的时候，我知道一个兄弟姐妹胜过一切。

可是，我没有。

新年，在电视画面中看到这样一幕，主持人问一个三四岁模样的小女孩，问她新年最想要的是什么?

抱着布娃娃的小女孩歪着可爱的小脑袋想了想说，我想要妈妈给我生个小妹妹，哄她玩。

然后她点点头，很确定地又说了一遍，我就想要个小妹妹。我叫宝宝，她叫贝贝。

主持人把她和布娃娃一起抱在怀里，没有说话，因为，也许她知道，小女孩的愿望，大抵无法实现。宝宝贝贝一路相陪，只是一个孩子天真的梦想。

画面是温暖的新年喜气洋洋的色彩，而看着小女孩纯真的充满渴望的眼神，我忽然流下泪来。这不是一个过分的愿望，给我一个兄弟姐妹，让我人生的苦与乐不再孤单。让我懂得谦让，懂得爱护，让我得到陪伴，得到依赖——我知道一定有很多很多人，和小女孩一样，和我一样，如果能实现人生的一个愿望，我们只想要一个兄弟姐妹。

可是，我们注定了，无法拥有。

好在，我知道以后像我这样的独生子女，是可以要两个孩子的。我知道至少我们的下一代，他们不会像我们这样孤单。只是不知他们是否知道，为了他们的不孤单，为了他们可以拥有兄弟姐妹，曾经有一代人，此生没有兄弟姐妹的陪伴，孤单地生活在人世间。

第四辑

曾经路过你的怀抱

哥，我是小贝

一

从6岁到18岁，整整12年，她拒绝听到董小宝这个名字。每次父母一提起来，她立刻发怒，不许提他。于是他们对视一眼，无奈住口。

父母不是亲的，是养父母，她跟着他们的时候，已经6岁，什么都记得。

养父母都是好人，老实本分，心地善良，虽然他们有自己的亲生儿子，但对她一如己出。只是家里经济状况不是太好，养母没有工作，一家人的生活都靠着养父。养父只是棉纺厂的一名电工，做了半辈子。

其实，她很小的时候就和养父熟悉了，只是那时候，她叫他叔叔。曾经，养父和她的父亲是同事，关系很好，住得也近，夏天的黄昏，两个男人经常一起喝点儿小酒。菜不丰盛，可是男人们总喝得津津有味。那时候，她常常围着桌子讨点儿东西吃，董小宝总说她，没出息。

董小宝比她大8岁，当年，母亲还在乡下，有了董小宝，过了些年，母亲也进了城，才有了她，她叫董小贝，小宝小贝，他们是父母的一对宝贝。只是父母，没有能够等到这对宝贝成材成器。

她6岁那年的清明节，父母回乡下老家给爷爷奶奶上坟，再也没有能够回来。乘坐的客车出了车祸，父母一同遇难。

6岁，她尚且不能阅读人生苦难，只是为父母的不再归来任性哭闹。14岁的董小宝，已经和父亲一样高的倔犟少年，紧紧把她箍在怀里，不哭，不闹，只是紧紧箍着她，直到她哭累了，在他的怀里睡去。

父母的丧事，包括养父在内的一些同事帮着料理了。她不再哭闹，但总是追在董小宝后面要找爸爸妈妈。她不爱吃董小宝做的半生不熟的饭，不喜欢董小宝洗完后皱皱巴巴的衣服，不喜欢董小宝给她梳得乱七八糟的头发……

那天晚上，很晚了，她不肯睡，爬起来又一次扯着董小宝："我要妈妈。"

董小宝忽然把她从被子里扯出来，用力握着她小小的肩膀："妈妈死了，别再找她了，他们都死了，不会再回来了！"

董小宝的声音很大，大到让她因害怕而住了口。然后，几乎是在一刹那，她明白了死亡的含义。她知道了她的爸爸妈妈不会再回来，知道了她的世界里，从此只剩了董小宝一个人。

董小宝猛然扑在床上，号啕大哭。那是父母离开后，她第一次听到他哭。

反倒是她没有哭，然后，慢慢俯下身去，趴在董小宝的背上，用她的小手，紧紧抱住了他的身体。

他和父母一样温暖的身体。

二

她开始像依赖父母那样依赖董小宝，上学，她要他送，放学，他一定得来接。董小宝读书的中学离家远一些，她放学又早，很近的路，自己却不肯回去，宁肯在学校里等着他。

每天下午，董小宝骑着单车一路风驰电掣，赶到她的学校门口，总是满头大汗。

然后，她就牵住董小宝的衣襟再也不松开。她不再挑剔他做的饭，总是大口地吃。皱巴巴的衣服，她穿上后自己扯平。董小宝不会编辫子，她就散着……她跟在他后面，一声一声地叫着哥。不再哭闹和任性——小小的她从来没有对他说，从她知道父母真的不再回来那一刹那，她的内心就开始被一种恐惧填满，她害怕有一天董小宝也会离开她。

那种恐惧感，让一个6岁的小女孩变得乖巧顺从。

可是她如何都没想到，尽管如此，董小宝最终还是丢弃了她。

很多年后她想起来，依然觉得那一天像一个巨大的阴谋。

那天是周末，一大早，董小宝破天荒地用了半个多小时耐心地给她扎了两个小辫子，穿上不知他什么时候为她买的新衣服。然后，带她去了公园，并坐了她眼馋了许久的那个旋转木马。他还买了她爱吃的冰激凌，把小零食塞满她的小背包……

那天，巨大的幸福感让她丧失了一个孩子的警惕，她欢快地在那一天忘记了父母忘记了恐惧。吃饱了，玩累了，她趴在董小宝的背上睡熟了。第二天早上醒来的时候，她躺在别人家的床上，而董小宝已经不见了。

他把她送了人，在给予了她一整天幸福的假象之后，他抛弃了她。当她明白过来的时候，一种比失去父母时更大的绝望瞬间淹没了她小小的心。

没有哭闹，没有说话，她在绝望中傻掉了。然后，她小小的心里便涌起了无限的恨——她听大人讲过故事，她知道有些坏的家长，会卖掉他们的孩子。她认定，她被董小宝卖了，然后，他拿着卖她的钱跑了，不要她了。

她一直叫婶婶的女人抱着她，喊着她的名字，小贝，小贝。

那声音像母亲，她却做不出任何回应，小小的拳头紧紧攥在一起，攥出了密密的汗水。

三

在知道董小宝和父母一样不会再回来后，她迅速地接受了彻底被改变的生活。那种迅速，长大后她知道是一种悲伤的妥协。

曾经的家，不远，可是已经不是她的家，里面住进了别的人。她从门缝里偷偷看过，以前家里的家具，也都不见了。

董小宝，他把什么都卖掉了。他是用那些钱里很小的一部分给她买了新衣服和零食吗？然后他又卖了她，跑了。

她认定是这样的，但是她不问。她也不许养父母说起一个字。他们一说他的名字，她就大喊大叫。

老家来过人，姑姑和舅舅，在和养父母说过些什么后，摇摇头离开了，以后，再没有人来。她过了6岁生日，开始改口叫他们爸爸妈妈。

她主动学习了做家务，洗自己的衣服，站在凳子上洗碗、擦地板——他们并不让她这样做，可是她愿意，抢着去学去做。她知道她必须这样，要乖巧，懂事，顺从。即使他们对她好，她也要那样做。她知道这不是她的家，他们不是她的亲人，在董小宝离去后，她已经彻底丧失了一切撒娇和任性的权利。

她敏感而又隐忍，在新的家里，像个小大人一样谨慎，看着大人的脸色微笑或沉默。她又有了一个哥哥，那男孩大她两岁，很顽皮，有时候会偷偷欺负她。她叫他哥哥，从不告状也不抗议。那不是她的权利。

有时候，她听见养父叹气，那叹息里，是怜惜，也是无奈。

好在，养父母是爱惜她的，会在她每一年长高的时候，为她添置新衣。好吃的，也总会给她留下。她对他们，有爱，更多的是感激。她从来不会提任何物质要求。她怕欠他们太多，她只想快点儿长大，努力学习，能够自己养活自己，并偿还他们的爱。

可是成长，在年少的时光里，总是显得如此漫长。

四

养母又一次提起董小宝时，她已经13岁了。读初中一年级。

那天晚上，她帮养母缠毛线，缠着缠着，养母忽然说："小贝，小宝他……"

面对这个名字，她已经不再像很小的时候那样大声叫喊着拒绝去听。低着头，她小声说："不说他。"

"你这孩子，就是倔。"养母停下手里的动作，"这些年了，你不想他？那时候他那么小，怎么养活你？"

她抿着唇不说话。是的，她不想他。她想起来心里就是恨，恨的感觉不好，她宁肯不想。于是又说："妈，别说他。"

养母就又叹口气，还想说几句，但她已经放下毛线转身进了自己的小屋。

没错，她恨他，她不怕跟着他过艰苦的日子，哪怕不读书，和他一起去讨饭。但是他打碎了她最后的幻想，带走了她对最后一个亲人的依赖。那对她的摧毁太彻底。

她就这样慢慢长大，顺从地在命运安置给她的生活里，看上去，是个听话、懂事性格平和的女孩。但内心，永远是一个绝望的黑洞，无法被光阴填补。只剩了顺从的认命的悲哀。

为此，她不能原谅。

五

16岁，她以全校第一名的成绩考入高中，大她一岁的哥哥在读高二。

一年后，哥哥面临高考时，养父下岗了，在菜市场租了个摊位卖青菜。那天晚上，她做功课累了，到客厅倒水时，听见隔壁养父母的卧室里，哥哥正对养母说："我不管，反正我得上大学。"

"哪有那么多钱供你们俩？"是养母的声音。

"小贝可以不读。"哥哥嘀咕一声，"女孩子以后嫁人就是了。"

"不行！小贝成绩比你好，她能考上好大学。"养父声音不大，但是很坚决。

哥哥还说了些什么，她已经退回了自己的屋子。什么都不想再听，她在那一刻打定主意，让哥哥去上大学，她读完高中就出去找工作。在最后的亲人把她抛弃后，他们给她的，已经太多。她不想再让他们为她付出更多。

表面上，她不动声色，上学，放学，帮养母做家务，偶尔一起看电视聊天。周末，会去菜市场帮着养父看摊——不知情的外人，都说养父有个漂亮懂事的女儿。

这样的时候，养父笑，不说话。她也笑，不说话。

然后哥哥参加了高考，成绩下来，没有过分数线。

那天晚上，为复读的问题，哥哥和养父发生分歧。

她说："爸，让哥哥复读吧。"

"他不是念书的料，成绩没你一半好，"养父说，"你别管。"

她笑笑："爸，男孩子是需要学历的，我读完高中就可以了，女孩子生活负担小，我找份工作，总能养活自己。"

"那怎么行？"养父态度很坚决，"你必须上大学。"

她同样坚决："我不考，我决定了。"

正争执不下，养母从厨房走出来："小贝，你必须考，你知道吗？这些年，小宝已经给你攒够了学费，你必须考大学，别辜负了他，他不容易。"

她愣住了。

六

12年后，她终于第一次让自己重新在记忆里寻回了董小宝这个名字。

当年，他是自知一个14岁的少年根本没有能力爱护好一个6岁女孩的成长，才做出了那个决定。他把房子卖了，将钱交给了养父母，让他们给她一个家。他知道他们是好人，会照顾她爱护她。他跪着恳求他们，并承诺他会在经济上负担她的生活。他只要他们以父母的名义给她一个家。

养母说："这些年，你花的都是小宝给的钱。从你读中学开始，他每个月都会寄一些钱回来。这些钱，我们都给你攒下了，足够你读大学用了。是爸爸妈妈没本事，这些年，让你跟着我们受委屈了……"养母再说不下去，握住她的手，哭了。

她想起13岁那年夏天，养母提起董小宝，被她拒绝。她想，那天，是因为他寄回了钱养母才说的吗？那年，董小宝应该是21岁。这些年他在哪里？如何生活的？他娶媳妇了吗……

她的心里一下被太多问题噎得满满的，那些问题一点点填补着她心里那个深深的黑洞，随之而来的，是被亲人所爱的巨大的幸福感。原来，董小宝从来没有抛弃她，原来他一直在爱她，以她当年所无法去理解的方式。

可是他在哪里？钱，寄自广州，没有更具体的地址。邮戳上的邮局地址甚至是不固定的。

她满脸泪水，感觉到一种充满着疼痛的幸福。

回过身去，她抱住了养母。然后他们一家人，抱在了一起。她在他们的怀抱里，重新拥有了想念。

七

一年后，她考上了大学，去了那个有凤凰花的城市。

报到后的第二天，她去报社发了一个寻人启事，连续刊登了一周。

几天后，有热心读者给她打来了电话，说认识一个叫董小宝的人，是出租车司机，二十七八岁，个头很高，眉角有一道浅浅的伤疤。问是不是她要找的人。

她忽然想起那年冬天，她因为顽皮像男孩子一样爬上了树，却怎么都不敢下来，董小宝在下面伸着手，要她勇敢地跳下来，他一定会接住她。

最后，她松开了抱着树干的手，跌到了董小宝的怀里，书包上的铁扣划伤了董小宝的眉骨，划出一道深深的血痕。她吓哭了，董小宝一手捂着出血的伤口，一手牵着她说，小笨蛋，没事儿。

那天回到家，面对父母的追问，她吓得不敢吭声，牢牢攥着董小宝的手。于是董小宝轻描淡写，撒谎说和同学打架了，于是包扎好伤口后，他被罚站两小时。

那以后，董小宝的眉骨就留下了一道浅浅的伤疤，总是开玩笑吓唬她，以后娶不到媳妇，让她赔。

小小的她为此笑个不停，笑董小宝说要娶媳妇……

她的眼泪忽然就掉了下来，在对方的追问声中，她点了点头，轻轻地说，没错，是他。

八

那天下午，她找到了那家出租车公司，在员工资料中，她看到了董小宝的名字，他的年龄、电话和住址。

第二天早上，她早早地等候在一个路口。大约十几分钟后，她看到巷子里缓缓驶出一辆尾号为 38 的出租车。

她微笑着伸出手拦下了那辆车。

那天早上，她穿一条白色的棉布裙，裙有宽大的小摆，长及脚踝，却收着小小腰身。头发顺顺地披在肩上，一张脸干净清爽——许多年后，她依然记得，那是董小宝曾经喜欢的女生的模样。他曾牵着她的手偷偷指给她看，对她说，看，那个姐姐是不是很漂亮？

她不知道现在，董小宝的喜欢是否已经改变。她打开后门，坐上车。轻轻将车门带上。

前面的男子，在后视镜中看了她一眼，用地道的广州话问她："姑娘，去哪儿？"

她用家乡话回答:“回家。”

对方一愣,回过头来又看她一眼:“你家在哪儿?”

没错,是他。13 年后,27 岁的董小宝依然有着年少时锋利的轮廓,倔犟的唇和略略不羁的眼神。还有眉骨那道浅浅的伤疤,是为她留下的,她曾不止一次用小小的手去抚摩,盼望可以抚平它。

她掩饰着内心激烈的跳荡,微笑:“你知道我家在哪儿!哥,我是董小贝。”然后她伸出手去,轻轻抚摩他眉骨的伤疤。

她感觉到了他的身体轻轻颤抖了一下。然后,她听见了后面的汽车鸣笛声。可是他好像什么都听不到,只是看着她。

他们就在一片抗议的鸣笛声里彼此看着对方,深深地看着,目光缓缓穿过了 16 年的漫长光阴,回到了他们最幸福美好的童年。

他不舍得，你舍得

一

看着李宣拂袖而去，焦急中，陈航暗自推了清浅一下。

清浅看陈航一眼，稍稍犹豫，但看着陈航焦急的眼神，还是抿抿唇，转头追了出去。

短短两次交往，陈航感觉得出来，李宣对清浅有好感，是一种职业好感，也是一种男人对女人的好感。而对一个男人来说，产生两种好感都很正常，清浅年轻漂亮又不张扬，有极好的品性，并且聪慧，这份李宣公司的装修设计方案便是出自她的手，非常完善周到又别具风格，清浅真的算得上陈航公司里最有才气的设计师了。

本来拿着这份设计方案陈航志在必得，没想到出门就遇见塞车，一堵就是接近一小时，结果比双方约定时间迟到了 13 分钟。

就是这 13 分钟的等待，让李宣失去了耐心，虽然其间清浅一直在旁边小声地解释，为陈航开脱，但一直对时间很严谨的李宣，还是否定了陈航的诚意，他告诉清浅，一个有心的人，应该想到所有的可能，他连堵车这点儿小事都计划不到，让我怀疑他的能力……所以在陈航进门的时候，正好碰上李宣拂袖而去。

陈航知道问题在自己这里，他太想挽回，为了这次合作，全公司的人已经没黑没白地奋斗了一个多月，尤其清浅，不知道更换了多少种设计方案，直到大家都觉得已经无懈可击，没想到竟然因为塞车……现在后果难料，陈航颓丧地坐下来。

等了半小时，清浅终于回来，陈航急急地追问：“怎么样？”

清浅端起杯子喝了口水：“李宣答应先看看设计方案再说。”

陈航这才微微松了一口气：“清浅，辛苦你了。”

清浅笑笑，没答话。陈航还要说什么，电话响了起来，是租用的写字楼的房东来催下季度租金，陈航好脾气地解释、允诺。清浅听着，叹口气，走了出去。

二

陈航的装修公司成立于半年前，彼时，他毕业两年半，一直在别人的公司里打工，掌握了一些工作经验后，决定成立自己的装修公司，当初学室内设计，陈航心里就是有大志愿的，绝不是为了给别人打工，不过是在等待时机。

两年多的经验、自己的积蓄加上家人朋友的资助，半年前，陈航的公司终于成立起来。

但创业非常艰难，大半年时间过去，陈航也只揽到了几份小活，其中还有两份是清浅靠着关系揽到的，所得利润，也只勉强维持公司运转，员工领了工资，陈航自己留下的也就只剩生活费了。常常还被房东催租。所以李宣公司装修的这笔大业务，陈航极其盼望能够得到。如果事情办成，公司可以翻身了。

陈航很清楚，现在，唯一的希望在清浅身上。

晚上，陈航和清浅一起吃饭，陈航想着该怎样说，毕竟公司是他的，作为一个设计人员，清浅做得实在已经足够，陈航有些开不了口……这样迟疑着，他顺手给清浅夹了一只虾仁。清浅却说：“你吃吧。”然后两双筷子碰到一起，虾仁掉下来，两个人忽然都沉默了。

片刻，陈航偷着看看清浅，忽然有些难过，清浅明显瘦了，原本有点儿圆润的脸庞瘦下去一圈，眼睛显得更大了。公司成立以来，马不停蹄的不仅仅是陈航自己，也许当初，真的不该……可是现在，陈航觉得自己只能朝前走，并且成功。因为，他是男人，他觉得男人就应该这样。并且，困难也只是暂时的，只要能挺过去，一切都会如他期待得那样好起来。

于是陈航没有提李宣的事情，只说给清浅勾画的未来。清浅始终很平静，看上去对陈航勾画的美好前景并没有太过神往，后来她笑着把盘子里剩余的虾仁拨到陈航碗里:“赶紧吃饭吧,明天还要战斗呢。”

“嗯,继续战斗。”陈航笑着端起碗来。这几个字,让他心里塌实起来,他知道,清浅这样说,就是已经同意了,和他继续一起努力。

三

但是一连三天,李宣那边没动静,清浅那边也没有任何反馈的信息。到了第三天,陈航终于忍不住,打电话暗示清浅问一问李宣那边的情况。

清浅没有在电话里多说什么,含糊了两句挂掉了,过了一会儿,清浅过来同陈航说:“李宣问我中午是否有时间一起吃顿饭。”

“你答应了吗?”陈航有些急切,他看到希望越来越大,但这希望的确全部压在清浅手上。

“我……还没有。”清浅明显犹豫,我觉得他应该找你谈才对。

陈航知道李宣应该找他,又何尝不知李宣醉翁之意不在酒,但现在不是较真细节的时候,现在,他要的是结果。

陈航轻轻拍拍清浅的肩:“方案是你设计的,也许他觉得同你说更直接一些。”

“是这样吗?”清浅张大眼睛看着陈航。

陈航忽然有些心虚,声音也低下来:“应该是吧。看上去,李宣是个很认真的人。”

“那我去吧。”清浅又习惯地抿抿唇。

陈航刚刚绷着的心再度松懈下来,看着清浅朝外走时叮嘱了一句,有什么问题打电话。

清浅已经走了出去。不知道听没听到他的话,但没有回头。

四

那天中午,陈航心里一直忐忑,有些食不知味。中间偷偷给清浅发了两个信息,问那边情况如何,清浅都没有回。自然,他不好冒昧直接打电话过去,而清浅,整个中午也都没有电话打过来。直到下午三点多,清浅终于回来了。

一见面，陈航便着急追问："怎样了清浅，谈得怎样？"

"还好，"清浅的神情依然平淡，"他谈了谈设计方案中几处小问题，然后又带我去现场重新看了看，修改了方案中的几个细节。对不起啊，我电话调静音了，没有听到你信息。"

"没关系的。"陈航压制着内心升腾的欢喜，这单业务看来快要到手了，李宣一定是有意向了，不然不会去做一些无用功。他笑着对清浅说："事情成了，给你记头功，说吧，要奖金还是别的？"

"陈航，你觉得我是个很在乎金钱的女子吗？"清浅笑着问了一句。

陈航哑然，他只是想开个玩笑活跃一下气氛，也真心想让清浅知道他的感激，没想到清浅会这样反问。当然，清浅不是。这一点，他最了解。陈航尴尬地说了声对不起。又说："清浅，这些日子，委屈你，我心里都记得。以后境况好起来，再不会让你受委屈了。"

"希望吧。"清浅轻轻地说，那样的口吻，落在陈航耳际，有些怅然若失。但那种感觉也只是稍纵即逝，他现在需要做的，是尽快筹备力量备战这次的新任务。

五

终于又和李宣见了面。

对这个男人，陈航心里是有些嫉妒的，一个男人对另一个男人的嫉妒。李宣不会超过30岁，同样年轻英俊，却比他成功百倍，没有办法，李宣有个好家庭，子承父业。

上次的不欢而散，谁都没有提。陈航拿出了李宣提出修改后的方案，李宣没有再细看，对陈航说："希望让清浅来做设计总监。"李宣用了陈航用过的理由——方案是清浅设计的。

"当然可以。"陈航一口应允下来，才想起回头用目光征求清浅的意见。

清浅却将目光移开了，但并没有反对。

李宣似乎察觉了这微妙的气氛，又问一句："清浅，可以吗？"

清浅回过目光："当然。"

陈航的心彻底落下来，甚至在那一瞬间，有种失重的轻松感。

因为失而复得的大好机会，那天晚上，陈航请员工吃了饭。

效益低迷，公司从没有这样热闹，陈航比谁都兴奋，也第一个喝醉了，端着酒杯绕到清浅身边，一只手握着清浅的肩膀，含糊地说："清浅，等这笔装修做完，我，咱们……"

清浅轻轻推开陈航的手，站起来，阻止了陈航后面的话："陈总，你喝多了，别再喝了。"然后借口有事，清浅先走了。

陈航却没有听清浅的，在清浅离开后，他彻底把自己喝醉了，是太多天的压抑得到了释放，也是真的为事业的突破而兴奋，陈航刻意地想醉这一场。

六

装修紧锣密鼓地进行，那段日子大多时间，清浅在装修现场。为了方便，李宣干脆把司机借给了清浅带着工人来回跑。

陈航没事就会去看看，李宣偶尔也在。有一次，陈航看见凌乱的装修材料中竟然有一束艳丽的百合，随口问清浅："谁买的？"

清浅头也不抬："我，装修气味太大了，我想闻闻花香。"

陈航有些惭愧，这工作真不该是女孩子做的，但李宣认准了清浅，他有什么办法？好在装修进展很快，三个月后到了尾声。李宣果然大气，没有等工作完工，就把所有的费用打进了陈航的账户。

那是陈航开办公司以来的第一笔大收入，他计划好了，付一年房租，给员工发点儿福利，然后，去买一枚小钻戒。

现在的陈航，觉得最需要的就是一枚小钻戒。

七

暮春，装修终于结束。陈航将清浅喊到自己的小办公室，主动给连轴忙了三个多月的清浅放大假。告诉清浅，想几时回来上班就几时。

"是吗？如果不回来呢？"清浅冷不丁开了个玩笑。

陈航愣了一下，随即笑："不回来也成，大不了……"

清浅打断陈航:“但是,我真的不会再回来了,因为,我要和李宣结婚了,陈航,你不想送我一个祝福吗? ”

“清浅,开什么玩笑?! ”陈航一下子站了起来。

“没有开玩笑,我们已经登记了。陈航,我只是个平凡的女子,希望被珍惜。当初,李宣并不觉得咱们公司更有优势,他选择你,是因为他怕合作不成你会为难我。他不让我一直待在那里监督,是我坚持要为你做最后一件事,他没办法,只好天天买了花过去……他不是我的谁,却从不舍得我为难,但是,你舍得。他,比你懂得珍惜我。”清浅说完,笑了一下,转身走了出去。

陈航被牢牢定在清浅离开的空间里,许久,直到午后倾斜的阳光照进宽大的玻璃窗,刺痛了他的眼睛。陈航才意识到清浅说的是真的,她从来不开玩笑。

慢慢走到窗边,看着车水马龙的城市,陈航终于哭了。

清浅,是陈航的女友,他们相识于大学校园,已经恋爱六年,清浅曾经深爱陈航,当初陈航成立公司缺乏资金,清浅四处借钱,并辞去了稳定的工作去了陈航前途未卜的小公司,和陈航一起同甘苦,并一度为陈航隐瞒了身份……是陈航自己,用贪婪将如此美好的女子和如此珍贵的爱情,送到了别人怀里。

不为情敌，且为闺密

一

和钟迪见面之前，叶苏特意去买了运动鞋和休闲裤。当时脑子就那么一热，想起几个字：情敌相见，分外眼红。见了面万一动起手来，这样的装扮方便施展拳脚。

不过走在路上，风一吹，叶苏立刻就感觉出了自己的弱智，什么年头了，还用打架的方式来解决问题？何况，是两个如花似玉的女子——叶苏虽然没有见过钟迪，但感觉应该是个美女。叶苏自然信得过自己的相貌，再者也都是受过高等教育的人。

叶苏越想越懊悔，回去换衣服，看看时间，已经来不及了，她不想让对方觉得自己连遵守时间的起码素质都没有，何况，真去晚了，没准钟迪会以为她心虚。

也只好就那身打扮去了。

钟迪约的地点在解放碑附近，一个咖啡馆。

叶苏初听见面地点时有点儿不屑，从读高中就在国外晃荡的叶苏，什么咖啡馆没见过？什么咖啡没喝过？装小资！还不如约在肯德基来得实惠。

很明显，叶苏对钟迪有敌意。

二

午后的咖啡馆，没几个客人，12月的阳光懒洋洋地照进玻璃窗。凭直觉，钟迪应该坐靠窗的位置，叶苏就朝窗边看过去。

果然有个女孩子，和叶苏相仿的年纪，长卷发，白色小皮草上衣，非常漂亮。

看到叶苏，女孩站起来，因为过于瘦高看上去有些单薄。如果这是钟迪，单从相貌上看，钟迪比她漂亮，好在，没有她的身材凹凸有致。

叶苏 16 岁就长成了一副魔鬼身材。凯来曾这样赞她：可以醉在你的曲线里。

这曾是让叶苏极其受用的甜蜜情话，但现在面对钟迪，叶苏有些懊恼，不知凯来是否也曾赞这女子，可以醉在她的眼波里。

钟迪的眼睛真好看，烟波浩渺的。而且，钟迪显然比她有脑子，衣着那样得体从容，不像她，生生用一套休闲装把自己的好身材埋没。

叶苏越发丧气，索性停下脚步，站在离钟迪两米左右的位置，等着她先开口。甚至，她忽然暗暗希望这女子并非钟迪。

只是这希望很快破灭，对方上上下下将叶苏打量了几个来回，笑问："叶苏？"

钟迪笑起来也甜，叶苏也跟着笑，点头："是我。"

这一来一往，颇有点儿一笑泯恩仇的味道。但叶苏心里清楚，她和钟迪都在装。钟迪约了她，绝不是来和她泯恩仇的，要么是讨伐，要么就是示威。

叶苏也一样。相遇在叫做"情敌"的路上，哪有那么容易就泯了恩仇的？

没错，她们是情敌，让她们成为情敌的，就是凯来。

三

如果不是钟迪找到叶苏，无论如何，叶苏不会想到在她和凯来中间还有一个钟迪的存在。

叶苏认识凯来大半年了，那时候她刚从国外完成学业回来，和朋友聚，朋友中就多了凯来，是送其中一个男生过来的，后来被他们留下一起吃饭唱歌。

凯来是东北人，在一家酒店做副理。人帅歌靓。而且，凯来细致，那么热闹的场面，因为开车坚决滴酒不沾。送叶苏回去，一直站在楼下等叶苏进了家在窗口打了招呼才离开。

有点儿欧洲男人的绅士做派。

彼时，在国外待了五六年的叶苏刚回国，为避免以后必然的分崩离析，之前并没有正式谈男朋友。对凯来，竟有一见钟情之感。

凯来且又是那样周全聪慧的男子，分开后，会有适时的电话和信息，没过几天，就又见了面，带着叶苏去吃火锅，吃得激情四射。

之后，电话信息网络，感情渐渐升温，不想，恰升到快要水到渠成时，就蹦出一个叫钟迪的女子来。

四

起初，叶苏以为钟迪也许是故人，那几天钟迪不断发出信息请求加她为好友。非常坚持。

后来叶苏就加了，谁想钟迪一开口吓了她一跳。

钟迪说：凯来是我的男朋友。

叶苏先是觉得钟迪在撒谎，但很快明白了竟是凯来在玩劈腿游戏。钟迪发来的聊天记录里，和她说的话跟同钟迪说的，几乎如出一辙。

但，怎么可能？叶苏想了想，除了出差，她和凯来从来没有超过两天不见面，她不是愚笨女子，如何会感觉不到？一时间，叶苏的自尊心大受打击，就说了句，你和他以前的事，我不想追究。

钟迪说，谁告诉你我是他的以前，我们几小时前还在一起……

两个人就这样争了起来。后来钟迪说，算了别争了，还是见了面说吧。这样说不清楚。

于是，当天就约了见面。叶苏想见见也好，如果是误会，她没必要找他兴师问罪，若是实情，再找他不迟。

五

于是，就和钟迪见了。

打过招呼，钟迪伸出手来做邀请的姿势：“请坐，喝点儿什么？这家的卡布奇诺不错的。”

幼稚的卡布奇诺，叶苏想，可是，鬼知道，却偏偏是她最爱喝的，甚至，她已经嗅到钟迪面前那杯咖啡诱人的香。令她无法拒绝。

虽然都在掩饰，敌意还是很明显。卡布奇诺的香甜里，弥漫起唇枪舌剑的紧张气息。

后来，叶苏先沉默了。原因很简单，她忽然发现钟迪的讨伐是有资格的，她有太多证据证明认识凯来比她更早，并且，他们在所有周末住在一起。正是因为拿着凯来住处的钥匙，钟迪才会因凯来的疏忽大意，在他忘记关闭的 MSN 中知道了叶苏的存在。而凯来一直告诉叶苏他和别人合伙住单位公寓，他更喜欢带着她满大街地乱逛。

并非不是叶苏或钟迪不够敏感，而是这个男人实在两边掩饰得太好，叶苏疑心他根本是精心列好了时间表来分配他的情感的。甚至，他还精心到让她们没有任何交集点。他同叶苏用 MSN，同钟迪用 QQ，钟迪和叶苏认识的他的朋友，没有共同的。

叶苏掌心里出了一层冷汗，若不是他大意疏忽，恐怕还会继续在她们两个人之间这样游刃有余地游戏下去。

而钟迪的讨伐也随着叶苏的沉默瞬间偃旗息鼓，叶苏知道，钟迪虽然证实了自己的身份，但其实输得更惨，两年半，20 岁到 22 岁，哪个姑娘还能再重新有一次这样华丽的两年半？

钟迪突然骂了句脏话，如此漂亮声音温柔的女孩子，吐出那句话来，如此让叶苏意外。随即叶苏笑了，忽然觉得钟迪很可爱，换了别的女孩，早就哭哭啼啼了，绝不会一边愤怒着一边还要把咖啡喝完，才站起来一拍桌子："找他去。"

叶苏主动结了账。

六

没想到那个男人就如有第六感，竟然消失了。电话关机，单位那边说请了半个月年假。钟迪和叶苏分别给她们认识的他的朋友打了电话，没有一个人知道他的下落，这样折腾了一个下午，竟然，一点儿消息也没有。

钟迪关了最后一个电话，颓然蹲到路边："王八蛋。饿死我了。"

前言不搭后语，叶苏一下子笑了。

钟迪突然站起来："吃火锅，爆辣的。"

火锅，爆辣的。叶苏忽然就觉得心里很激动，胃里很温暖。

于是见面三个半小时后，剑拔弩张的一对小情敌一起去了火锅店。要了一个辣锅，两个人异口同声，最麻最辣的。

锅子热气腾腾地上来，对着电话说了一下午，谁都没有了继续开口的力气，只是各自赌气一般拼命地吃。

很快辣出汗来，叶苏一摆手："来两瓶雪花。冰的。"

钟迪抬起头，好看的小脸妆也花了，红扑扑湿润润的，对叶苏说："多来两瓶。"

叶苏就对着服务生喊，来一打。

钟迪大笑，啤酒送过来，也不用杯子，两个人就用瓶子对着碰，颇有些江湖的味道。叶苏忽然有奇怪的感觉，钟迪仿佛相识经年，是如此对路的朋友，都长了一副淑女样，骨子里又带几分邪气。急了会骂人，爱吃辣，有点儿酒量，甚至，还被同一个男人骗。

而在外人眼里，何尝不是如此？

但，她们真的不是，几小时前，她们是想要讨伐对方的情敌，现在，她们是同样受骗的小女人，借着火锅和啤酒发泄委屈。

然后，酒足饭饱的两个美女做出一个决定，无论如何也要找到凯来，看他如何同时面对她们。

七

就这样开始了寻找一个男人的行动。

电话、信息、网上留言、下班后在住处蹲守……凯来却如人间蒸发，忽然踪迹全无，叶苏也曾带着钟迪在她和凯来常去的影院和饭店附近寻找，毫无结果。

重庆太大了。

十天下来，当初斗志昂扬的两个人都有些疲惫。那天，在街上晃荡了一个下午后，钟迪说："去他的狗窝，不信他就不回来睡觉。"

于是就去了，钟迪开了门，叶苏第一次看到凯来生活的另一面。看到门口的情侣拖鞋，还是难受了一下，被骗的感觉真的很糟糕，伤心，还伤自尊，让两个女子同时尴尬。

屋里很乱，钟迪翻看半天，自语，好像真没回来过。

没回来也决心再等一次，没准凯来也会成为撞树的兔子。

钟迪开了电视，还轻车熟路地烧了开水，冲了咖啡——边干活边骂。

咖啡提起了精神，两个人在屋里一直待到半夜，钟迪先泄了气，喊叶苏："走吧，这王八蛋看样子是察觉出来，逃跑了。"

却没想到走到小区门口，遇见两个醉鬼摇晃着从对面走过来。叶苏拉着钟迪朝路边闪躲，他们却还是醉醺醺地跟过来。

到底没有闪开，眼看两个酒鬼到了跟前，而其中一个男人，伸手就去拉叶苏的胳膊。

那晚的叶苏，穿了收腰的羊绒大衣，袅袅婷婷、玲珑有致。

叶苏甩开男人的手时，旁边的钟迪竟然出招了，一脚就踢到男人脸上，动作利落果断。

叶苏顺势拎起自己的包冲另一个人砸了下去……

两个男人同时抱住头，叶苏和钟迪趁机逃脱，跑出几十米后拦了辆出租车。

上了车，叶苏赞钟迪："没看出来，你够厉害的。"

钟迪得意地笑："我练跆拳道，七八年了，我妈就是怕我被坏人欺负。"

叶苏忽然有些后怕，当初见面，要真动手，她可未必是钟迪的对手。

这边叶苏感慨着，却看见钟迪长长叹口气，然后转头问她："叶苏，你觉得，咱们有必要为了一个男人这么穷折腾吗？不就一骗子吗？"

叶苏刚要开口，听见出租车司机说："没必要。"

两个人一愣，然后忍不住大笑起来。叶苏说："师傅您太幽默了。"

八

后来，是钟迪先约了叶苏。钟迪说，跟别的女生吃火锅，没劲。要么嫌太辣，要么不喝啤酒。

叶苏不想白吃钟迪的，于是也开始有来有往地约钟迪去喝她们都说幼稚又都爱喝的卡布奇诺。

然后，就慢慢发展到开始一起逛街。

谁都没有再提过那个叫凯来的男人。好像就那么忘记了。

半年后，瓷器口的一家民族饰品店，钟迪和叶苏同时选中一条项链，钟迪耍赖，跟叶苏说，你送我，谁让你比我大半岁。

叶苏白了她一眼，就这一眼，却顺带着看到门边，牵着一个女子的手走进门的男人。

男人也看到了她们，如白天撞鬼，张大嘴巴，一脸惊恐，一只脚已进了门，另一只脚却开始本能撤退。

叶苏看看钟迪，钟迪看看叶苏，两个人只是那么轻轻扫了男人一眼，又转回头继续刚才的话题。仿佛，从来都不曾认识过他。

那一刻，叶苏知道，她们是真的把他忘记了。

她们曾因他成为情敌，现在没有了他，她们可以做闺密。如何算来，对于女人，做闺密都比做情敌好得多。何乐而不为？

从此不再遇见

一

小团怎么都没想到，自己偷偷留宿公司的事情，第三天就被人察觉了——鬼知道悦然怎么会那么早就去公司，比上班时间整整提前了一个半小时。

悦然进门的时候，小团还在睡袋里做梦。悦然不留神，差点儿一脚踏到小团身上。悦然"啊"的一声，将小团从梦中惊醒。

两个人大眼瞪小眼，小团从混沌的意识中清醒过来，看着悦然，结结巴巴地解释："我、昨晚、我……"

悦然的目光从惊讶到平静，然后到漠然，漠然地掠过小团的错愕和尴尬，绕过她，去到自己挡板隔开的小空间。

小团飞快爬起来收拾起睡袋，塞进电脑桌下面的柜子中，然后手忙脚乱清理地面的小垫子等物品。

隔断那边的悦然很安静，静得仿佛不存在。

小团收拾好东西后，蹑手蹑脚地走出去洗脸刷牙，心里七上八下——公司有严格规定，任何人不得在公司留宿，何况现在小团还是试用期。

小团懊悔起来，真的不该铤而走险，可是，也实在是走投无路了。身上的钱也就勉强够每天吃顿盒饭，拿不出来多余的去租房子。更没有勇气跟父母伸手，家里供她读大学借的钱，父母还在偿还中，现在她终于毕业了，无论如何，也应该自食其力……

如此翻来覆去地想着，小团不免有些悲哀，命运到底是什么呢？公司里，和她同龄的女子，有的非名牌不穿，有的已经有房有车。比如悦然，是和小团一起应聘来的，来应聘时，就开着一辆小轿车，人生真是天壤之别。但万万没料到，自己迫不得已冒险偷偷留宿公司，又偏偏被悦然撞见。

两个新人之间的竞争谁都心知肚明，小团有一次无意听到离自己最近的张姐说，悦然好像是有点儿背景的，但是公司更看重小团的成绩和外语水平，所以才把两个人都招了进来，但最后留下谁很难说……这件事，悦然自然也很清楚，所以，两个人彼此各自偷偷较着劲，平常除了有必要的工作，见面也只是点点头，话都不说，更没有其他来往。

没想到现在，小团却有了这样的把柄落在悦然手中。越想越颓丧，小团在盥洗室磨蹭许久才回去。

二

屋里很安静，小团悄悄探头看，悦然的隔断里空空的。小团走到窗边朝下看，悦然小小的身影刚刚出了写字楼，朝路的对面走去。

上班时间临近，同事陆续进门，有人打趣小团："这么用功啊？又来这么早！"

小团讪讪地笑，撒谎道："刚来……"心里却一直忐忑，不知接下来会发生什么。

差不多同事都到齐，悦然才再次出现，路过小团时，目不斜视。

小团心里有鬼，慌里慌张地主动招呼悦然："早上好。"

悦然转头看一眼小团，笑笑："你好。"

小团觉得悦然那笑容里别有含义，分明是有几分讥讽。

小团颓然，留宿这件事恐怕是瞒不住了。这也怨不得悦然，是自己犯错在先，如果是她，也会抓住这机会把对方挤走的。而更让小团颓然的，还有被悦然无意窥视到的生活的窘迫。那是她一直都想掩饰的。

一整天，小团忐忑不安。

好不容易挨到下班时间，同事陆续离开，张姐跟小团开玩笑："姑娘，别用功了，下班了，赶紧约会去吧。"

小团还是只能讪讪地笑，马上就走。眼神却不安地四下搜寻。

悦然是跟着最后两个同事一起离开的，边走边打电话，好像在商量吃饭的问题，口气中，带着恋爱中女孩的娇嗔，路过小团，依旧目不斜视。

小团在最后一个同事离开片刻后，关闭了空旷的写字间里所有的灯光。窗外暮色四合，深秋的城市黄昏后的萧瑟穿透厚厚的玻璃窗，在一瞬间将小团陷落。

可是，即使秘密被拆穿，这个夜晚，小团依旧无家可归，没有勇气流落街头，还是只能在这里留宿——就这样被黑暗和萧瑟包裹着，小团有了破罐子破摔的念头，就这样吧，悦然什么时候拆穿，自己就什么时候走人，至少这一晚，还可以在此落脚。

这样一想，小团反倒不慌了，借着窗外的灯光，给自己泡了一碗面，吃饱后，刷牙洗脸，然后打开电脑，看了一场电影，铺好睡袋睡觉。

竟也睡得沉实。

三

第二天早上，小团被定的铃声唤醒，爬起来收拾东西，洗脸刷牙吃两片面包当早餐，之后同事陆续到来……一切似乎如常，但小团心底却已经泄了气，对手边的工作明显丧失热情。听着悦然在那边接电话、打电话，声音自信明快，小团更加确定，这场竞争，她是输定了。

于是更加没有心思，结果翻译的一份资料出了低级错误，将两个数据弄颠倒了。上司震怒，将小团叫过去批了一通。小团垂头丧气地站在那里，连认错的信心都失去。

接连几天，小团更加灰心，每次看到悦然，就感觉留宿的事随时都会众所周知。晚上，缩在小小的睡袋里，看着四面林立的一张张拥挤的电脑桌，小团不由得动了辞职的念头，既然早晚是离开，不如主动走，还能留一点儿自尊。

但是还不等小团将这念头付诸行动，过了一个周末，周一大家回来上班时，有人带来了悦然辞职的消息。

小团惊讶不已，怔怔地问张姐："不会吧？干得好好儿的。"

"怎么不会?听说有更好的去处，是咱们公司庙小，容不下这尊'大菩萨'。"

张姐撇嘴。

小团说不出话，她百思不解，这场两个人的较量，悦然已经赢定了，却又主动放弃了，除非……除非如张姐“八卦”的，有更好的去处。但不管原因如何，现在，小团的前途又豁然明朗起来。而悦然离开前，显然也没有将小团留宿的事告密。是不屑说吧，或者在悦然眼中，自己根本就不值得一顾。

小团的自尊心又那么小小难受了一下。

四

悦然离开后，小团踏实了，工作专心起来，上司看到小团，笑容明显增多。最后一小段时间的留宿，小团也更加谨慎，每天早早收拾得不落痕迹，然后主动打扫写字间的卫生，更加博得同事好评。

试用期满，小团顺利留下来，薪水宽裕了一些，小团赶紧在附近找了处房子搬过去，虽是与人合租，终究是不必再提心吊胆。

慢慢忘了悦然，原本印象就浅。

半年后，公司业务扩展，再度招人，小团被派去跑腿，去招聘会收取简历。

第二天午后，小团抱着厚厚一沓简历离开的时候，在拥挤的人流中，意外看到了悦然。

小团停下来，犹豫着是否要打招呼，悦然却刚好转身，也看到了小团——那么长时间了，悦然的目光依然让小团觉得尴尬。她是窥视过小团秘密的人，是目睹过她窘迫的人，在她面前，小团无法不自卑。

后来是悦然先开了口：“你好吗？”

小团笑一下：“挺好的。你呢？”

悦然也笑：“还在找工作。”

小团愕然：“不是说那时候你是有了更好的工作才离开的吗？”

“办公室的那些八卦你也信？”悦然拍拍手中的简历。

小团彻底疑惑：“那当初你为什么辞职呢？”

悦然不语。低头沉默片刻后，抬起头问：“你真想知道？”

“是。”小团坦白。忽然之间，小团觉得，如果传言是假，那么悦然的离开，应该和她有关。

五

于是那天下午，小团知道了悦然离开的真正原因：因为小团工作的心不在焉和情绪的低落，悦然知道了那天无意早去窥视到的秘密，碰触到了小团最敏感的神经，甚至猜测到了小团有可能会为此而辞职。“我觉得这样对你和对我都不公平，没错，我有优越的家境，但这不表示我没有能力，我需要公平的竞争。但我和你之间，从那天早上之后，已经失去了公平，”悦然看着小团，“我想你已经认定了我会把你的秘密告诉领导，不是吗？所以你先不战而退，而我不稀罕那样的胜利，我工作能力并不比你差，虽然我现在没有找到更合适的，但我相信我还会有机会！小团，希望我们以后不要再遇见，你可以把那个早上彻底忘记，我不会做那个早上的见证者，永远不！”悦然说完，转身离开。

小团说不出是感动是羞愧还是歉疚——是自己的自卑和自以为是，毁坏了两个人之间的公平。而虽然悦然没有说，小团还是明白，悦然的离开还有一个原因，因为那个早上，悦然知道了小团比她更需要那份工作。

悦然，谢谢你。看着悦然娇小的身影在人群中淹没，小团喃喃自语。

是的，在小团心中，此刻只剩感谢——她和悦然，两个萍水相逢的女子，一直活在不同的命运里，在人生的中途有过短暂交锋。曾经小团一直以为这交锋是残酷的，但背后却藏着如此真诚的暖意，即使不会再继续，也值得她去感谢。

而悦然，一个如此骄傲又真诚的女子，定然会有美好未来。对此，小团深信不疑。

曾经路过你的怀抱

一

午后，接到何依桥的电话，问："姑娘，好吗？"

"还是老样子，没有跳槽，没有长胖，也还没有把自己嫁出去。"我一本正经地回他，"还在等你'杀妻灭子'娶我为妻。"

他在那边大笑："这么丧尽天良的事我可不能干，你还是另谋出路……"

说笑片刻，收线，发觉对面刚来不久的小姑娘正一脸愕然地看着我。

想来，和何依桥的玩笑吓到了她，或者她诧异，我这般严谨自律的女子，竟然也会和男人有这样的暧昧，且公然调情。

但，事情不是她想得那样。完全不是。她还太年轻，不了解可以公然调的情，一定是光明正大的。比如，我同何依桥。我同他之间，毫无暧昧可言，只是一对有着世间寻常感情并彼此牵挂的男女。常常很久不联系，也会一天有许多电话，并不拘于任何形式。在我心里，何依桥亦亲亦友，言语里也偶尔会有点儿情人间的小玩笑小缠绵，但我心知肚明，这一生，我同何依桥，都是站在两岸的人，只是我们之间，有一座温暖的桥。

二

我同何依桥，并不是旧识，而是三年前无意中遇见。

那年的暮秋，我和大学相恋四年的男友分手，心里堵得难受，生性又不是悲悲戚戚的女子，想来想去，决定去爬泰山，用一次强体力的活动来埋葬伤心。

收拾妥当，于黄昏到达泰山脚下——曾经在一个女作家的小说中读过她夜晚登山的经历，那夜还下着小雨，她攀登一晚，早上到达山顶，刚好看到日出，非常浪漫。

决定效仿。也或者是故意让自己辛苦一些。于是不听山脚小店铺里店主的好心劝阻，执意在黄昏中沿着红门开始上山。

大概半小时后天色渐渐黑下来，两旁的山谷和树木瞬间沉寂在黑暗中。

我恐慌起来，想起女作家文中所写，买了两把手电筒，才醒悟，原来如此著名的山，上山的路竟然没有路灯。心里本能打起退堂鼓，到山顶的路还遥远，回去应该简单些。但是，回去的路一样黑暗，更有寒冷夜风忽然袭来……站在那里，正是进退维谷，忽然一束灯光在身后闪过，随之是清晰的脚步声。

如落水遇见浮木，我挥着双手，迎着那束晃动的灯光喊叫起来。

立刻听到明快回应，越走越近的男子有着干净好听的声音，悬着的心骤然落下，完全放弃矜持，迎过去同来人热烈寒暄。

他便是何依桥，来自宁夏的男子，第一次来山东，是处理公事。事情办完，尚余短短时间，实在不想错过这著名山峰，为赶上第二天中午的火车，决定夜晚上山。

当真是天无绝人之路，看着他包中准备的几个手电，我接过一个，感慨万千，如此轻松地化险为夷，原来我还是幸运的。

心情忽然好了起来。

三

于是结伴而行，在两束手电光的交错中，我同何依桥慢慢地边走边聊。途中偶遇休息点的店铺，都已关门闭户。有一处，外面亮着一盏灯，门前的石台上竟然摆着几个苹果，想是白天出售夜晚忘记收起的。何依桥拿了两个，在盘子下放了两枚硬币。

彼时是夜晚 10 点半，在这一处灯火中小憩，啃着一只清凉的苹果，莫名觉得人生有诸多不曾感受的美妙——失恋算什么？

想着，我笑起来。

何依桥在浅浅灯光下转头看我："你这姑娘，如果不是遇见我，恐怕这会儿哭都来不及，现在吃个苹果，也能乐成这样？”

我们已经看清彼此面容，何依桥叫我姑娘，是了，他比我年长，但不会太多，或者 30 岁，高，清瘦，算不得英俊，但眼神干净、温和，让我觉得安全。

他并不曾问我为何要夜晚独自登山。我也不曾问他烦琐的生活诸事，我们有许多别的话题可以聊，比如网络、足球、收藏、电影……好似相识多年的老友，一直不曾冷场，如此的巧遇，我们都心生欢喜。我感觉得出来，何依桥，也欢喜于这样的遇见，让原本独自的夜行多了些依赖。

四

两小时后，我们走入中天门的灯火中，并在此邂逅如我们一样夜晚登山的人，于是之后的路途，多了三五同伴。只是重新遇见的人，自然地当我同何依桥是情侣。

不承认，也不否认，不过是人生一场不会重来的邂逅，没有必要去事事澄清。他保持和我一样的态度，并没有因此尴尬和回避，依然很自然地照顾我。

陡峭的十八盘，何依桥牵住了我的手，他察觉到我体力已渐渐不支。

放心地将手放在何依桥的掌心，可以感觉他手指骨骼的清晰。他如此消瘦，但颇有力量。后来，我几乎要全部依靠他的力量才能前行，体力已经到极限。

“幸好你小巧。”他扯着我，还有力气开玩笑，“不然我肯定把你扔了。”

我已经累得说不出话，在休息的时候一块接一块地吃巧克力。

终于达到终点，凌晨三点半，高海拔的山峰寒冷逼仄。寻了背风处的平地坐下，何依桥跑去租了两件大衣。里面的衣服已经被汗浸透，裹着大衣却还是寒冷。坐在一起，何依桥感觉到我因寒冷而轻轻颤抖，后来他伸出手，将我紧紧裹在了怀里。

这是同我萍水相逢的男子，我们相识不足 8 小时，但是我却那样安心地把自己放在他的怀中取暖。我们不再说话，他用手臂牢牢环着我，极度的疲倦袭来，我竟然睡着了，在一个陌生男子的怀里。

天亮时何依桥唤醒了我，睁开眼睛，并没有看到想象中壮丽的日出，那天早上，山峰有层层薄雾，久久不散。何依桥没有太多时间停留。在吃了一碗“昂贵”的面后，我们乘了索道下山。

在中天门同何依桥分手，他赶时间，而我想看看白日的风景，于是说了再见。

但没有选择就此做回陌路人，我主动留了何依桥的电话。然后在他离开后，我收到他的信息，一个人也要玩得开心。

我微笑，在那一刻，觉得生命依然美好。

五

过了一段时间，才再次联系何依桥，在一个闲散的黄昏，等车的时候，打了他的电话。在熙熙攘攘的街上，就忽然有一点点想他。

他很快接听，并不意外是我，依然叫我姑娘，好像我们每天都在联络。我们短短聊了几句，车来了，收线——那么自然而然，真的好像相识多年。

之后的往来便是如此，有时是他有时是我，会主动打个电话给对方。问，好不好？忙不忙？偶尔也聊聊生活境况、开开玩笑。

并没有说过是否再见面。

一年前，我遭遇一场车祸，左腿骨折，躺在病床上闲得无聊，想起何依桥，拨了他的电话聊天。

于是那些天，何依桥每天早晚都主动有电话来，并快递诸多黑巧克力。他记得我爱吃。也会不停地叮嘱我如何注意安全，如何休养。

其实已经渐渐模糊了他的容貌，相处太短。却开始觉得他似一个远方的亲人，见和不见都不重要，重要的是，他一直在那里，我想找，总能找得到。无须顾及。

康复后，偶然的机会，我去宁夏出差，顺便去忙里偷闲地看看风景。何依桥完全替代导游，开了车带我去沙湖。

玩了整整一天，然后夜晚的沙湖边，何依桥要了一桌小菜，一箱啤酒，慢慢地喝到微醺时，何依桥伸手揉揉我的发：“姑娘，有合适的人就嫁了吧。”

我仰起头用微微迷离的目光看着他，问：“有大礼包吗？”

他很确定地点头:“有,很大很大的大礼包。”

“那好,我努力。”

我没有骗何依桥,对于爱情,我并不曾因噎废食,只是三年之后,我依然不曾遇见让我想嫁的人。我有诚恳态度,并有足够耐心,等着我爱的男子某一天从天而降。

但这些,我不曾说给何依桥听,没有这个必要。因为他同样心知肚明,从不担心我会爱上他,因为他知道我不会,就像他不会爱上我。我和他之间的关系,从我们相遇那一刻就明朗清晰。无关爱情,只关温暖。

我相信我早晚会遇见想嫁的那个人,我也相信到了那一天,何依桥会送我一个大礼包并为我高兴——就像我从来都希望他此生幸福安康。这份情意,并不为别的,只为那一晚的无助时分,和他遇见;只为那一场的彻骨寒冷中,他给我一个安全的怀抱让我停歇和取暖。

已足够。

荷生

一

蓝若第一次见荷生，差点儿当她是男孩子。

大一入学的第一个周末，中山路的一家运动鞋专营店，蓝若遇见早一年考来的学姐。而荷生是陪学姐逛街的同伴，但是并不进店，只坐在小店正对的临街的护栏上，两手撑着栏杆，晃着修长的双腿。

就是那一刹那，蓝若有错觉，当荷生是个男孩子。

是了，她那样短的发，略瘦，英俊而轮廓锋利的面容。宽大的格子衬衫，黑色帆布球鞋，斜背大大的帆布挎包，又那样高，看见她们，自栏杆上跳下来，蓝若要仰起头来看她。

后来蓝若知道，荷生光着脚便有 176 公分。

跳下栏杆，荷生拍拍手，指着蓝若："这妞……"

学姐拉着蓝若到荷生跟前："我学妹，也住开发区。"又介绍荷生给蓝若认识，原来家都是在一处的，只是荷生以前打篮球，在另外的高中，所以蓝若不曾见过。

荷生拍拍蓝若的肩，是很男孩子的动作。

学姐笑说："我们都把荷生当男孩，你看，她陪我们逛街，从来不进的，就在门外等。"

荷生耸耸肩："你以为我不想，我妈把我生错了。"

蓝若笑起来。

"这妞，"荷生说，"很乖嘛。晚上我请客，给学妹接风。"

二

那天，荷生果然请吃饭，又喊了几个同学，一起去了栈桥旁边一家临海的餐厅。

是老房子，有点儿旧年代的味道，白色的窗帘，被海风呼啦啦地吹起来，可以看见暮色中正在缓缓退潮的海面和海滩上三三两两的人影。

虽是海边长大的孩子，那一刻，蓝若还是觉得这一幕很美。

荷生点了时令海鲜，包括蓝若最爱吃的琵琶虾。

说笑片刻，菜上齐，荷生要了扎啤，一个人喝。同荷生熟悉的女生都在吃东西，蓝若拿了琵琶虾，却剥第一个就被扎了手，“啊”了一声，中指扎出一点点血珠。

“笨妞，我来。”荷生放下啤酒，帮蓝若剥琵琶虾。动作熟练利落，很快剥好一小盘，隔着桌面递到蓝若面前。

蓝若有些不好意思，心里却有微微欢喜。她感觉得出来，荷生疼爱她。

三

和荷生很快熟了。有时早上荷生会来喊蓝若一起去上课。带着蓝若穿过花园的一条小路，近好多。只她们两个人。

周末，荷生也会喊了蓝若一起回家。

其实家真的不远，半小时轮渡，半小时公交车。就在海湾的另一端。

周末的轮渡总是有些拥挤。那天上了船，荷生就拉了蓝若去上层的甲板，头对头趴在甲板的栏杆上说话。

蓝若问荷生：“学姐是不是恋爱了？看到她和一个男生在一起。”

荷生耸肩：“不知道这个男生是不是以前那个，她一直在恋爱。”

“你呢？”蓝若就问，“谈恋爱吗？”

荷生就一本正经地叹口气：“我妈把我生太高，姚明结婚了，我怕嫁不出去了。”

两个人哈哈地笑。

蓝若说话时左脚一直在下意识晃动，这样笑，晃动的幅度也跟着大，没留神，左脚上的鞋子忽然被甩出去。

蓝若"啊"的一声，转头，看到自己那只黑色的带着银色蝴蝶结的小皮鞋已经掉进轮渡滑过的海水中，瞬间消失不见。

蓝若说："鞋子——"荷生已经弯下身来，拉起蓝若的右脚，顺势将蓝若右脚上的鞋子脱下来，站起来，转身，一扬手，用力将那只鞋子抛了出去。

鞋子在半空划出弧线，无声无息淹没在海水中。

"所有的鞋子上辈子都是情人，这辈子也别让它们走散了。"荷生双手合十，微微闭上眼睛说，"希望它能追上它，找到它，永远在一起。"

蓝若的心，忽然就有点儿软软的疼。

四

下了轮渡，荷生弯腰去背蓝若。

蓝若拒绝："我好重。"

荷生很坚决。蓝若只犹豫了一小会儿，就跃到荷生背上。荷生有点儿瘦，但是很有力量。

蓝若在荷生背上，双脚一前一后晃动。

出渡口的一小段路不太平坦，好在短。到了大路，荷生放下蓝若："别动，在这里等着。"说完，荷生迅速穿过车来车往的道路，到了广告牌林立的另一边。

只是几分钟，荷生回来，拿了一双粉色的小布鞋，放在地上，蓝若把脚伸进去，刚刚好。

鞋底很柔软，缎子的面料，颜色又那样俏。蓝若穿进去，觉得自己仿佛是旧年代里那种大户人家娇羞的女孩子。

荷生说："真好看。"

蓝若也不时低头，看自己的鞋子。

荷生说："别看了，买一百双，天天换着穿。"

是宠爱的口气。

"好啊，"蓝若说，"可是你说的。"

已经习惯了这宠爱，在荷生面前，蓝若渐渐施展女孩子撒娇般的狡黠。

同学中，也都知道蓝若和荷生好。包括学姐和室友在内的一些女生，只是觉得有些不解，两个人，性格爱好如此不同，却处得那么融洽。

荷生说："互补呗。"

学姐撇嘴："恋爱互补，朋友还有互补的。干脆，你把自己变成男生跟蓝若好算了。"

"你要是神仙，你帮我变。"荷生吹一声口哨。

蓝若笑着看她们拌嘴——所有的一切，蓝若觉得美好。和荷生的感情，彼此的融洽，还有这样繁茂而浓郁的青春。

五

荷生自然不会变成男生，但大二时，蓝若却有了自己喜欢的男生。

男生叫叶枫，和蓝若班里的沈阳是高中同学，在海洋学院读书，那天，叶枫来找沈阳玩，在学校遇见。

高大帅气的男孩子，站在阳光底下，如挺拔的白桦树，明晃晃地耀眼。

这男生，蓝若听到自己心里发出微微叹息，真——好。

沈阳介绍彼此认识，蓝若只说了你好，没想到叶枫伸出手，递到蓝若跟前。

蓝若略一犹豫，把自己的手递过去，他接住，一握，深深浅浅的力气，如摩尔斯电码一般传递过别人不会懂的寓意。

蓝若脸红了。她说："你们忙，再见。"

"什么时候？"叶枫微笑着看她，"明天，还是后天？"

这男生，竟是如此直接。

沈阳已经在旁边起哄。

这般年纪的男女，一旦触电，爱情来得多么容易。

好几个周末，蓝若不再回家——她恋爱了，已经没有多余时间。也并没有跟荷生隐瞒，蓝若觉得，没有什么是需要隐瞒的。

荷生也并没有意外，照常喊了蓝若一起上课，去餐厅，晚上一起坐在操场边的台阶上说话。大多是蓝若说，恋爱中的女孩总是喜气洋洋，有倾诉欲望。

荷生就耐心地听，也不插别的话，只问过一句，蓝若，他是否宠你，是否事事让着你？但荷生一直没有见叶枫，说不想做电灯泡。蓝若也就不再勉强。她知道荷生的性格。

只是周末，荷生不再喊蓝若同行，一个人回家，回来，带点儿家里的新鲜水果给蓝若。

六

这样过了一段日子，荷生已读到大三。

快到夏天时，蓝若对荷生说，要减肥。因为叶枫觉得如果她再瘦一些，会更好看，和她的五官更协调，更古典，叶枫的话，在她就是圣旨。

可是并没有那么容易，蓝若贪睡，胃口也不错，并且不爱运动。

"怎么办呀荷生？"蓝若跟荷生诉苦，簇着小小的眉。

荷生想了想："我有办法。"

之后，荷生每天下午去学校对面的菜市场买那种十公分左右长的水果黄瓜，一买一提兜，还买了海天黄豆酱。

于是每天下午，荷生陪着蓝若吃黄瓜沾酱，当晚饭。

10天后，蓝若去称，瘦掉三斤。对荷生说，继续努力，叶枫说她瘦掉10斤才好看。

荷生也不多说什么，继续买黄瓜，继续陪蓝若吃。

20天，蓝若瘦了7斤，可是已经开始吃不下黄瓜，看到会反胃。

"算了，"荷生说，"别折腾了。"

蓝若一咬牙，继续吃，只要再瘦3斤。她豁出去了。

蓝若皱着眉头吃到第三根时，荷生忽然将她手里的半截黄瓜夺下来，从窗口扔了出去。

"荷生，怎么了？"蓝若诧异，却忽然觉得腹痛，那样剧烈地痛起来。

七

荷生将蓝若送到医院，急性肠炎。

荷生用湿毛巾擦干净蓝若的脸:“别折腾了,他要真疼你,不舍得你这样。”

蓝若张口,却忽然不知该说什么,她在这一刻才留意到,20天,荷生倒是瘦了一圈,脸上轮廓越发清晰了。

蓝若心里忽然有些难过。为荷生,也为自己,她忽然想,他要是知道她这样减肥,会心疼她吗?

蓝若却没有得到答案,就在她生病的周末,室友碰见叶枫和另外一个女孩在中山路上吃烤鱿鱼,“那女孩——”室友说,“好瘦啊,还吃那么大个的烤鱿鱼。”

蓝若的心,忽然就缩成了一小团,好像缩起来才能缓解疼痛的穿凿。

打电话跟叶枫说分手,他答应了。说,蓝若,对不起。

蓝若笑笑,她没有愤怒,荷生说:“他这样做,因为他并不是你的真命天子,他只是路过。蓝若,你不必跟一个路过的人太计较。”

真好,这样的时候,她还有荷生,将她拉出疼痛和尴尬。

那以后,蓝若再没有吃过黄瓜。瘦下的几斤也很快反弹回来。荷生说,还是这样好。倒是荷生,就一直那么消瘦着,吃很多东西也没有长回来。

八

蓝若没有再恋爱,冷静了许多,开始学着分辨异性的品行和品性。

荷生快要毕业了,开始忙简历,找实习单位,见面的次数渐渐少了,荷生已经不在学校住,到处乱跑。她本也不爱打电话,不见面,联系就疏落了。

起初,蓝若有点儿不太适应,后来想,总是要分开的,早一天晚一天而已。毕业离蓝若也已经不远,蓝若决定再选修一门功课。

快放暑假时,荷生回来告诉蓝若,她找到了工作,在一家报纸的财经版当记者。

蓝若歪着头认真看荷生:“荷生,你该恋爱了。你都23岁了。”

荷生一愣,然后接过来:“是啊,该恋爱了。”

那次后,蓝若大半年没有见荷生,打电话,她只说忙,到处跑,要采访什么的。也经常在外地。蓝若毕业前,有一天在中山路遇见学姐,学姐问蓝若,是否和荷生常见。

蓝若摇头:“好久没见了,她忙。”

学姐叹气:“那次见荷生,她喝醉了,在大街上边走边唱歌,幸亏遇见我们把她送回去。其实她这辈子,就是想要做男孩子,生为女孩,她一定活得不够快乐……”

学姐又说了什么,蓝若没有听到,她的心一顿一顿的,有点儿疼,有点儿透不过气。

那天回去,蓝若一直想这几年和荷生一起的情形。想荷生坐在围栏上晃着修长的腿;想荷生给她剥琵琶虾;想荷生给她脱鞋子;想荷生背着她走路、陪着她吃黄瓜……蓝若拨通了荷生的电话。

那边,荷生接过来喂了一声,蓝若忽然就哽咽,再说不出话来。

好半天,荷生喊她,蓝若,蓝若。声音低低的,缓缓的。

蓝若深深呼吸:“荷生,你好吗?”

“挺好的,就是忙。蓝若,你呢?”

“我也是。就是有点儿想你。”

后来,荷生也不再说话。再后来,电话就断了。

九

蓝若也毕业了,去了父亲公司的青岛办事处。

荷生还在那家报社,依旧每天到处跑,岛城也就那么大,隔得并不远,两个人却没有再见面。

蓝若已经到了正式恋爱结婚的年纪,有人去家里提亲,公司那边,也有条件不错的男子追逐。她却再也提不起兴趣。

就是不想,好似失去恋爱的能力。

慢慢地,过了25岁,连母亲都着急,催起来,蓝若就回避,家都不想再回。

那样好看的女子,那样的年纪,不恋爱,久了,慢慢有传言。传来传去,终于传到蓝若耳朵里,且是这样的版本:蓝若有同性恋嫌疑,大学时,和一个貌似男生的女生纠缠不清……

同她一起过去办事处的，还有同一届的七八个校友。

传言中，荷生的名字一再出现。

蓝若并不在意传言，但依旧震惊。她和荷生，从来不是他们想象得那样，蓝若不能允许他们这样说她。冲动之下，跟一个同事动了手。

由此传言更似是长出真实翅膀，到处飞。终于，连蓝若的父母都听到。

他们担心不已，转弯抹角询问她同荷生到底怎么回事？她不嫁，荷生也不嫁。

蓝若第一次冲父母发了脾气，然后，她回到自己屋里大哭一场。心里那么难过，不为自己，只为荷生。

十

流言的破灭缘于一个消息：荷生结婚了。

年前，荷生嫁给了一个美国男子，据说那男子，对荷生的与众不同情有独钟。

没有举行婚礼，荷生和美国男子去了美国度蜜月。上飞机之前，荷生发信息给蓝若，说，他很好，不嫌我像男孩子，不嫌我的胸平，不嫌我不会穿裙子……你放心。但，依然不太习惯你看见我做新娘的样子。怕你笑。

蓝若就笑了，笑着笑着，眼泪忽然流了下来。

荷生嫁了以后，蓝若忽然觉得一切都安静下来。甚至，开始心平气和地和感觉还好的男子约会。然后，蓝若认识一个男子，相貌竟和荷生有些相像，也是那样的轮廓、那样的眼神、那样的身高。只是身形健壮一些，到底是男人吧。

而且，男子待蓝若很好，为她剥琵琶虾，背着她走路，陪她听她爱听的歌，反反复复。

这样的宠爱，蓝若觉得有种熟悉的安全感。

到了春天，蓝若接受对方的求婚，婚期定在5月末。

蓝若打电话给荷生："你可一定要来啊。"

荷生说，一定。

荷生没有食言，在那天，赶过去参加了蓝若的婚礼，同蓝若说，要幸福。然后，就在喧哗的酒店大厅的一角，荷生轻轻拥抱了蓝若。

然后荷生走了。蓝若回到心爱男子怀中，因为荷生的祝福，蓝若觉得很幸福，很圆满。

只是蓝若不知道，就在她做了新娘的前一天，荷生离婚了，和她的美国男子解除了他们的“合同婚姻”。而荷生做这一切，不过是为了蓝若的这一天。

为蓝若，荷生付出了所有的努力——荷生，生就男孩子性格的女子，对娇弱的女孩，自小就有本能爱护，对蓝若，尤其是。而渐渐长大的荷生又崇尚单身，没想同蓝若走得近了，竟生出那种种非议，这令她愤怒却又心疼，找不到更合适的方式，无奈，才走了这一步，送蓝若去往一个女子梦想的爱情和幸福。然后转回身来，荷生过自己的生活。

不过如此罢了。

红了樱桃和芭蕉

胖姑娘樱桃和瘦姑娘嫣然

樱桃和嫣然站在一起有点儿搞笑。

樱桃胖，五官也都是大一号的，大眼睛高鼻梁嘴唇丰满，恰如五月枝头最饱满的樱桃。其实是一个漂亮的胖姑娘。并且是红色控，恨不能从头到脚。

嫣然瘦，有点儿青青涩涩，却偏爱军绿色，如初春小青竹竿一枝，也像单薄的芭蕉叶。

两个人经常在一起，公司的同事便开玩笑说，恰如红了樱桃绿了芭蕉。

友情的建立很简单，樱桃和嫣然是一起进入公司的，作为新人，承受着“老人”惯例一般的冷遇，多少有点儿同病相怜的意思。樱桃性格外向，又天生地怕孤单爱热闹，刚过去报道，知道也是新来的，立刻对嫣然表现出极大热情，问东问西。

有点儿被动的嫣然就和樱桃熟了起来。

那天两个人一起去餐厅吃饭，打过饭菜，面对面坐下来，樱桃探头看，嫣然碗里只有两份蔫巴巴的小青菜。于是樱桃把碗里的排骨拨给嫣然两块：“怎么不吃肉啊？你那么瘦。”

樱桃声音很大，惹得旁边同事转过头来看。

这几天，嫣然没少听樱桃嚷嚷，胖姑娘嗓门也大，也爱说，不管人家什么态度，只管贴过去搭话，受了冷落也不生气，不像嫣然，小心翼翼地跟同事相处着，保持着适当的距离。

其实，嫣然心里也不喜欢在公司这种被冷落的境况，只是不想主动改变。

她知道如果樱桃不主动找她，她绝不会主动去找樱桃。现在，嫣然感觉得出来，自己的性格已经越来越被动，甚至有些微微自闭了，自从两年前，她瘦下来以后。

嫣然也曾是胖姑娘

嫣然曾经也是个胖姑娘，虽然不像樱桃这样胖，但也有一点儿珠圆玉润的意思。

是大二时为了一个男生瘦下来的。那是一场倔犟而苦涩的单恋，可是直到嫣然把自己的体重从 115 斤瘦到了 82 斤，那个喜欢瘦高女孩的帅气男生都没有好好儿留意过嫣然。但嫣然却始终记得第一次和他靠近，她充满热烈地注视他时，他的唇角翘着眼神飘着，分明是一种鄙夷厌弃。那天的嫣然不合时宜地穿了件短旗袍，将身材的丰满暴露无遗。其实并不难看，室友说：好风情哦。但在只喜欢瘦姑娘的男生眼里，这样的嫣然就有点儿可笑了。

一瞬间，嫣然自尊全失，从那以后，开始拒绝吃肉和甜食，甚至牛奶。嫣然从小不爱运动，唯一能让自己瘦下来的办法就是节食节食再节食，一直将节食变成了生活习惯。

嫣然，就这样固执地在这一场单恋里消瘦下来，从体重到性格，原本就不是外向的性格，现在变得更加内敛。并且，嫣然没有告诉任何人，现在的她患了轻微的厌食症，每天看到饭菜会发愁，好在还有理智，知道要吃饭，要尽量正常生活。但一日三餐也仅限于简单的米饭青菜，至于排骨之类的肉制品，是看都看不下的。

但嫣然不能对樱桃说出真正的理由，只好撒个小谎：“我不爱吃肉，从小就不爱吃。”

“哦。”樱桃说，“难怪你瘦。”又感慨一句：“嫣然你太瘦了，对身体不好。”

嫣然笑笑：“没办法，我饭量太小。”

说的时候心里有点儿虚，幸好，樱桃不知道她的从前。

樱桃嘟起嘴：“你看我，每天少吃一口饭都不行，还爱吃肉吃甜食，我妈天天让我减肥，但是不行，减不了，再说，我也不想减……”

樱桃说着哈哈地笑，嫣然想起以前胖的时候也爱这样笑。可是，樱桃为什么不介意呢？现在的男人真的更喜欢瘦姑娘。也许，樱桃以后想要恋爱时就知道了。

想起往事，嫣然的心难受了一下。可是没用多久嫣然就知道，樱桃其实已经恋爱了，并且早早恋爱了。

也有好男子喜欢胖姑娘

嫣然家在外地，和大学同学合租了房子，之前周末的活动就是上网，认识樱桃之后丰富了一些。比如逛街、吃饭。并且不止两个人，很快樱桃就捎带了“第三者”。

所谓“第三者”，用樱桃的话说是她的青梅竹马，幼儿园就罩着她的男孩，而且是纯粹的帅哥一枚。而这么好看的男子，竟然对樱桃体贴呵护如公主。他叫她胖姑娘，口气里不无宠爱。熟悉了，男子也会调侃地说起樱桃 20 岁之前，有着风吹拂柳一般柔软窈窕的身材，他说：“我贪吃的胖姑娘啊，一直把自己从小柳枝吃成了胖樱桃……”

嫣然就开了句玩笑：“再长胖，休了她！”

“再胖也不能休啊，”英俊男子很认真地说，“再胖，她也是我那个可爱的姑娘。”樱桃在旁边嘻嘻哈哈：“敢休了我就打扁他。”如此亲昵的画面，嫣然有些微微嫉妒了。嫉妒樱桃如此自信快乐，那自信，是那个英俊的好男子给她的。

但偷偷地，嫣然还是有所疑惑，试探询问樱桃：“他真不嫌你胖啊？”

樱桃撇嘴：“要是因为我胖他不要我了我还不要他呢！再说，我以前可是瘦过的，嗯，跟你现在差不多瘦，那时候，他天天想着怎么让我吃胖点儿，都是他让我吃胖的……”

嫣然忽然发现也许自己错了，原来，也会有这样好的男子喜欢胖姑娘。或者说，这个好男子从不介意樱桃的胖瘦，也许，爱情真的和胖瘦无关吧。

瘦姑娘的委屈

三个月的试用期就这样在两个人越发亲近的关系里一天天接近尾声。嫣然开始听到这样的话题，她和樱桃同在的部门只能留其中一个，还有传言樱桃是有关系的，胖姑娘之所以胖，是因为生活顺畅，所以心宽体胖……

嫣然是相信的，樱桃家在本市，家境颇丰。但一份稳定工作对漂泊在外的嫣然来说极其重要。何况，她还没有樱桃那样好的男友。于是再和樱桃一起，嫣然就有所防备，工作上也更加谨慎。

却不想大大咧咧的樱桃竟然出了纰漏，交给嫣然的单据中有两处错误，一个数字前后不一致，另外一个少了一个零。显然是粗心，这对一个制单员来说，并不是小错误。

修改前，嫣然忽然心里一动，把樱桃交过来的原始单据复印了一份——并非那么心安理得，却还是不由自主。

不过单据的事还不曾处理，离试用期结束大概半个月的时候，公司组织了一次拓展训练。

训练的第一项就是体能，公司选中的训练营在一座山下，当天下午就开始爬山。

只爬了十几分钟，嫣然就有点儿支撑不住了，赶到前面的樱桃赶紧回来，拿出包里的巧克力塞给嫣然："给，赶紧补充点儿体力。"

嫣然下意识地一边大口喘气一边拒绝："不爱吃。"

"还管爱是不爱?!"樱桃塞到嫣然嘴边，"必须吃，你第一关都过不了以后的训练怎么办?听说老总特别在意员工的身体素质，这次训练其实就是针对咱们这批新人的，你不能现在就被淘汰。"

嫣然一顿，樱桃的话确实有道理，嫣然也听说了，否则公司不会搞这样的训练。

犹豫着，樱桃已经再次把巧克力塞到嫣然唇边。

嫣然被动地张开嘴巴，久违的巧克力的味道让她在第一时间有点儿反胃，但随之融化的香甜却自口中蔓延过了她的每一个细胞——嫣然忽然想哭，有一种说不出的委屈。她忽然觉得自己太委屈自己了，为一场虚幻的单恋，她把自己变成了另外一个嫣然。

歇了一会儿，也许巧克力的热量当真发挥了作用，在樱桃的鼓励下，嫣然开始用力攀登。并在后半程一连消灭了10块巧克力，终于没有成为落后者。

那天下午，在剧烈的体能消耗和樱桃的近乎“强迫”中，两年多后，嫣然终于再一次尝到了肉的味道。没有反胃，更没有吐——嫣然实在太饿了。而这么长时间以来，她几乎不知道饿是怎样的感觉了。

吃得饱睡得也沉，第二天起来，樱桃早已经热好了牛奶，想想后面艰巨的考验，嫣然一咬牙把牛奶喝掉了。樱桃早把准备充足的巧克力拿出一多半塞进了嫣然的包里，鼓励地说：“嫣然，你能行。”

临阵磨枪的营养补充竟然起了作用，三天的拓展训练，嫣然没有被淘汰，也没有拖队伍的后腿，主任都开玩笑：“嫣然身上大概都是肌肉吧，瘦归瘦，力气还是有的。”

只有嫣然自己知道，是樱桃陪着她在坚持。

樱桃走了，芭蕉红了

拓展训练结束，嫣然把那份复印的单据偷偷撕掉了，庆幸自己没有“卑鄙”地交上去，不过她还是提醒了樱桃所犯的错误。

樱桃吐吐舌头：“嫣然，幸亏你哦。”

胖姑娘当真凡事不往心里去，为感谢嫣然，非请她吃牛排——竟然吃完了一大块，嫣然不无诧异，一场拓展训练把她的厌食症治好了，是应该庆幸吧，她开始对食物有了热情。但嫣然还是有另外的忐忑，试用期快满了，也许，她该离开了。

却万万没想到，樱桃主动辞职了，樱桃对嫣然说：“我身体好，抗争能力强，在哪里都能适应，不像你，那么瘦，经不起折腾，你留下来吧。再说你也比我适合，你心细。”樱桃自己记得自己的错误。

英俊的男子来接走了樱桃，嫣然送她到门口，樱桃抱嫣然一下：“姑娘，胖一点儿快乐一点儿，你行的。”

嫣然的心一动，也许，樱桃知道她的瘦并不是天生，知道她小小的厌食症，只是一直不拆穿，而是用自己的方式去改变了她，给她留下完整的自尊。

嫣然抱住樱桃，眼睛湿了。

樱桃走后，嫣然开始变得开朗起来，并且饭量大增，恢复了以前对食物的热爱，两个月重了10斤。胖了一些的嫣然买了条红裙子，很热烈地穿着。同事又开玩笑，樱桃走了，芭蕉反倒红起来。

嫣然也笑，这是她现在的愿望，努力长胖一些，让心也丰满一些坚强一些热烈一些，爱护好自己，并有多余的力量去爱护别人。

美嘉的舞台

一

美嘉，穿着高跟鞋有160厘米，微胖，不讨好的向日葵脸，眼睛很大，左面颊一小片雀斑，是那种丢在人堆里找不出来的寻常面容。可就是这个丢在人堆里找不出来的美嘉，来自豫北农村、一身土气的美嘉，却每天都梦想能站在灯光璀璨的舞台上唱歌。通俗点儿说，美嘉想当歌星。

那天，19岁的美嘉拿着一件新买的缀着亮片的衣服，站在拥挤的宿舍门后唯一一面镜子前左照右照，用带点儿河南口音的普通话说出这个愿望时，同屋正在吃饭的女孩子捧着饭盒笑成一团。小广东丽雅边笑边用广东话说："美嘉，来段'谁说女子不如男'咋样？"

我们都跟着起哄："唱啊唱啊……"

美嘉转回头来，衣服依旧贴在身前："唱就唱。刘大哥讲话理太偏，谁说女子不如男……"

亮堂堂的嗓音，在小小的空间里回旋，她也不管我们是在逗她，认真地唱，直到把一个唱段唱完，然后一本正经地鞠躬，请评委亮分。

宿舍里举起一小片勺子、叉子，全体给她打十分——不管怎样，有着表演欲和歌星梦想的美嘉，给我们枯燥的生活带来了一些乐趣。而她的愿望，没有人会当真。歌星和打工妹之间的距离太遥远，早早为生活奔波的我们，根本不会去测量这时间的距离。就像我，虽然也读到了高中，但我知道幸运眷顾的总是少数人，我不是少数人中的那一个。所以那年夏天，我很平静地告别了学校，跟着同乡来到遥远的广州，做了一名流水线上的女工。现在只想这份工作能一直做下去，多一些收入，一部分寄回家供弟弟读书，一部分留给自己做嫁妆，日后碰到一个喜欢的知冷知热的人，过一个农村女子的寻常生活。不像美嘉，总觉得以后的人生一定会有很大改变，甚至会风光无限。

说到底，19 岁的美嘉还是有些幼稚，她是家中最小的孩子，父亲 40 多岁才有了她，虽然一样生活在农村，但相比来说，她是幸福的。读完中学就因为成绩太差没有继续读下去，闲在家里的几年，却是一直在吃喝玩乐，据她自己说，天天吃饱了就守在电视机前看唱歌的，从中央台到地方台的各种歌手大赛、演唱会，央视的"星光大道"更是每期必看。也正是走在"星光大道"上从默默无闻到星光璀璨的那些人的经历点燃了她要做歌星的梦想。只是那个梦想在中途很现实地转了个弯，在她过完 18 岁生日的时候，母亲说，你都 18 了，总该帮家里干点儿什么，不想做农活就出去打工吧，挣多挣少的，能养活自己就行。

当时的美嘉，在家里闲了两年多，也已经有些厌烦了，一心想出去，并且只想去北京，因为北京离"星光大道"近一些，可是最后却南辕北辙地来到了广州，因为同村的姐妹们大多在广州，从没有出过远门的她，没有独自去北京打拼的勇气……

二

那些疲惫的夜晚，美嘉就这样常常在我耳边絮叨这些话，直到听到我熟睡的呼吸声才会住口。也只有揣着这样梦想的她，才会一天繁忙的工作结束依然不知疲惫，每天晚上雷打不动地跑去活动室看一会儿电视，回来后絮絮叨叨，而我，只想早早睡了。每每第二天早上醒来，会看到美嘉嘟着嘴抱怨我，你可真能睡。

我会拍拍她胖乎乎的向日葵脸打趣她，我是想早点儿在梦里当歌星啊。

美嘉的嘴巴就嘟得更高了。

在这个群体里，美嘉没有知音，只是因为我的铺位和她的紧邻，无奈，被迫成了她梦想的倾听者，而且，不仅是倾听。

周末，难得休息一天，一大早被美嘉吵醒，又在耳边喊我，起来起来，陪我去逛街。

不去。我断然拒绝，我要洗衣服。

她不罢休，去吧去吧，我请你吃米粉，最好吃的那家。

边说边拉我。

真是拿她没办法，忽然想起来要去邮局给家里寄点儿钱，于是送她顺水人情，好吧。

三

跟着美嘉去了天马服装城，她频频被那些花哨新潮的衣服吸引，挑每一件，都不停地问我是否好看。我却不得不打击她，不适合你。

看我态度坚决，她虽依依不舍，最后还是放下。挑了整个上午，最后我只帮她选了件款式普通的衬衣和一条牛仔裤。

美嘉并不满意，跟我争来争去，最后我着急了，不耐烦地说，随你，以后别拉我出来了。

美嘉立刻气短，乖乖听了我的。然后，坚持请我吃了米粉。

回去的路上，我心里有些过意不去，问她，干吗让我陪你？意见那么不一致。

她说，因为你是咱们这些人里念书最多的，我觉得你说得一定有道理。

竟然是这样的原因，我心里真正开始有了歉意，读书读得多并不见得什么都懂，衬衣和牛仔裤不过是我个人爱穿的，觉得适合自己一些，我只是用个人喜好在左右她。美嘉却很认真，问我，你说为什么有些衣服别人穿了好看我穿了不好看呢？

我想了想，是气质吧，个人气质不一样。

美嘉有点儿颓丧，其实我也觉得自己土，但是不知道怎么改变。她看向车窗外面，你看她们，穿什么都觉得好看。美嘉自语，我得好好儿学做一个城里人，要有气质。这样上舞台唱歌才会好看。

我不置可否，读过的书里告诉我，有些东西，是学不来的。

四

没想美嘉认了真，竟然去报了一个礼仪培训班，回来喜滋滋地告诉我，老师说了，要培养好的气质，先要从最基本的说话走路练起。然后她挺直并不高挑的身体，微微扬起下巴做了一个表情。

我笑起来。

而美嘉的这个举动，被大家称为神经病。

美嘉却不管不顾，真的就按时去参加什么礼仪培训了。于是每天晚上，我又开始听到新的话题，听她告诉我应该用什么样的姿势走路、端坐，用多少分贝的声音说话，怎样的语速……然后她开始照着练习，甚至工作的时候，也保持着直立的坐姿并微微扬着下巴。这样的直接结果是导致了美嘉手上的动作放慢，工作量降低，收入也因此减少。

美嘉无怨无悔，工资一拿到手，立刻交到了新的培训班学习化妆。

那天交完钱，她跟我借钱当生活费的时候，我终于忍不住说她，你不觉得你有点儿盲目？不是谁都能当歌星的。

美嘉却反问我，小玉姐，难道你真的就没有过梦想吗？

我愣了一下，似乎想起点儿什么，却又很快说，梦想是梦想，现实是现实。

电视上不是说吗？一切皆有可能！她说，反正我就是觉得我不会老做一个做玩具的女工，不然我跑广州来干吗？我们老家镇上也能做啊？！她把我手里的钱拿过来，下个月还你。

我摇头，天真的美嘉。

五

美嘉继续折腾着，毫不心疼辛苦赚来的钱这样“浪费”掉，反倒总是兴致勃勃地问我，小玉姐，你看我现在气质改变没？

有时候，我会认真地打量她。没有长高，依然微胖，还是不讨好的向日葵脸，面颊的那一小片雀斑被粉底盖住了，刷了睫毛膏后的眼睛多了点儿神采，普通话越发标准了……可是，还是那个丢在人堆里找不到的女孩。

只是不想再打击她，于是附和地点点头，嗯，还行。

美嘉就充满信心地笑。

就在美嘉决定报一个瑜伽班练习形体并减肥的时候，突如其来的经济危机，严重影响到了我们做工的这家出口玩具的工厂。只是几天后，厂里做出了部分车间停产的决定，这个决定意味着我、美嘉，还有很多女工都要失去这份工作了。

2008年的冬天，广州依然潮湿温暖，我并没有赶上传说中的春运高峰，提前一个多月早早回到家乡。大家都走了，只有美嘉，还要坚持停留几天，因为交过钱的某个培训班的课，还有半个月才结束。她要坚持学完。

她的梦想和我的现实太遥远，除了保重，我没有什么能再对她说。

六

然后到了2009年，过了正月，我不想闲着，去镇上的一家小食品厂干了一段时间，恰巧有以前的同事联系我去广州，有家工厂在招工人。

就这样4月底，我又回到了广州。

新的工厂在城郊，待遇要低一些，我又有什么资格挑剔，有事做已经满足。

2009年的春天显得特别长，因为闰五月，而按照家乡的风俗，闰月女儿要给父母买鞋。周末，我去邮寄买好的鞋子，顺便和同事逛逛街。

逛到天河商场附近的步行街，有某个手机品牌在搞促销，搭起了一个铺着红地毯的台子，身着亮丽服饰的女孩正拿着麦克唱那首好听的《月亮之上》。

女孩有亮堂堂的嗓音，穿着跟很高的靴子，显得高而窈窕。原本很大很亮的眼睛戴着长长的浓密的假睫毛很有舞台效果。妆不太浓，色彩有着恰到好处的时尚效果，依然是不讨好的向日葵脸，却不再是曾经默默无闻的气质。

我以为不是美嘉，可是的确是美嘉。尽管抬手投足，带着人为塑造的痕迹，像电视中看到的那些没有名气的小歌手。可是声音是她的，知足而幸福的表情是她的。微微上扬的下巴透出的隐约的骄傲是她的。

我看着她，这个舞台没有璀璨星光，也许她永远不会走上真正的舞台，可是我不能否认，她真的看到了梦想的模样。

想起那天她问我，小玉姐，你就真的没有过梦想吗？

哪个年轻女子没有过梦想呢？很小很小的时候，我梦想长大了去开一家服装店，出售自己制作的最美丽的衣衫。梦想的放弃却是如此轻易，只是被现实轻轻一碰。只有美嘉，在同样的现实面前依然坚持着梦想，倔犟地努力前行。

美嘉了不起！站在5月的广州街头，我热烈为她鼓掌。

你还在原地等我吗

一

那时候，盼望过谷雨会是妈妈早年丢失的孩子——我丢失的姐姐。

七岁，刚刚读了小学一年级，认得几个字，思维天马行空，甚至回家问妈妈，是不是啊？谷雨是不是咱家的孩子？

是就好了。妈说，可惜不是。

那就真的不是吧。可是，我们真的很像，我和谷雨，一样的童花头，一样的公主裙，一样的大眼睛，除了她比我高半头。所以觉得她该是姐姐。

很多年后，我还依然清晰记得第一次见面的情形。

暑假，在小区一块不大的平地学着溜旱冰，父母都上班，没有大人陪，又极其想要学会。于是一个人换了溜冰鞋撞着胆子战战兢兢上了路。步子没有迈出，牢牢地跌个屁股蹲。嘴巴一憋疼得要哭，一双小手在后面抱住我的腰，脆脆的声音，你可真笨。

一回头，呀，个头高高的小姑娘眉眼像极了我自己。

她也站在那里诧异不已，然后回头喊，舅舅，看我俩多像。

有个中年男子走过来，看看她又看看我，真是像。说着帮她将我抱起来。依稀记得见过那男子的面孔，搬来不久，该是住在楼上吧。

和我很像的女孩子叫谷雨，小小年纪，旱冰滑得一级棒，还会两腿交错，扯着裙边做优美的弯身。令我崇拜。

一个下午紧紧跟在她后面，她也乐得带着我，不厌其烦地教我。两个人玩得恣意，丝毫没有初次见面的陌生。她叫我小娇，她说小娇你好笨哦。脆脆的声音好听极了。

一个下午，什么都知道了。她住在城北，暑假，来舅舅家住一段。住好长好长一段呢。她说的时候，把手伸得很快，尽量拉长。又肯定地说，一定教会你溜旱冰。和我溜得一样好。

谷雨，她真好。

二

当天下午，便带了谷雨回家认门，那张小面孔，相似得连父母都诧异。只是她坚持回她的舅舅家吃晚饭，但是带走了我给她的很大的苹果。爸爸在门口看她上楼，转弯，自语，原来是去他家。

谷雨的舅舅，是爸爸单位的领导，刚调来不久。于是谷雨再来我家，爸妈说话都有些小心。但这影响不了我和谷雨之间无所顾及的快乐。谷雨不仅教会了我溜旱冰，还教会了我自己编漂亮的小辫子，在院子的那棵高大的梧桐树下，我们一坐就是一个下午，然后各自顶着一头小辫子大笑。

很奇怪，一直也有小朋友做伴，可是因为谷雨，我第一次感觉到一个独生子女的孤单，第一次，想要一个姐妹。

那我就当你姐姐吧。谷雨伸出手钩住我的手指，我说话算数。纯真的眼神，充满坚定。

我重重点头，一头小辫子在头顶晃。

三

暑假过得飞快，谷雨的爸爸来接她。我们在楼前拉着小手眼泪汪汪，生死离别一样。那时候，不知道怎么联系，只好约定寒假再见。

小小年纪，忽然感觉到时间的漫长，一个学期，总也不完。常常在自己编着小辫子时想起谷雨，觉得孤单。

终于到了寒假，放假的第二天中午，听到有人在我家门外大声喊我的名字。

脆生生的，是谷雨。

冲过去开门，显然她刚刚来到，小背包还在身上背着。见到我，大喊，小娇，我给你带好东西了。背包扯过来，哗啦啦全部倒在地上，一地好吃的好玩的。

我们抱在一起笑着跳着，像一对久别重逢的小恋人。

暑假寒假，成了我和谷雨两个人的假期，恨不能从早到晚粘在一起。不再为分别难过，知道了还会重逢。直到四年级的夏天，整个夏天，谷雨都没有来。后来我知道我再也等不到她了，她的舅舅调走了，爸说，当了更大的官。谷雨，不会来了。

骤然地失去谷雨让我在童年最后的日子常常落落寡欢，不知道还能不能再见，也不知道谷雨，她会不会慢慢将我忘记。然后开始在爸妈的督促下拼命学习。

四

十三岁读了中学，有了新的朋友，越发热爱起学习，似乎渐渐忘记了谷雨。

十六岁，考入市重点高中。第一节课，老师一个一个点名字，忽然听到三个字：何谷雨。

猛然回头，看到最后排站起来一个个头高高的女生。头发很短，穿白色T恤，眼神里微微流露出少女的不羁。

可是我依然认出她。谷雨，完全不顾正在严肃的课堂上，大声喊她的名字。她“啊”地叫了一声，小娇。啊，小娇！

第一节课，我和谷雨被老师严厉批评，而且全班同学都知道了我的乳名。但是我一点儿都不难过，一直在那里偷笑，怎么可能呢？怎么可能又到了一起？

可是是真的，六年后，她更是高出了我近一头，我穿规矩的裙子留长发，她穿宽松的休闲裤留短发，眉眼却依稀还是相似的。谷雨说，你知道吗？有一年暑假，我差点儿自己跑去找你，可是我真的记不起路来了，都是舅舅，非搬家。为此我都恨他了。

她说着，我们都笑起来，六年的光阴在我们的笑容里渐渐隐去，陷在重逢的喜悦里。

五

亲生姐妹的好也不过如此吧，除了上课，课余时间我们一定要黏在一起。

放学后一起待一会儿再各自回家，早上，约在学校门前一起进校园。有次，门卫处的校工问我们，是姐妹俩吧？

我俩神秘地笑，然后一起点头，嗯！

我和谷雨，就这样一心一意地好着。直到第一次考试成绩下来，我考了第三名，而谷雨，倒数第三名，我才知道，原来，她的学习成绩并不好。

下了课，过去想安慰她，她却是无所谓的表情，反正我也不爱学习。我有些诧异，她如何考入这所重点高中的呢？

没等我问，她撇撇嘴，当初我说读技校，早点儿工作算了，我妈非让舅舅把我弄进来，闷死了。好在在这里遇见你，不然，我早跑了。

原来是这样。我劝谷雨，还是应该好好儿学习，然后读高中，读大学。

才不要。她大力摇头，我才不想读大学，没意思。

我有些不知所措，忽然觉得她有点儿陌生。

留心起来，发现她果然是不爱学习的，上课的时候，她看课外书，漫画、武侠，或者用小游戏机打游戏，无精打采。放了学却又精神百倍，扯着我去溜旱冰、逛漫画书店，甚至去迪厅……而日子正慢慢走到我们人生的第一个紧要关头——高考。

我终于开始拒绝她那些玩耍的邀请，一次，两次，她有些索然。莫名地感觉到我们之间有了分歧。

六

又一次考试，因为作弊，她被监考老师驱逐出了考场。我吃惊地看着她，看着她淡漠的眼神和无所谓的脚步，忽然发现，原来童年已经远去，而我和她，正在朝着两条不同的路成长。这让我有些难过，说不出来地难过。

谷雨身边，终于开始有其他的伙伴，学校里那些同样不爱学习的男生女生，他们不知道从哪一天起聚拢到了谷雨身边。

谷雨不再喊我去玩那些游戏，可是依然会每天找我说话，或者带巧克力和水果给我——她依然在对我好，习惯的，甚至惯性的。有次，我和一个女生因为一点儿小事发生了争执，谷雨二话不说，过去扯住那个女生的领子，逼着她向我道歉……然后她在班里宣布，任何人不得以任何理由欺负我，否则，会让他好看。

我吃惊而尴尬，然后莫名地生起气来。她太过分了。

班主任找我谈话，要我离谷雨远一点儿，不要受她影响。我一句话不说，抿着嘴唇。回到教室看见谷雨，她正和一个男生头对头说着什么，然后忽然一起大笑。

终于，我转开了眼神。

谷雨开始逃课，我常常会看见有个年轻男子在放学后载着她在街中穿行，她坐在后面，牢牢地抱着他的腰，无所顾及……

又一次，谷雨将两盒进口巧克力递给我的时候，我拒绝了。我说，不吃了，会长胖。

她一愣，没说话，牢牢看着我，然后猛然把巧克力丢到窗外，转身就走。

那眼神，有失落，也有怨怼，我读懂了。可是，我没有喊她，我的心里已经开始想要远离她。这样，也好。

七

谷雨最终还是没有读完高中，在我们发生分歧后几天，她离开了学校。据说，她的舅舅给她找了份文员的工作。

谷雨的位子空了下来，我的心也跟着空了小小一块，又很快被铺天盖地的试题淹没了。

六月，我参加了高考，一个月后成绩下来，我考入愿望中的大学。九月，我收拾好行李一路朝南而去。

不再有谷雨的消息，我们的情谊，在我们19岁这一年戛然而止。仅有的一丝淡淡的失落，也被列车的轰隆隆的声音淹没了。

八

新天新地的大学，读书，恋爱，旅游……也有个子高高的美貌女生，文气而优雅，除了面容，我们每个人都很相像。都读了很多书，有崇高理想。

久了，觉得寂寞。

暮春的晚上，妈妈打电话，你还记不记得谷雨？

我的心一跳，应了一声。

那丫头，当了什么钢管舞教练，还成立了一个什么跑酷俱乐部，都上了电视了。还是和你有点儿像，你爸一眼就认出她来了……

挂了电话，我转身打开电脑，上网，在家乡城市的网站搜索谷雨的名字。

很多条消息，还有她的照片，奔跑，跳跃，攀爬……乱蓬蓬的短发，闲散的衣着，不羁的却又是明媚的笑容。然后我看到有个网址，做了她的博客链接。

谷雨的博客，只有短短的一段话：小娇，很早以前我就知道我们是不一样的，我们只是长得像；可是这又怎样呢？亲生姐妹也不一定有一样的个性和追求，我以为你知道！

唯一的一段话，已经挂了很多很多天。后面有一些跟帖，有人问，小娇是谁？

小娇是谁？是个从小就被谷雨宠爱着却不自知的小女子，而谷雨那天出生的谷雨，其实比我小了两个月，只是因为个头高，就主动承担起了爱护我的责任。

谷雨，这么久以后我终于明白了你说的话，明白了我们之间分歧的从来都不是感情，明白我错了。而你，还在原地等着我吗？

偶尔怀念

一

三天后的晚上，我才第一次见到同住的室友程小醉。

在房东那里看到这个名字时，我觉得有趣，女孩子叫小醉。

搬过来的这三天，她都不曾回来。阳台上挂着三条牛仔裤，几件T恤，如果不是还有一件蕾丝边的睡衣，我会疑心她是男孩。

那天晚上程小醉回来时已经快10点，身后背了一个很大的旅行包，身前抱着一小箱喜力——未曾处理的垃圾袋里有几个小喜力的空瓶子。程小醉，她莫非真的喜欢小醉？

弯腰放下那小箱酒，丢下背包，程小醉直起身来，我才看清楚她。

略略有着清晰轮廓的女孩子，利落的短发，层次分明，五官俊秀，穿了牛仔裤和黑T恤，有几分男孩子的帅气。

我跟她打招呼，我说我刚搬过来，我是……

哦。她并不等我说完，只应了一声，直接回自己房间。

站在那里略有尴尬，显然，她对我并不感兴趣，甚至不想知道我的名字。

好半天，她在房间里没有出来，我无趣地也回自己的屋子后，听到她的门开了，听到她在我们共有的小客厅来回走了几次，然后，洗手间传来水流的声音。

早上起床后，程小醉已经走了。不知道什么时候走的，很轻巧，没有吵醒我。

这女孩！

二

以后，和程小醉早早晚晚都见面，在共同属于我们的狭窄的空间。也只是见面而已，她始终是漠然的态度，我开口，她也只是应一声，如果我不说，她也就点点头。

有时候，如果凑巧，遇上天气不好，我会帮她收一下晾在阳台上的衣服。她回来，只说声谢谢，拿了衣服就走。

除此，我们再无其他交集，我们都不在租住房里吃饭，下班后若和同事没有活动，我在外面随便吃点儿东西早早回来，在电脑上看电影，聊天。而程小醉，她回来得几乎都比我晚一些，又都走得早。我不知道她做什么工作，原本想要交流的话题，现在都放弃。

有时觉得很奇怪，两个年纪相仿的女孩子，住在同一屋檐下，却如此陌生。有一次我睡前起来去洗手间，程小醉的门半开着，只是在路过的时候随意看过去，穿着睡衣的程小醉，正在电脑前上网，背对门口，左手握着一小瓶喜力——程小醉经常喝啤酒，在晚上。也就一两瓶的样子，垃圾袋里常常有丢弃的空瓶子。

从没有见过独自喝酒的女孩，我好奇，但不问。

三

这样的日子并非不快，转眼过了两个多月。

天气热起来，有时晚上不想吃饭，会买点儿水果回家。

程小醉似乎也是，会在回来时买一个西瓜，于是早上的垃圾袋里，除了空的啤酒瓶，还会多半个完整的西瓜皮。

我们吃西瓜的方式一样，对半切开，用勺子掏。

但是谁也没有给谁送过另外半个，我已经不再尝试接近她。感觉出来，她更喜欢独来独往，并不需要这些寻常温情。

6 月的午夜，空调莫名其妙断电，我被热得醒来。有点儿渴，拿着杯子出去接水，却隐约听到程小醉的房间里传来轻微的呻吟声。

疑心听错了，轻轻走到她门边，呻吟声越发清晰，是那种因疼痛发出的呻吟声。

犹豫了一下，还是敲门，问，你没事吧？

里面没有应答，依旧是呻吟声。

我一把推开门，程小醉蜷缩在床上，脸色苍白，额头布满汗水。

慌忙走到她床边，试图抱起她，你怎么了？

肚子很痛。她咬着牙说，不知道怎么了。

你忍着，我送你去医院。我费力地帮她换了衣服，然后，飞快跑回房间换下睡衣，扶程小醉下床。

她却无法行走，根本站不住，看上去疼得厉害。

我太慌张，以至于忘记打 120，着急地弯身去背她。

程小醉本能拒绝，但是，她太疼，拒绝不了。

我用力将她背起来。程小醉很瘦，但是比我高，我背着她，她的脚还是搭在地上。我们俩看上去很狼狈，非常狼狈。

已经管不了那么多，我就那样狼狈地吃力地背着程小醉下楼。三层楼，用了好长时间，而程小醉，我能感觉她在努力忍耐着痛苦。

终于走到小区门口，拦了出租车，扶着她坐进去，跟司机说了去医院，就再说不出话来，只剩大口小口地喘气。

程小醉额头的汗越来越多。

四

急性阑尾炎，医生说，还好，再晚送来，穿孔就麻烦了。

手术前的程序却为难到我，需要家属签字。我问程小醉，我怎么联系你家人？

她摇头。

医生问，你们什么关系？

我愣了片刻，我们，我们是朋友。

你签吧，来不及了。医生递给我笔。

我抿了抿唇，在手术单上签上我的名字。那是我第一次在这样的单子上签字，感觉笔重千斤，但是别无选择。只写三个字，掌心出了汗。

程小醉说，安慈，谢谢你。

我一怔，她竟然知道我的名字。

手术不复杂，也顺利，我在手术室外面的休息椅上打了个瞌睡，手术已经结束。程小醉还没有醒，在麻醉剂的作用下昏睡着，脸色已经不再那么苍白。

就这样折腾了整个夜晚。

程小醉醒来时，我刚打电话请了假，没法走，这时候，总不能把她一个人丢在医院。

程小醉眼神里有歉意，但是没有再说谢谢。我愿意相信，她是觉得那两个字过于单薄，换了我，这样的情形，我也不会说。

我再次询问她，是否告诉她的家人。

她还是拒绝，已经没事了，他们太远，告诉了，只能让他们担心。

我才知道程小醉家在甘肃，我们的家离北京都过于遥远，在这个城市，我们都是独自一人。也许有路过的朋友，但并没有真正的亲人。而不久前，我是因为和男朋友分手才搬到了程小醉租住的房子里。

忽然有些难过，我们这些倔犟的女子，放着温暖的家不待，非要千里迢迢地漂泊在外，吃那么多苦，却不愿让家人知道。

可是，却没有后悔过，我爱这个都市，它那么繁华美好。活在这里，就想要努力向上，就想要用力奔跑，就不想放弃不想懒惰，就想迎风开放。

程小醉，她也是一样吧？

五

竟是在医院，一同居住了快三个月的我们，才开始有真正交流。程小醉在一家公司做销售，很辛苦，但做得好，可以拿到不菲收入，所以她才努力坚持——独自的生活，每个人都经历过不同的艰辛，没有人可以帮助和陪伴，由此她知道，其实真相里，我们永远是一个人上路，于是慢慢学会不依靠。

做销售，难免会有些酒场，起初也拒绝，后来没办法，一咬牙，就喝。时间久了，慢慢发现酒的魅力，一点儿酒，只是微醺，不至于醉，挺好。程小醉说，你知道吗?以前有过几个女孩和我合租,她们当我是酒鬼,避开我,然后有机会就搬走了。

也许,这是她和我疏远的原因吧,认定彼此只是擦肩而过,没有接近的必要。

但你是坚持最久的。说着,她笑。

程小醉笑起来很好看。

程小醉住了一个星期的院,我只请了三天假陪她。再请下去,会影响工作。她也催促我赶紧回去上班,说工作对我们很重要,这是现实。而且,护士可以照顾她吃饭,不用担心。她说,我们都是野草,生命力顽强,没有那么容易被打倒的。

那几天,每次下了班过去,程小醉几乎都在睡觉,护士说,她从早到晚,不分时间,除了吃饭就睡。

是努力弥补平时欠缺的睡眠吧,想起她说,我们都是野草,忽然有些心酸。

六

一周后,程小醉出院了。

那天晚上,她请我吃饭。点菜时,我并没有跟她客气,我知道,她不想说,但是想做点儿什么表示感谢。

菜上齐,程小醉说,真想喝点儿啤酒。

小酒鬼。我笑她。

程小醉也笑,安慈,我欠你份情,我记得了。

那你记得还我。我大块朵颐。

一定。她说。

没想她很快还了我的情。

不久,我工作遇见难题。有份独立完成的合同,眼看可以签下,但对方似是有意刁难我,非要我请他一顿酒,说要一醉方休,喝到尽兴,他签字。

我极为难,我对酒精过敏,曾经不知情时喝过一次,皮肤立刻长满小红包。答应他,我做不到,不答应,合同签不下,我不甘心。

回到住处，想来想去，我觉得沮丧，忍不住说，神经病。

程小醉推开房门，说谁呢？

我愤愤地说给她听。

程小醉拍拍我肩膀，答应他。

可是我不会喝酒。

我会！程小醉说。

我眼睛一亮，但又暗下去，小醉，这是我自己的事。

我欠你份情，程小醉说，赶紧让我还了，以免我心里不安。

我看她片刻，她是认真的。

七

我定好酒店，约那个刁难我的男人。

他果然神经病，不知道看女人醉酒有什么乐趣，赴约，还带了几个和工作不搭边的人成心想看我喝多。

但他对我带别人并无疑义，相反，看到程小醉，表现出更高兴致——为了这次宴请，程小醉换下牛仔裤和T恤，穿了素花的旗袍，别有韵致。

酒菜轮番上桌，推杯换盏你来我往，三小时后，穿着旗袍的程小醉把四个男人全部喝倒。但没有忘记在拿着合同的男人彻底醉倒前，让他在上面签了字。

从头到尾滴酒未沾的我结过账后，扶着脚步略显不稳的程小醉朝外走，然后我们打了车回家。一路上，程小醉闭着眼睛皱着眉头抿住嘴唇，好像竭力忍耐着。我问她是否难受，她只摆手不说话。然后一进门，程小醉甩掉高跟鞋直奔洗手间。

程小醉吐了，吐得稀里哗啦，吐得一张小脸都绿了。好半天，她打开洗手间的门，扶着门框，醉眼蒙眬地看着我，安慈，你的情，我可还了。

我站在那里，忽然就很没出息地哭了。

八

但我和程小醉的生活，并没有为她的生病我的合同发生任何质的改变。程小醉依旧每天早出晚归，隔三差五搬回一小箱喜力啤酒。只是，早早晚晚地，我们会说上几句话，一个西瓜，也会分对方一半。

始终没有过于亲昵，我知道在寻常的环境里，我和程小醉，我们不是同类。可以在特殊时候相互照顾，但成不了亲近的朋友。

自然，这一点，她更明白。

夏天快过完的时候，我有了新的男友，决定搬过去，并开始做结婚的打算。

周末，男友来帮我收拾东西，很晚起床的程小醉在男友把我所有物品搬下楼后，送我到门口，只说了四个字，安慈，再见。

没有说留恋，没有询问男友的事，没有告别时那些叮嘱的话，甚至没有说保重。

我也只是说，小醉，再见。

我知道，我和她，无谓过多的语言，无谓任何动听但虚假的情感，在人生的路途中，我们只能共同走过这一小段，从此各自天涯，两两不欠。也许只在偶尔，会有浅浅怀念吧。

轰然老去

当初，每个人都认为她嫁给他，是为贪图他的富贵。他是家境极其殷实的男子，那时已经 50 岁，太太几年前过世，而她，才刚刚过完 19 岁生日。

从 17 岁开始，就不断有人去她家里提亲，她漂亮又内敛，女红做得好，还读了女子中学。是小门户里那种知书达礼的秀气女子。只是两年里，媒人所提的亲事，她都不点头。直到那天，又有媒人过来家里，提了他。

先是说了他的家境，说了他的相貌堂堂，说了他对女人少有的体贴，他的重情意——所有优势罗列完毕，才又说了他的年龄。媒人的嘴巴都巧，说男人大点儿更疼女人，大点儿算什么呢？那样的家境，即使男人没有了，也是过得大富大贵的……

媒人还在絮叨，一直在门后偷听的她忽然走出来，说，我嫁。

父母都愣住，然后急急阻止，不成，大了太多。

是啊，30 岁呢。他的年纪比父亲还长。可是倔犟的她，却铁了心地要嫁。

消息传出，当初求亲未果的男子个个不屑，只当她清高不俗，不想，也是攀附富贵的俗气女子。

她才不顾那些，已专心亲手为自己缝制嫁衣。

就嫁了。

掀开她红盖头的刹那，看她年轻美丽的面容，他不由得微微叹息。50 岁的他面容已略显沧桑，鬓角有了清晰白发，而她是这样年轻的女子，他拿什么配她这样逼人的青春？于是下意识问了句，真是你自己愿意？

她笑意盈盈，伸出纤柔双手挽住他的手臂，从今日起，我是你的妻。

是了，从那日起，她便做了他年轻温柔的小妻子。每日眼角眉梢都透出欢喜。爱穿彩衣。头发常常散开着或者结成麻花辫子，并不似其他的妇人一般把头发盘在脑后。

她就如开在他掌心的一朵花，正是初放时分，旺盛绚丽。

他常常会叹息她的年轻美丽。

她就会问，不好吗？

他不答，只怜惜将她拥入怀里。如何不好呢？世间男子，哪个不爱惜女人的青春美丽。

只是，旁人却看不下她在他身边每日盛开般的艳丽。他的家人，还有她的父母都私下劝她庄重一些，或者穿些素气的衣衫，头发也是要挽起来的……

她偏不听，就那样每天花一样开在他身畔——也更应了旁人的不屑，她不正是为这光鲜富贵的生活才嫁了他吗？

旁人的话，她向来不理，只是一日日陪伴在他身边。

就这样一年又一年，她过了 25 岁，过了 30 岁，面容却几乎毫无改变，依然年轻美丽。他却在光阴里慢慢苍老了，头发已经白了大半，面容更加沧桑。他们在一起，恰是鹤发红颜的一幅画面。

日子又过了 10 年，70 岁的他已经完全苍老，身体也染上了疾患，又撑了一年，便离开了。

那一年，她 41 岁，看上去还是那样年轻，面容光洁，头发乌黑，爱穿彩衣。可是就在他离开后，这个似乎有驻颜秘籍的女人却轰然苍老，一夜间，脸上有了皱纹，头上有了白发，一根簪子挽在脑后，穿了黑色的带大襟的棉衣，完全是一副老妇人的模样。

曾经，所有人都以为她是个贪虚荣恋富贵的女子。可是在他走后，轰然老去的她，却又过起了最清简的生活。每日简单饭菜，粗布衣衫，足不出户，在家里缝缝绣绣。3 年后，44 岁的她在一个夜晚安静地离开了。离开时的她，面容已苍老若七旬老妇。

她像一个谜。可终归有人知晓那谜底——她那么多年的青春绚烂和一夜间的轰然苍老都是因为爱情。

当年，她在女子中学读书时，他去给她们讲过一堂课。他年轻时去国外留洋，是那种新派男人。她记得那天的他穿白色西装，挺拔俊逸，已经不是很年轻了，却依然有玉树临风的味道。声音那样好听，英文也讲得流畅，笑容温和如春天的阳光。实在太想和他说话，所以下课后，她追上他提了一个问题。他温和地回答了她，然后摸了摸她的头发说，年轻真好。

在他的背影后，少女的心里，第一次有了懵懂的爱的欢喜。那欢喜，沿着他掌心的温暖，自她的发丝，一点点穿透到她的心里。

后来她读完了中学，毕业后，便是个待嫁的女子。媒人提亲不断，也有些是年纪相当品貌俱佳的男子，可是，总是不能动她心意。

直到那天，她在媒人口中听到他的名字，当初懵懂的欢喜瞬间清晰，她没有想到她会等到他。她几乎为此雀跃——她竟然等到了他。

没错，她是为了爱情嫁给了那个男人，她这一生唯一爱上的男人。那时他说，年轻真好。于是，她就让自己以最青春的姿势盛开在他的有生之年。他活着，她就不让自己老，不让自己丑。她把一生的精华全部凝聚在和他一起的光阴里，她为爱情透支着生命的能量，让陪在他身边的自己一直那样年轻美丽，一直如鲜花般盛开。也因为那透支，她才在他离开后失去所有水分和养料，一夜凋零。

轰然苍老——这是我听过的最美的爱情。这个为爱人的离去轰然苍老的女人，是我不曾谋面的祖母。

谁能给予你超越 24 小时开机的爱

曾经，他晚上睡觉时是习惯关机的，因为如果开机会常常在深夜接到一些垃圾短信，他的睡眠从小就不好，如果中途被吵醒就很难再睡着。

直到母亲患病后，他睡觉时不再关电话了，甚至准备了两块电池，一天 24 小时开机。生怕不能在第一时间得到母亲或者家中的消息。

父母住在家乡，他在省城，两地相距几百公里。一年前，母亲患病最初入院那次，在医院安顿好后父亲才打电话告诉了他。等他赶回去，母亲已经度过了危险期。

他责备父亲说得太迟，他们就他一个孩子，母亲病了，他觉得自己有责任在第一时间赶回到母亲身边，照顾和陪伴她。他已经成年，早已懂得了这些年父母对他的深爱，并希望能够好好儿回报。

母亲解释说，只是小病，不想折腾他，尤其那时他刚毕业不久，好不容易找了份工作，正是试用期，公司竞争又激烈。母亲说，原本就不想告诉他，是怕他晚上打电话家里没有人接，瞒也瞒不住，才说了。然后，催着他赶快回去。

他有些难过，为父母对他的体谅和多年来始终如一的爱护。但是那次，他也逼着父母答应他，不管家里出了什么事，都要在第一时间告诉他。

住了几天院，母亲的境况好转，他回省城上班。可母亲的病是慢性的，缓和以后，如果不注意，也会反复，不是能够彻底治好的那种。

也是从那以后，他开始 24 小时开机。宁肯偶尔被深夜的垃圾短信吵醒——他觉得自己还年轻，偶尔缺少睡眠算不得什么，而作为儿子，父母的事才是第一位的。

好在，每天晚上他打回家中的电话，听到的都是好消息，母亲的身体虽未像以前那样强健起来，但是在药物的维护和父亲悉心照料下，也并未再出现异常。

所以很长一段时间，除了偶尔深夜的垃圾短信，他从未在睡着后接过家里的电话。

没有消息，对他，也就是好消息。他微微放下心来，只是手机，也已经习惯了 24 小时开着。

那天早上，他准时在 7 点钟醒来，起床洗刷后正用毛巾擦着脸，他接到了父亲的电话。

父亲只说，你要是有空就回来一趟，你妈又住院了。

他一愣，问，什么时候？昨天晚上打电话不还好好儿的吗？

是半夜一点左右，父亲说，你妈忽然情况不太好，我打了 120。别担心，已经抢救过来，从急诊室转到病房了。

他把毛巾一丢，口气本能焦躁，为什么等到现在才说？

父亲顿了顿，你妈不让那会儿告诉你，你妈说你从小睡觉就不好，要睡着后被吵醒了就再睡不着了，你妈说你白天工作那么累，不能打扰你晚上休息，睡好了，才有精神工作……你妈现在没事了，真没事了，别着急啊，你也不用回来……

父亲在那边小心地解释着，电话这边，他却再也说不出一个字来，只是慢慢将电话拿开了一些，生怕父亲听到他的哽咽。然后他蹲下来拣起毛巾，蒙住了满是泪水的脸。

当他选择 24 小时开机的时候，他还为自己的举动欣慰，想，他到底是个懂得回报懂得爱的儿子。可是现在他才知道，一个孩子的爱再深，也永远超越不过父母。

不慌不忙地坚强

看到她的时候，她已经在路边等了两个多小时。

独自骑自行车出游的年轻女子，不想半路车胎被扎坏，前不着村后不着店的，于是就在路边，等候过路的好心司机把她和她的脚踏车捎回城。

她等车的姿势很入眼，不是笔直站着焦急挥手，而是正在那里做一套很优美很舒展的体操，旁边放着一瓶纯净水和一本打开的书。脚踏车的后座上用树枝挑了一张白纸，上面写道：请好心的你带我和我的车子回家。

她就这样看着一辆辆的车在她眼前呼啸而过，微笑地看着，然后转回头来等候下一辆。直到我和男友把车停到她跟前。

带上她和她漂亮的宝蓝色的脚踏车上路，她在旅行包里拿出巧克力给我吃。知道她已等了那么久，我半开玩笑问她，是不是特恨那些不肯停下的司机啊？

她笑，有什么可恨的？人家不停肯定是有原因的，要么怕麻烦，要么带不下，要么呢，兴许被什么人骗过，不信任陌生人……反正我相信，总会有人停车的。看，你们不就停车了吗？

这态度，真够淡定的，换了我，恐怕早急了。又问，如果一直没有人肯带你呢？

大不了把脚踏车扔了往前走，路边总会有村子，先找个人家住下来打电话让朋友接呗。遇到事，着急和抱怨都无用，除了影响自己的心情。

真服了她，一个人流落在荒郊野外，不慌不忙，还有闲情看看书、做做塑身操。因为带着她，我的心情都愉悦起来。

还遇见过事端临头时这般淡定的女子，是一个病人的家属，她的母亲查出肺癌晚期。把这消息告诉她的时候，她没有流露出任何悲伤，甚至没有明显的震惊，只是口吻平静地询问，我们该怎样做，能让母亲余下的日子少痛苦、多欢乐？

她很年轻，二十四五岁的样子，这种冷静似不是她这个年纪该有的，她让我不由得生出几分敬佩，于是给她合理建议。

她认真地听，并一条条记录下来，然后，说了谢谢才离开。

之后路过病房，隔着玻璃，看到她正同母亲在那里说笑，很自然的表情。

可是下班的时候，却看到她正蹲在病房外小花园的一角哭泣——虽然是背影，虽然没有任何声音，但我知道她在哭，瘦削的肩膀一下下抽搐。

站立了片刻，悄悄离开了。她是想用这样的方式来宣泄的，一个人，不用她的悲痛去打搅任何人。她想展示给别人的，是一种平静的、不慌不忙的坚强。

不久前的一部电视剧《我的糟糠之妻》中，那个做妻子的女子也让我有深深的触动，面对嚣张"小三"的公然挑衅、无理逼迫，她没有发怒，没有歇斯底里，没有以牙还牙。她始终保持着一个中年女子的平静和从容——即使没有对方青春美貌、妩媚妖娆和职业地位，但她不自卑、不急躁、不妥协，以己不变应对方万变，终于用行动让"小三"一点点败下阵来。那种不慌不忙的阵势，着实让我见证了"四两拨千斤"温柔的力量。

她们，都让我不由得想起林徽因那句话："温柔要有，但不是妥协，我们要在安静中，不慌不忙地坚强。"